Hardrock

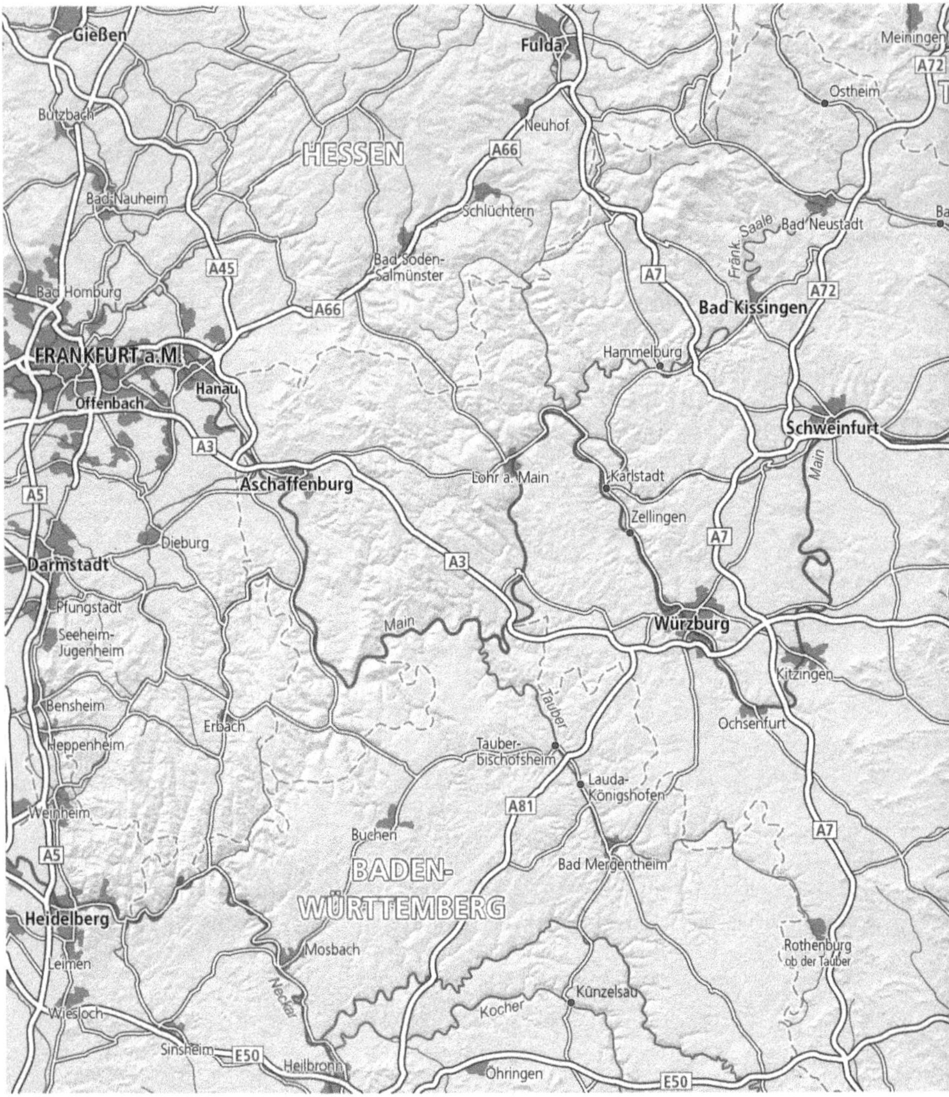

Gießen
Fulda
Meiningen
A72
Ostheim
Butzbach
Neuhof
HESSEN
A66
Bad Nauheim
Schlüchtern
Bad Neustadt
Fränk. Saale
Bad Soden-Salmünster
A45
A7
A72
Bad Homburg
A66
Bad Kissingen
FRANKFURT a.M.
Hammelburg
Hanau
Offenbach
Schweinfurt
A3
Aschaffenburg
Lohr a. Main
Karlstadt
A5
Main
Zellingen
Dieburg
A7
Darmstadt
A3
Pfungstadt
Main
Würzburg
Seeheim-Jugenheim
Kitzingen
Bensheim
Tauber
Erbach
Ochsenfurt
Heppenheim
Tauber-bischofsheim
Lauda-Königshofen
A81
Weinheim
Buchen
A7
A5
BADEN-WÜRTTEMBERG
Bad Mergentheim
Heidelberg
Rothenburg ob der Tauber
Mosbach
Leimen
Neckar
Künzelsau
Kocher
Wiesloch
Sinsheim
E50
Heilbronn
Öhringen
E50

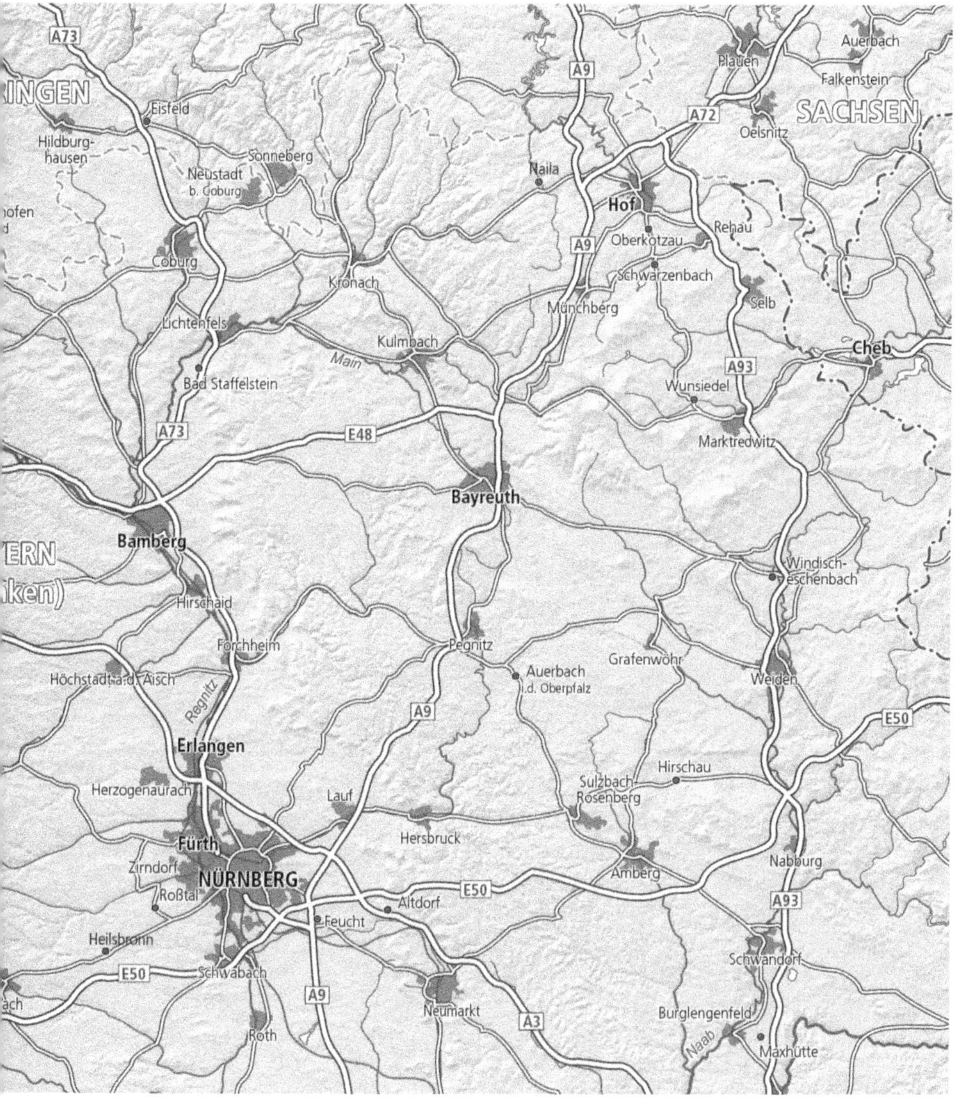
A73
Eisfeld
Hildburg-
hausen
Sonneberg
Neustadt
b. Coburg
Coburg
Kronach
Lichtenfels
Kulmbach
Main
Bad Staffelstein
A73
E48
Bayreuth
Bamberg
Hirschaid
Forchheim
Höchstadt a.d. Aisch
Regnitz
Erlangen
Herzogenaurach
Fürth
Zirndorf
NÜRNBERG
Roßtal
Heilsbronn
E50
Schwabach
A9
Roth
Lauf
Hersbruck
Feucht
Altdorf
E50
Neumarkt
A3
Pegnitz
A9
Auerbach
i.d. Oberpfalz
Grafenwöhr
Sulzbach-
Rosenberg
Hirschau
Amberg
Weiden
Windisch-
eschenbach
Nabburg
A93
Schwandorf
Burglengenfeld
Naab
Maxhütte
E50
Marktredwitz
Wunsiedel
A93
Cheb
Selb
Rehau
Schwarzenbach
Oberkotzau
Hof
Münchberg
A9
Naila
A9
A72
Plauen
Auerbach
Falkenstein
SACHSEN
Oelsnitz

Volker Backert, geboren in Coburg, aufgewachsen am Obermain, studierte in München und Bayreuth. In Coburg arbeitete er als Abteilungsleiter für Öffentliche Sicherheit jahrelang eng mit der Polizei zusammen.
www.volkerbackert.com

VOLKER BACKERT

Hardrock

FRANKEN KRIMI

emons:

Bibliografische Information der Deutschen Nationalbibliothek
Die Deutsche Nationalbibliothek verzeichnet diese Publikation in der Deutschen Nationalbibliografie; detaillierte bibliografische Daten sind im Internet über http://dnb.d-nb.de abrufbar.

MIX
Papier aus verantwortungsvollen Quellen
FSC® C083411
FSC
www.fsc.org

Umschlagmotiv: photocase.com/cydonna
Umschlaggestaltung: Tobias Doetsch
Gestaltung Innenteil: César Satz & Grafik GmbH, Köln
Lektorat: Dr. Marion Heister
Druck und Bindung: CPI – Clausen & Bosse, Leck
Printed in Germany 2016
Erstausgabe 2015
ISBN 978-3-95451-565-3
Franken Krimi
Originalausgabe

There's no time to lose
I heard her say
Catch your dreams before
… they slip away!

»Ruby Tuesday« – Rolling Stones, 1967

Das organisierte Verbrechen findet in Deutschland
ideale Bedingungen vor und nutzt diese.
Die großen Paten haben längst alle in Deutschland investiert.

Roberto Scarpinato,
Leitender Oberstaatsanwalt der »Distrettuale Antimafia di Palermo«,
in: »Kriminalistik. Unabhängige Zeitschrift für die
kriminalistische Wissenschaft und Praxis«, Nr. 8–9/2014, S. 510

Prolog

Bundeskriminalamt
Abteilung SO (Schwere und Organisierte Kriminalität)
Am Treptower Park 5–8
12435 Berlin

Verteiler Kripo intern/bundesweit – eilt sehr

VS/Geheim

(Auszug)
[…] wurden seit März 2013 bei Razzien von Polizei und Steuerfahndung in Berlin, Frankfurt und Hannover auch mehrere DVDs und Datenträger sichergestellt, die privat aufgenommene sogenannte »Snuff«-Videos zeigen (reale Ermordungen vor laufender Kamera).
In allen Fällen wurden junge Frauen, die offenbar dem Rotlichtmilieu angehörten, von Kampfhunden angefallen und getötet.
Es gibt konkrete Hinweise, dass diese Morde in Deutschland gefilmt wurden.
[…] Es besteht der dringende Verdacht einer serienmäßig geplanten und organisierten Produktion dieser Kurzfilme (ca. 10–12 Minuten).
Bei den Auftraggebern/Abnehmern der Filme handelt es sich höchstwahrscheinlich um deutsche und internationale Top-Verdiener: Nach Schätzungen des FBI zahlen Insider 500.000–700.000 Dollar für eine Snuff-Produktion.
Achtung: Absolute Mediensperre!
[…] Das BKA leitet die bundesweiten Ermittlungen in Referat SO 45 (Operation »Underdog«).
[…] ebenso ein Aussteiger-/Zeugenschutzprogramm […]
[…] **Höchste Priorität auf allen Ebenen […]**

1. Buch

08:58 Uhr – Bad Staffelstein, Obermain-Marathon

»… begrüße ich euch zu Deutschlands schönstem Landschaftsmarathon, hier im Gottesgarten am Obermain …!«

Freudetrunken quäkte der Ansager durch den Lautsprecher.

Wolkenloser blauer Himmel spannte sich über das Obermaintal, vom Felsplateau des Staffelbergs über die Basilika Vierzehnheiligen bis hinüber zu Kloster Banz. Dazwischen, inmitten des fränkischen Kurstädtchens Bad Staffelstein, ein Riesenpulk fast zweitausend knallbunter Läufer, die hüpfend und klatschend den Startschuss herbeisehnten.

Der Ansager überschlug sich: »… und jetzt ist es wirklich so weit, nur noch fünfzehn Sekunden, gebt mir den Countdown, zehn, neun …«, Tausende johlten mit, »… fünf, vier, drei, zwei, eins …«

Der Startschuss, ein einziger Aufschrei.

Viertausend Beine setzten sich in Bewegung, trippelnd, trabend, spurtend; frenetisch angefeuert von den dicht gedrängten Zuschauern am Straßenrand.

Vierhundert Meter weiter.

Hinter den Fan-Reihen entlang der Adam-Riese-Straße stand ein unrasierter, magerer Mann. Trotz der frühsommerlichen Temperaturen im abgetragenen, offenen Parka, die Hände tief in den Taschen vergraben. Spöttisch betrachtete er die vorbeikeuchenden Läufer und ihre euphorisierten Familien am Rand. Ein kleines Mädchen mit Zöpfchen begann plötzlich an der Beintasche seiner Cargohose herumzuzupfen.

»Papa … Bombom … Papa … Bombom!«

»Hör auf, du Fratz!« Unwirsch schüttelte er sie ab; die Kleine fiel auf den Hosenboden und begann zu weinen.

Alarmiert drehten sich die Ersten um, die Mutter stürzte herbei; vorwurfsvolle, derbe Rufe. »Hey, Alder, bass fei auf!«

Der Mann blieb reglos stehen, die Hände in den Taschen. Mit ausdruckslosem Gesicht, aus schmalen Augen fixierte er die Provokateure, die sofort verstummten.

»Na also«, sagte er leise.

Ein letztes verächtliches Grinsen, dann wandte er sich um. Gelangweilt schlenderte er den schmalen Fußweg in Richtung Obere Gartenstraße.

Die letzten Schritte seines Lebens.

Er schloss gerade die Haustür auf, als er hinter sich ein Geräusch hörte und sich umdrehen wollte – zu spät! Blitzartig wischte etwas über sein Gesicht, umschlang seinen Hals, ein heftiger Stoß in die Wohnung hinein. Die Schlinge schnürte ihm die Luft ab: Geschocktes kurzatmiges Keuchen, vergeblich versuchte er, sich aus eiserner Umklammerung zu lösen; hinter ihm fiel die Haustür zu, steinhart bohrte sich ein Knie zwischen seine Schulterblätter, presste ihn auf den Teppichboden.

Sein Hals, immer fester abgeschnürt, wurde brutal wieder nach oben gerissen, das Blut staute sich, gleich musste der Kopf platzen! Siedend heiß die Todesangst, ein Zwingerhund ganz in der Nähe begann zu rasen und zu toben; nur noch unmenschliches Röcheln, sein Kehlkopf implodierte, unter grauenvollen Schmerzen, immer weiter und weiter, »... ein neuer Teilnehmerrekord, mit zweitausendeinhundertvierundfünfzig Läuferinnen und Läufern ...«, der Hund heulte und tobte, in seinen Augäpfeln platzten jetzt die ersten Adern.

Er war blind, als er endlich das Bewusstsein verlor.

Er war tot, bevor alle Läufer aus der Adam-Riese-Straße in die Bahnhofstraße eingebogen waren.

20:09 Uhr – B 303/E 48, Höhe Marktredwitz

Der Gegenverkehr riss ab, endlich die heiß ersehnte Lücke: Blitzartig schaltete Charly herunter, blinkte links und scherte aus.

Vollgas.

Unwiderstehlich zog der 78er Alfa Spider an dem tschechischen Speditions-Lkw vorbei.

Cheb 27 km.

Endlich. Charly entspannte sich, ließ die Schultern fallen und genoss einen verstohlenen Seitenblick. *Was für geile Titten … fast wie damals … und das mit fünfundvierzig …*

Sie musste husten, immer heftiger, drehte ihren Kopf zur Seite; ein Mix aus süßem Haarspray und kaltem Rauch stieg ihm in die Nase.

»Du rauchst zu viel, Manu.«

»Was?«, fragte sie heiser. Mit einem völlig zerknüllten Tempotaschentuch betupfte sie ihre schwarz umrandeten Augen.

Ein Blick in den Rückspiegel, dann zog er wieder nach rechts.

»Vergiss es.«

Die Tachonadel versteifte sich auf hundertvierzig.

Freie Fahrt auf der B 303/E 48.

Charlys Finger zielte Richtung CD-Player, zuckte dann doch wieder zurück: Keine Ablenkung mehr, volle Konzentration auf das Ziel.

Noch fünfundzwanzig Kilometer bis Cheb. Noch zwanzig bis zur Grenze.

»Du hast noch was gut, Manu, keine Frage. Auch wenn's zwanzig Jahre her ist.«

»Zweiundzwanzig.«

Nur mühsam unterdrückte er den Reflex, Springsteen einzuschieben und auf Vol. 20 hochzudrehen.

»Meinetwegen, zweiundzwanzig … die Rocky Horror Show damals auf dem Coburger Schlossplatz, vor dem Landestheater, ich weiß ja, was du meinst …« Er warf ihr einen raschen Seitenblick zu. »Aber damit eins klar ist: Selbst wenn wir Ruby heute finden, du kannst nur mit ihr reden, Manu! Deine Tochter ist volljährig … und wir werden sie garantiert nicht fesseln und in den Kofferraum sperren!«

Sie antwortete nicht.

Wieder musterte er sie aus den Augenwinkeln.

Gesichtsbräuner und üppig aufgelegtes Make-up verschleierten ihr wahres Alter nur notdürftig. Immer breiter und tiefer wurden ihre beiden markanten Falten von der Nase hinab zu den Mundwinkeln. Was ihren hohen Wangenknochen damals ein faszinierend katzenhaftes Aussehen verliehen hatte, wirkte jetzt ausgezehrt.

Alt. Verbraucht.

Im Gegensatz zu ihrer schwarzen Löwenmähne, dachte Charly, *die steht beim Friseur seit dreißig Jahren unter Denkmalschutz. Und ganz zu schweigen von ihrem Body, absoluter Wahnsinn ... der passen immer noch die Jeans von damals ...*

»Sie muss heim«, sagte sie tonlos. »Ruby muss mit heim. Ruby – muss – heute – mit – heim.«

Ruby Sosniok, einundzwanzig, ohne Schulabschluss. Schwarze Stachelfrisur, zierliche Figur. Auf den ersten Blick sechzehn oder siebzehn. »Einmal Frühchen, immer Frühchen«, Manus mütterliches Mantra.

Ruby Sosniok: Unterlippenpiercing, asiatische Tattoos auf den schmächtigen Schultern, Vorliebe für auffällige Ohrringe. Meist in schwarzer Nietenjacke, Röhrenjeans und alten Chucks unterwegs. Mit dreizehn erstmals polizeilich aufgegriffen. Aktiv in der Coburger Antifa-Bewegung, mehr provokationsfreudige Mitläuferin als politische Überzeugungstäterin. Kifferin, mehrere Verstöße gegen das Betäubungsmittelgesetz.

Aber ein bildhübsches Gesichtchen, dachte Charly, *hohe Wangenknochen, katzenhaft-rassig ... genau wie ihre Mutter damals ... Manu, die Alleinerziehende, die ihrer einzigen Tochter alles durchgehen ließ ... und zu allem Überfluss ihn, Charly, bei ihren seltenen, zufälligen Begegnungen immer gerne aufzog: »Sie könnte auch von dir sein ... Ruby hat deine Widerspenstigkeit und Sturheit ... und wir hatten doch damals ...«*

»Nein!«

»... doch, wir hatten damals noch diesen einen Quickie, nach dem Schlossplatzfest ...«

Charly stöhnte leise und konzentrierte sich wieder auf die Straße. Vor ihm jetzt ein dunkelblauer Hofer BMW, der grundlos immer langsamer wurde.

Keine Überholmöglichkeit, gefühltes Schritttempo jetzt.

Er hupte ärgerlich.

Wie zum Hohn schob sich aus dem Fahrerfenster vor ihm eine rot-weiße Kelle.

Halt, Polizei.

»Scheiße, was ist das?«, hauchte Manu. Ihre schwarz-silbernen Fingernägel krallten sich in das alte Tempotaschentuch.

»Schleierfahndung wahrscheinlich. Bleib ruhig.«

Der BMW schaltete Warnblinklicht ein und rollte, gefolgt von Charly, auf einen kleinen Parkplatz hinaus.

»Hilfe, was sind das denn für Geisterbahnfressen?« Von einer Plakatwand starrten drogenzerstörte Gesichter auf sie herab.

Crystal Meth – Drogy pomalu zabíjet!

Drogen töten langsam!

»Guten Abend, die Herrschaften. Verdachtsunabhängige Kontrolle …« Ein jugendlicher Dreitagebart, tiefe Augenschatten, dönergeschwängerter Atem. »Die Papiere, bitte.«

Wortlos, betont langsam, zückte Charly ein dünnes schwarzes Mäppchen.

Die müden Augen des Zivilfahnders wurden lebendig. »Was denn, was denn, ein Kollege!? Karl-Heinz Herrmann, Polizei Coburg … ja, wer sagt's denn!« Er lachte, reichte den Ausweis zurück und wandte sich an Manu. »Madame?«

Sie reagierte nicht. Wippte nur sanft, kaum sichtbar, mit dem Oberkörper vor und zurück. *Wie die kleine Ruby damals,* dachte Charly spontan und spürte einen leisen Stich Wehmut.

»Alles in Ordnung, Frau … Herrmann?«

Charly wehrte wortlos ab. Manu ignorierte die Frage und schaute weiter starr nach vorn. »Können wir jetzt endlich weiterfahren?«, flüsterte sie.

»Was sagen Sie?« Fragend drehte ihr der Fahnder ein Ohr zu.

»Können wir jetzt endlich weiterfahren?«, fauchte sie, fuhr herum, begann urplötzlich zu schreien. »Haben Sie auch eine Tochter, haben Sie die auch schon mal suchen müssen? Dort drüben? In der Tschechei, auf dem Drogenstrich …?«

20:41 Uhr – irgendwo zwischen Cheb und Nürnberg

»Au, lass mich los, du Wichser!«

Das grell geschminkte Girl mit dem Unterlippenpiercing stolperte fast auf seinen weißen High Heels. Ärgerlich schlug sie nach dem bärtigen Biker-Hünen, der sie, fest am Oberarm gepackt, in das schummrige kleine Werkstattbüro stieß.

»Schnauze, Schlampe!«

Am Tisch lehnte ein rotblonder Strubbelkopf in Jeans, Bikerstiefeln und der gleichen Kutte: *Black Bastards*. Vor ihm kniete eine dralle Dunkelhaarige und knöpfte ihm gerade die Jeans zu. Lässig reichte er ihr ein Papiertaschentuch, »war geil, Mina, absolut geil!«, und schob sie sanft, aber bestimmt in Richtung Tür, bevor er sich den Neuankömmlingen zuwandte.

»Hey, Bruder … weißt ja, meine Tür steht dir immer offen!« Spöttisch musterte er die merkwürdige Begleiterin. »Was is 'n das für eine, Rocco? Die Fickamsel hier macht euch Probleme? Nicht dein Ernst!« Grinsend schüttelte er den Kopf. »'n Satz heiße Ohren hat da früher gereicht! Oder isse noch nicht ordentlich zugeritten?«

»Keine Ahnung, was die Kollegen schon ausprobiert haben, Steve«, brummte der Bärtige. Trotz des Schummerlichts der Schreibtischlampe machte er keine Anstalten, seine schwarze Sonnenbrille abzunehmen. »Bin heut nur Chauffeur. Aber eins kann ich dir sagen: Kotzt mich ganz schön an, was ihr auf der Zufahrt hier veranstaltet! Sind dreimal gefilzt worden, bis wir in der Dreckshalle endlich drin waren. Was soll die ganze Scheiße?«

Der Rotschopf lächelte selbstgefällig. »Professionell arbeiten, professionell absahnen. Sagt Raoul immer. Und heute wollen wir besonders professionell absahnen. Mit deiner lebenden Fracht hier … zeig mal den Begleitschein …«

Schweigend zog Rocco einen braunen Umschlag aus seiner Lederjacke.

»Ah ja … klaut Drogen, bunkert Geld, ist unbelehrbar. Vier-Tages-Rendite null. Eng befreundet mit Tante Christel …«

Steve und Rocco lachten.

Das Mädchen starrte aus riesigen Pupillen von einem zum anderen. »Hey, ihr schwulen Arschficker, verpisst euch …« Sie ließ sich in einen abgewetzten Polstersessel fallen. »Mann, ich brauch Kohle, ich will 'n paar schöne weiße Steine … Kristall, ihr Penner … klare weiße Steine …!« Aus ihrem Mundwinkel rann ein Spuckefaden.

Verächtlich betrachtete Steve ihre netzbestrumpften dünnen Beine.

»Zweite Chance?«, fragte Rocco leise.

»*No way.* Von ihrer Sorte haben wir mehr als genug.«

»Also Kiesgrube?«

»Nix Kiesgrube. Goldgrube!«

Rocco runzelte fragend die Stirn.

»Goldgrube …?«

»Hollywood.«

»Was, mit der da?«

»Raoul hat wieder mal 'nen echt Perversen an der Angel … der zahlt dafür ein Vermögen.«

»Für 'nen Porno – mit der da?«

»Kein Porno. *Dark* Hollywood.«

Kurze Stille. »Du meinst *Dog* Hollywood …«

»Oder so.« Steve grinste. »Gleich geht's los. Bring sie zu unserer kleinen Arena rüber.«

»Wo?«

»Dort hinten, neben dem grauen Pick-up.«

»Was 'n das für einer?«, fragte Rocco misstrauisch.

»Der *Dog-Man*, 'n Belgier. Nissan Navara mit X-Line Hardtop, passt zu seinen X-Dogs. Keine Bullies oder Staffs, nee, X-Dogs sind das, so richtig versaute Kreuzungen, absolut verhaltensgestört … *echte Bestien*!«

20:50 Uhr – Cheb

»Hier … nein … doch, das muss es sein!« Manus Stimme kippte vor Entsetzen.

Schweigend musterte Charly die graue Baracke, auf die

sie zeigte. »Za Mostní branou 14«, die Adresse stimmte. Eine Sackgasse zwischen Gebrauchtwagenbasar und Schrotthandel. Hier, an ihrem Ende, ein paar kahle hohe Bäume, unter die sich eine Baracke duckte.

LOVE PARADISE.

Rote Herzen blinkten aus dunklen Fensterhöhlen. Verwitterte blaue Fensterläden, von der Hauswand blätterte der Putz ab. In krassem Gegensatz dazu die massive neue Eingangstür aus poliertem Stahl. Eine kaugummikauende korpulente Schwarze, in Netzstrümpfen und weinrotem XXL-Satinbody, langweilte sich auf ihrem eigens herausgestellten Barhocker. Ein weiterer Hocker neben ihr war leer.

Rasch überflog Charly die wenigen Autos, die am Straßenrand parkten: ein tschechischer Škoda Fabia, ein Erfurter Opel Astra und ein alter Golf aus Wunsiedel. Allesamt unauffällig.

Bis auf den letzten Wagen.

Professionell schräg auf dem Gehsteig: Allzeit bereit, wie eine Raubkatze auf dem Sprung – ein silberfarbener Maserati GT. Kennzeichen Nürnberg, Anton Nordpol, vier fünf null eins. *Jede Felge ein Monatslohn eines Polizeikommissars …*

»Stopp, Manu. Kundschaft. Die verhandeln jetzt erst. Wir warten.«

Charly kurbelte das Seitenfenster seines 78er Spider herab und zündete sich eine Lucky Strike an.

Was hab ich mich bloß breitschlagen lassen, dachte er verdrossen. *An meinem schichtfreien Wochenende, der schöne Sonntag. Wollte mit Alex und Bernie auf der Thieracher Hütte abhängen, auf Bernies neunundvierzigsten Geburtstag anstoßen …*

»Ruby ist weg!«, hatte sie ins Telefon geheult. »Diesmal ist was passiert, ich spür's genau!«

GHB, war sein erster Gedanke, K.O.-Tropfen. Die Fälle in der Region nahmen dramatisch zu; vier Vergewaltigungen und drei Vermisste allein in Oberfranken in den letzten zwei Wochen. Er behielt seine Gedanken für sich, versuchte, sie zu beruhigen. Sie ließ es nicht zu.

»Nein, ich weiß es! Irgendwas ist passiert! Sie war seit Tagen völlig überdreht, hat ständig gelabert, überhaupt nicht mehr geschlafen!«

Klare Diagnose: Speed. Ruby musste auf Crystal Meth sein. War jetzt seit fünf Tagen verschwunden. Heute früh hatte Manu dann in Rubys Nachttisch ein Päckchen gummigebündelte Werbekärtchen entdeckt:

LOVE PARADISE Cheb. Za Mostní branou 14.

Ein Vermisstenfall unter vielen – für die Polizei. Nicht für Manu. Und, widerwillig gestand er es sich ein, auch nicht für ihn.

Charly inhalierte tief. Es mochte aus rein polizeilicher Sicht Aktionismus sein; privater, riskanter Aktionismus. Aber er war seiner früheren Geliebten den Gefallen einfach schuldig. Langsam stieß er den Rauch wieder aus. Ihr – und nicht zuletzt auch Ruby …

»Ey!« Ihre Fingernägel gruben sich in seinen Unterarm. »Da, den Typen kenn ich!«

Südländischer Teint, durchtrainiert, Anfang dreißig, teure Jeans, darüber schwarzes Maßhemd, Sonnenbrille, die langen schwarzen Haare zum Zopf gebunden. *Ein Macho wie aus dem Bilderbuch*, dachte Charly. *Der klassische Latin Lover.* Angeregt telefonierend, schlenderte er aus dem »Love Paradise«, direkt auf Charly und Manu zu, in Richtung des hinter ihnen stehenden Maserati.

»Der war letzte Woche im Steinweg, der hat mit Manu sogar getanzt, das hat sie mir aufs Handy geschickt!«

»Ein Poussierer. Ein klassischer Poussierer.« Charly schnippte die halb gerauchte Lucky aus dem Fenster.

»Was? Was macht so einer?«

»Er … lässt sich bezahlen. Sehr gut bezahlen.«

Ihre Unterlippe zitterte. »Wofür?«

»Für das, was er ködert … und liefert … Frischfleisch!«

20:51 Uhr – irgendwo zwischen Cheb und Nürnberg

»Ist die kleine Schlampe endlich fit?«, dröhnte eine Männerstimme durch die Halle. »Kommt mal in die Puschen, Jungs … die Babys warten schon!«

Erregtes, bösartiges Gebelle von zwei Hunden drang aus einem offenbar zum Zwinger umgebauten alten Container. Scheinwerfer wurden angeknipst, leuchteten in der heruntergekommenen Fabrikhalle ein eingezäuntes Geviert aus.

Direkt vor dem Containerzwinger umrahmten stacheldrahtbewehrte Metallgitter ein Viereck von gut acht mal acht Metern. Ein schwarzer Wasserschlauch und zwei fleckige Eisenstäbe lagen neben der einzigen Gittertür, die ins Innere führte. Von jeder Ecke aus, wie Flutlichtstrahler in einem Stadion, richtete sich ein Scheinwerfer auf die Spielfläche.

Ein Rotlicht begann zu blinken. Das Hallentor öffnete sich.

Langsam rollte ein dreckbespritzter Range Rover Evoque mit dunklen Scheiben herein. Hinter ihm schloss sich das Tor wieder. Die Lampe erlosch.

Ein stämmiger, untersetzter Mann stieg aus, in Cargohose und einem nach Schweiß stinkenden Polyester-Trikot von Manchester United. Grauer Pferdeschwanz, zerfurchte Stirn. Auffallend stark behaarte Arme. Mit kaltem Blick ignorierte er Steves ausgestreckte Hand.

»Dimitrij.« Er deutete auf die Arena. »Film, ›Dogfight‹ – hier?«

Steve nickte. Er setzte zur Gegenfrage an, doch der Graue hatte ihnen schon wieder den Rücken zugekehrt. Er kramte etwas vom Rücksitz des Range Rovers. Einen Panasonic-Camcorder.

Steve griff Rocco am Ellbogen. »Wo ist die Kleine jetzt?«

Der Biker zeigte mit dem Kinn nach rechts. »In der Bude neben den Kötern. Is eingepennt.«

»Kein Wunder. Wenn sie vier Tage durchgemacht hat. Gib ihr was, schieß nach.«

»Und Raoul …«, begann Rocco.

Steve fluchte. »Scheiße, der Meister will ja ständig auf dem Laufenden gehalten werden.« Er fingerte sein Handy aus der Brusttasche.

Rocco schüttelte verständnislos den Kopf.

»Und dafür zahlt einer irgendwo ein Vermögen, sagst du?«

»Für echten Snuff? Unter Garantie. Für Live-Hackfleisch,

möglichst lang und blutig, 'ne halbe Mille. Ey, das is Big Business, Rocco. Das holt die kleine Fotze aufm Strich in hundert Jahren nicht rein.«

»Hat er die Dürre überhaupt gesehen?«

»Wer?«

»Raoul.«

Steve klemmte sein Smartphone zwischen Schulter und Wange und kratzte mit dem Zahnstocher einen Fingernagel sauber. »Er hat sie selbst poussiert, Mann. Bayreuth ... oder Coburg? Und ihr die Schönheit des Kristalls nahegebracht. Keine vierzehn Tage is das her.«

»Und wo isser jetzt?«

»Dringende Geschäfte. Denke, er wollte mal den neuen Maserati ausfahren. Nach Cheb.«

»Wo ist Ruby Sosniok?« Charly fixierte die eisblauen Augen seines Gegenübers.

Der Lude schien nachzudenken. Endlich bequemte er sich zu einer Antwort. Leise, aber unmissverständlich.

»Du Penner ... du kannst mir amoll den Schuh aufblosn!«

Verächtlich zupfte er ein nicht vorhandenes Staubkorn von seinem schwarzen Hemd.

»Zeig dein' Faschingsausweis beim Autoscooter, vielleicht derfst dort amoll mitfahr'n! Wos inderessierd mich eier klaane Schlampe, des geht eich an Scheißdreck an!«

Er drückte die Fernbedienung seines Zündschlüssels, wollte seinen Weg an Charly vorbei fortsetzen.

Ein schriller Wutschrei, Charly riss den Kopf herum.

Manu kam herangeschossen, in ihrer Linken blitzte es auf, Charly erkannte etwas aus seinem Handschuhfach – die ausgeklappte Klinge seines Polizeimessers.

Mit zitternder Hand zielte sie auf den Nabel des Luden. »Ich schlitz dich auf, du Sau! Wo ist Ruby?«

»So if you really want me, come on and let it show«, trällerte das Girl.

Durch einen Spalt der Außenjalousie beobachtete Rocco,

wie sie sich auf dem durchgesessenen braunen Schmuddelsofa fläzte.

Ihre High Heels stachen Löcher in den schäbigen Bezug, ohne dass sie es merkte. Interessiert betrachtete sie ihre eigenen Finger, die, scheinbar völlig losgelöst vom übrigen Körper, einen irrwitzigen Tanz vor ihren Augen vollführten. *»… come on and let it show, la la la lala laa …«*

»Verrückt«, murmelte er und drehte sich wieder um, »wieder voll drauf!«

Er schnupperte. Ein leicht säuerlicher Geruch hing in der Luft. Steve öffnete gerade eine Kühlbox mit rohem Fleisch.

»Ey, so kurz vorm Auftritt? Willste echt noch füttern?«

Steve lachte. »Vergiss es, Gringo! Die haben seit achtundvierzig Stunden nix mehr fressen dürfen, die gehen topfit in den Ring … *hungry like a wolf!*« Mit leisem Schmatzen holte er zwei steakgroße Fleischbrocken aus der Box und schloss sie wieder. »Die brauch ich nur zum Schminken!«

»Schminken …?«

»Genau! Du gehst jetzt rein zu ihr und ziehst die Kleine aus … und von mir bekommt sie dann eine gründliche Abreibung … mit diesem blu-tig ro-ten Fleisch hier!« Triumphierend schwenkte er die beiden Fleischlappen vor Roccos Gesicht. »Kleiner Appetitanreger … für hungrige belgische Wölfe!«

Der Lude explodierte förmlich.

Ein blitzartiger Sidekick, das Messer flog aus Manus Hand, seine Rechte schoss nach vorne, packte sie an den Haaren, donnerte ihr Gesicht gegen die Seitenscheibe des Spider.

Ein erstickter Aufschrei, mit zertrümmerter Nase sackte sie neben dem Wagen zusammen. Ein letzter verächtlicher Tritt, gezielt an die Kniescheibe der benommen am Boden Liegenden, dann sprintete er los Richtung Maserati.

Charly jagte hinterher, erwischte ihn in letzter Sekunde, als der Poussierer schon die Fahrertür öffnete. Charlys Fußfeger traf ihn genau in der Kniekehle.

Er klappte zusammen, riss Charly unsanft mit zu Boden.

Beide Männer wälzten sich auf dem schmutzigen Asphalt, Charly konnte gerade noch einem Kniestoß in die Weichteile ausweichen, bohrte im Gegenzug den ausgestreckten Daumen in das linke Auge seines Gegners, sah plötzlich Manu, die sich mit blutverschmiertem Gesicht auf allen vieren näherte.

»Ruby … wo is mei klaane Ruby …«

»Er geht einfach nicht mehr ran. Komisch.«

Steve klappte das Handy wieder zusammen. »Aber kein Problem. Plan B heißt, trotzdem durchzieh'n, egal, was kommt.« Er kickte einen Kronenkorken über den Betonboden der alten Fabrikhalle. »Dimitrij und Bert wollen schließlich auch ihre Gage … kein Bock auf Stress mit den beiden. Nicht hier und nicht heute.«

Er schlug mit der Faust auf den Gitterzaun, schloss ganz kurz die Augen und versuchte, das hysterische Geschrei des Mädchens und das gierige Geheul der Hunde zu verdrängen.

Zehntausend Öcken … für fünf Horrorminuten und ein bisschen Saubermachen … und nächsten Sommer gehört uns die Route 66, mit Mina hinten aufm Bock! Er öffnete die Augen wieder, reckte entschlossen den Daumen.

»Los geht's – Film ab!«

Keuchend hielt Charly den deutlich jüngeren Luden im Schwitzkasten, aus dem Augenwinkel sah er Manu, die jetzt, immer noch kriechend, die offene Fahrertür erreicht hatte, dort an ihrem Schuh nestelte – und plötzlich etwas kleines Weißes in den Maserati warf!

Irritiert lockerte sich für einen Sekundenbruchteil Charlys Griff. Sofort entschlüpfte ihm sein Gegner wieder, traf ihn mit dem Ellbogen an der Schläfe und kickte Manu zur Seite, ihr Kopf schlug auf dem Bordstein auf.

Er sprang in den Wagen und startete den Motor.

Alles aus … Verloren … Wie durch einen Nebelschleier, unwirklich und ungläubig zugleich, hörte Charly den Motor hochtourig aufheulen – und gleich darauf Bremsen quietschen … der Maserati brach aus, kratzte mit hässlichem

Geräusch an einer Backsteinwand entlang ... und kam zum Stehen.

Direkt vor einem quer gestellten silbernen Škoda Octavia mit blauen und gelben Streifen an der Seite.

Policie.

»Bien fait, mes p'tites, bien fait!«

Steve kämpfte mit akutem Brechreiz, während der Belgier anerkennend seine Hunde tätschelte. Keine Belohnung – die hatten sich die beiden Bestien soeben selbst verschafft. Das nackte Bündel Fleisch, das vor drei Minuten noch ein junges Mädchen gewesen war, lag schlaff in der Ecke und regte sich nicht mehr. Selbst die weißen High Heels, die sie als einziges Kleidungsstück anbehalten durfte, waren jetzt blutbespritzt.

»Passport, passport!«

Dimitrij. In Gummistiefeln, den Camcorder immer noch in Aktion, hielt er auf die Tote und winkte ungeduldig, bis Steve verstand.

Der obligatorische Abspann.

Nahaufnahme des Opfers.

Mit der Bildzeitung von heute, Beweis für aktuelles Filmmaterial.

Dann der Ausweis. Mit spitzen Fingern zog Steve eine Plastikkarte aus seiner Brusttasche. Trat näher heran. Ganz nahe. *Route 66 ... Route 66 ...*, hämmerte es in seinem Kopf, als er den Ausweis auf die Leiche fallen ließ – direkt auf die entstellend große Bisswunde in der Wange des schmalen Gesichts. Dimitrij grunzte befriedigt und zoomte den Namen heran.

*Nadine Wiesmüller, *12.10.1996, Bayreuth.*

08:14 Uhr – Polizei Coburg

»Sind Sie jetzt völlig durchgeknallt, Herrmann?«

Polizeidirektor Frank Ritter, ein durchtrainierter, kahlköpfiger Eins-neunzig-Mann, war außer sich. Erregt tigerte er hinter seinem Schreibtisch auf und ab.

»Sie erzählen mir Montag früh so ganz nebenbei, dass Sie am Wochenende im Ausland waren, sich dort erstens falsch ausgewiesen haben, zweitens eine private Schlägerei mit einem mutmaßlichen Zuhälter und Drogendealer begonnen haben und drittens Ihre Begleiterin jetzt deshalb in der Klinik liegt?«

Charly tastete nach seiner grünblau verfärbten Schläfe und verzog das Gesicht. »Nicht so laut, Chef, bitte! Es war … es war eine Art Notwehr, es war Gefahr im Verzug!«

»Gelaber! Wieso das denn?«

»Der Typ wäre uns fast entwischt – und er weiß, wo Ruby Sosniok steckt. Wir wissen, dass er sie persönlich geködert, poussiert hat – hier im Steinweg, im ›Wooloomooloo‹!«

Ritter winkte ärgerlich ab. »Gibt Ihnen noch lange nicht das Recht, in Cheb den Charles Bronson zu spielen!«

»Wenigstens kennen wir ihn jetzt.« Charly blieb hartnäckig. »Raoul Scheffler aus Nürnberg. Sitzt in Cheb in U-Haft, weil er Manuela Sosniok lebensgefährlich verletzt hat. Und Crystal im Wagen hatte.«

Das Telefon klingelte.

»Ritter … ja was … wie …?« Der Polizeidirektor ließ sich in seinen Chefsessel fallen, der heftig zu vibrieren begann.

Charlys Blick schweifte über den beneidenswert leeren Schreibtisch nach hinten, durch Ritters Fenster, hinüber zum Festungsberg, wo die Veste, das Coburger Wahrzeichen, thronte.

Trutzig. Unbeirrt von Stürmen, lauen Lüftchen oder Wolkengebilden aller Art.

Für Besucher eines Chefbüros ein echtes Vorbild, dachte Charly, *eine Top-Motivation bei unangenehmen Terminen aller Art.*

Robust. Charakterstark. Unerschütterlich.

»BKA? Zeugenschutzprogramm?«, fragte Ritter ungläubig.

Charly horchte auf.

»Kommen Sie sofort«, sagte Ritter heiser. »Große Lagebesprechung!«

Vierzehn Kollegen im großen Lageraum, Ritter hatte die gesamte Schicht zusammengetrommelt.

Erstaunlich, dachte Charly, *dass zur Rechten des Chefs nicht wie üblich sein Stellvertreter Heinz-Uwe Löhlein sitzt, sondern die neue Kollegin Fiona Brouwers.*

»Jetzt ist die grad ein Vierteljahr da«, ätzte Schnauzer, das Tom-Selleck-Double der Coburger Polizei, leise, »und hat schon den guten Heinz-Uwe abgehängt?«

»Na, ihr Einstand letzten Samstag in der ›Ponderosa‹ in Lautertal war auch nicht übel. Ritter ist doch selbst bei den Letzten gewesen, um zwei Uhr früh«, schaltete sich Moser, genannt Quax, ein. »Ich sag euch eins, die ist 'ne ganz heiße Kandidatin für den Blitzaufstieg in den höheren Dienst. Auch wenn sie heute etwas mitgenommen aussieht.«

Charly musterte skeptisch die Kollegin, deren Anblick ihn jedes Mal an eine mittelmäßige US-Schauspielerin erinnerte, deren Name ihm einfach nicht einfallen wollte: Klein, gut gebaut, halblange hellblonde Haare, Anfang dreißig.

Gut – aber austauschbar. Standardschönheit, dachte er. *Und deutlich blasser heute als sonst, Quax hat recht …*

Der Polizeichef räusperte sich. »Guten Morgen, liebe Kolleginnen und Kollegen, ohne Vorrede zunächst ein kleines Update für Sie alle: Wir haben seit einer knappen halben Stunde einen neuen Mordfall. In Bad Staffelstein wurde ein dreiunddreißigjähriger Mann erdrosselt in seiner Wohnung aufgefunden. Hierzu übergebe ich aus aktuellem Anlass das Wort der Kollegin Fiona Brouwers. Sie wird vertraulich über einen Punkt informieren, der bisher der höchsten Geheimhaltungsstufe unterlag und selbst im Polizeipräsidium nur zwei ausgewählten Personen bekannt war. Bitte, Frau Brouwers!«

»Danke.« Nur die Andeutung eines Lächelns. »Ja, liebe Kollegen, was jetzt folgt, ist ein dienstliches Outing. Ihr wisst, dass ich vor einem Vierteljahr erst nach Coburg versetzt wurde. Was ihr noch nicht wisst, leider noch nicht wissen durftet: Ich komme nicht aus München vom Bayerischen Landeskriminalamt, das LKA war nur meine vorletzte Dienststelle. Nein … ich bin seit eineinhalb Jahren beim Bundeskriminalamt tätig. Ich bin Kriminalrätin des BKA, ursprünglich Standort Berlin im Referat SO 45, Ermittlungen Schwere und Organisierte Kriminalität, zuletzt im Zeugenschutzprogramm, Referat 36 mit Standort Meckenheim.«

Verblüfftes Raunen, ungläubiges Kopfschütteln.

Moser blies fassungslos die Backen auf. Fiona wartete, bis sich die Unruhe gelegt hatte.

»Ihr kennt den Codenamen ›Underdog‹«, ein prüfender Blick aus leicht schräg gestellten grauen Augen, »das BKA fahndet nach Produzenten und Auftraggebern der Snuff-Videos, die seit letztem Jahr aufgetaucht sind. Stichwort Kampfhund, mutmaßlicher Hintergrund Milieu und Drogenmafia. Das Zeugenschutzprogramm des BKA hat vor Kurzem erstmals gegriffen, einer unserer Informanten, ein Mann aus dieser Drogen- und Rotlichtszene, ist ausgestiegen. Wir haben ihn in Phase eins des Programms erst mal an einen sicheren Ort gebracht.«

»Bad Staffelstein?«, fragte Charly ungläubig.

»Genau, Charly.« Fiona nickte ihm kurz zu. »Und weil ich in Phase eins für die Betreuung des Aussteigers Thorsten Geest zuständig bin«, sie stockte und verbesserte sich, »... zuständig war, wurde ich, wie seit Kurzem üblich, vom BKA mit einer anderen Vita ausgestattet und als ›normale‹ Kriminalbeamtin an die örtlich zuständige Dienststelle versetzt. Ziel ist es, höchste Geheimhaltung bei gleichzeitig maximaler polizeilicher Effizienz sicherzustellen ...«

Sie schluckte, schien sich ihrer unpassend floskelhaften Sprache bewusst zu werden. Etwas zu schnell schaltete sie den Beamer ein.

Auf der Leinwand neben ihr erschien ein hageres, unrasiertes Gesicht mit stechendem Blick.

»Das ist Thorsten Geest, dreiunddreißig Jahre, aus Bad Saarow in Brandenburg. Unser Aussteiger, der erste und bislang einzige Informant in Sachen ›Underdog‹. Er wurde jetzt in Bad Staffelstein erdrosselt.«

Nachdenkliche Stille.

»Aber das BKA hat sicher auch für diesen Fall eine Regelung getroffen«, sagte Charly ironisch.

»Selbstverständlich.« Fiona schien den leisen Spott nicht

zu bemerken. »Bei Tod oder Verschwinden eines Aussteigers: sofortige interne Aufdeckung und volle Kooperation mit der ermittelnden örtlichen Dienststelle.«

Ritter schob seine Kaffeetasse zur Seite. »Frau Brouwers ist vom BKA vorläufig abgestellt, daran ändert sich erst mal nichts. Kollege Adler vom Polizeipräsidium Bayreuth hat mir soeben bestätigt, dass sie bis zur Klärung des Falles als BKA-Verbindungsbeamtin bei uns im Haus bleibt. Der Fall Geest bekommt selbstverständlich höchste Priorität bei uns. Dienstlich unterstellt sind Sie ja unverändert Berlin«, er nickte Fiona bestätigungsheischend zu, »ihr Auftrag hier heißt ›Fachlich beratende und koordinierende Unterstützung der Kripo Coburg‹.«

»Auf Deutsch, die Frau Kriminalrätin pfuscht uns allen jetzt nach Herzenslust ins Handwerk«, murmelte Quax.

Charly schüttelte grimmig den Kopf. Wortlos stand er auf, verließ den Raum und zog die Tür hinter sich zu.

Manu liegt auf Intensiv, Ruby wird vielleicht von irgendeiner Drecksau grad zugeritten … und ich darf mich nicht drum kümmern, weil sich diese BKA-Nullen ihren wichtigsten Mann unterm Arsch wegziehen und abmurksen lassen!

11:10 Uhr – Berlin-Zehlendorf, Golfclub Wannsee, Parkplatz

Sanft erstarb der 6,75-Liter-Motor des cognacmetallicfarbenen Bentley Mulsanne. Ralph Wernstedt strich liebevoll über das polierte Wurzelholz seines Armaturenbretts. Er tat es gern, besonders wenn er der angenehm dunklen Frauenstimme mit dem unwiderstehlichen Akzent lauschte, die gerade wieder aus der Freisprechanlage erklang.

Joan van Steen, die neue Sekretärin. Geboren und aufgewachsen in Kapstadt, Südafrika.

»… Wirtschaftssenator Benninghoff hat zugesagt, die Eröffnungsrede auf dem Kongress zu halten …«

»Das ist gut«, sagte Wernstedt und lächelte einer brünetten jungen Frau zu, die mit geschulterter Golftasche vorbeiging und ihm einen neugierigen Blick zuwarf, »das ist sehr gut.«

»Und schließlich«, Joan machte eine effektvolle Pause, »ein Anruf von ›i&u TV‹. Sie sind angefragt. Für Günther Jauch; nächsten Sonntag. Thema Glücksspiel in Deutschland.«

Wernstedt schloss die Augen.

Wieder huschte der Anflug eines Lächelns über sein Gesicht. Endlich. Es war geschafft.

Alle Mühen hatten sich gelohnt.

Der Aufstieg vom Erben eines schmuddeligen kleinen Flipperlokals in Berlin-Wilmersdorf zum größten deutschen Spielhallenbesitzer.

Vom ungestümen Rausschmeißer in den wilden Achtzigern zum Talkshowgast bei Günther Jauch fast dreißig Jahre später.

Eine Einladung, die wertvoller war als ein Bundesverdienstkreuz.

Versonnen betastete er das cremefarbene Lederlenkrad. Sein rechter Zeigefinger war merkwürdig verkrümmt und vernarbt. »Ich bin noch da, Joan, ich bin noch da ... Bitte bestätigen Sie den Termin bei Herrn Jauch.«

Es hatte sich gelohnt, den großen Bruch mit den Etablierten seiner Branche zu riskieren. Gelohnt, den Bundesverband Spielwirtschaft zu gründen. Seriös und professionell aufzutreten. Um dann mit frischem Geld wieder neue Einnahmequellen zu erschließen. Neue Wege zu beschreiten, neuen Einfluss zu gewinnen ...

»... mache ich, Chef. Moment bitte, ein Anruf auf Leitung zwei ...«

Wernstedts Augen wurden schmal.

Leitung zwei kannten nur ein paar Insider. Die Nummer war für absolute Notfälle reserviert. »Stellen Sie durch, Joan! Bis später! ... Jaa? ... Hallo, was gibt's? ... Wie? Was? ... Raoul Scheffler sitzt in U-Haft? In Cheb?«

Wernstedt zog seinen verkrüppelten Zeigefinger vom Lederlenkrad und ballte die Faust. »So ein Idiot!«, zischte er leise. »Bekommt von uns ganz Nordbayern und lässt sich abfischen! In Cheb! Ganz genau ... Hauen Sie ihn jetzt erst mal da raus, so schnell es geht ... Natürlich, marktübliche Konditionen ... Schmierstoffe sind dort schließlich billiger als bei uns ...«

Ein lässiger Zwei-Finger-Gruß an den Oberstaatsanwalt, der gerade bester Laune aus dem Clubhaus kam.

»Aktuelle Transaktionen, was steht da in den nächsten Tagen an? … Hui!« Er pfiff durch die Zähne. »Auch das noch … Nein, auf keinen Fall! Einen Transfer dieser Größenordnung können wir jetzt nicht mehr canceln! … Umleiten, unbedingt umleiten! … Geht einfach in Planquadrat Südwest … mit neunzig zu zehn … Ja natürlich, wir schreiben lieber zehn Prozent ab als hundert! Kleine Staatsabgabe«, lächelte er und grüßte nochmals den Oberstaatsanwalt, der jetzt fröhlich winkend in seiner schwarzen S-Klasse vorbeifuhr.

»Gönn deinem Gegner kleine Erfolge … umso leichter kommst du zu großen Erfolgen! So, und jetzt ist gut, ich will hier endlich auf den Golfplatz. Diekmann von der BILD wartet schon …«

12:20 Uhr – Coburg, Goldbergsee

Der Splitt knirschte, als Charly den schwarzen Alfa Spider auf den Parkplatz lenkte. Kein Bock auf Kantinengeschwätz heute, einfach nur raus an die Luft. Er stieß die Tür auf, blieb sitzen.

Sanft kräuselte sich die Wasseroberfläche. Zwei Graureiher standen im seichten Uferwasser. Misstrauisch drehten sie ihre langen dünnen Hälse in seine Richtung.

Er zückte langsam das Handy und drückte den neu abgespeicherten Kontakt: »Cheb Klinik«.

»… ja, genau … Herrmann, deutsche Polizei … Manuela Sos-ni-ok aus Coburg, keine Angehörigen … Danke … Ja … wie … Zustand verschlechtert … liegt im Koma?«

Charlys Gesichtszüge versteinerten. »Verstehe … müssen abwarten, natürlich … halten Sie mich bitte auf dem Laufenden … Wiedersehen …« Er schwang sich aus dem Wagen, vergrub die Hände in den Taschen, sog in tiefen Zügen die frische Luft ein. Seine Gedanken rasten.

Nichts, gar nichts wäre passiert, wenn ich damals nicht aus München zum Klassentreffen des Ernestinums gekommen wäre …

damals, 1992 … und wenn ich am Abend davor nicht die Rocky Horror Show auf dem Schlossplatz besucht hätte … ein heißer Freitagabend im August, ausgelassene Partystimmung … du hast meinen Ehering gesehen und mir von deinem Trucker-Freund erzählt, wir haben uns überhaupt nichts vorgemacht … wir haben nur den Sog dieses berauschenden Moments gespürt, haben uns gemeinsam mitreißen lassen … ihn intensiv gelebt, geliebt und ausgekostet … in deinem Ein-Zimmer-Apartment am Südring … It's now or never!

Und Montagmorgen saß ich wieder im PP München, Kommissariat 16, Operative Fallanalyse. Und du hinter deiner Kasse im Plus-Supermarkt im Wirtsgrund in Wüstenahorn …

Es war keine Liebe.

Nichts künstlich Überhöhtes.

Und erst recht kein schlechtes Gewissen danach. Es war … ja, es war ein Stück Dankbarkeit, einen solchen Moment gemeinsam erlebt zu haben …

Denn dass neun Monate später Ruby zur Welt kam, ist reiner Zufall.

Sonst hättest du mir das nicht erst Jahre später erzählt. Auch die Story, dass sie an einem Dienstag zur Welt kam und du sie nach dem alten Stones-Kracher »Ruby Tuesday« benannt hast; alles Mögliche hast du erzählt, als wir uns im Spielwaren-Schleier in der Judengasse über den Weg gelaufen sind.

Du mit der kleinen Ruby, ich mit der kleinen Valerie. Und dann zwei Stunden lang in diesem chaotischen »Elterncafé Babbel« saßen. Bis sie uns rausgeschmissen haben …

Er bückte sich, hob einen flachen Kieselstein auf und ließ ihn, abseits der Graureiher, über den See tanzen. Sechs, sieben, acht, neun Mal. Ein paar Enten draußen auf dem See stoben auf.

Ruby ist nicht von mir.

Bestimmt nicht.

Aber sie ist ein Coburger Kind. Und wir sind immer noch die Coburger Polizei. Wir müssen Ruby suchen, dachte er störrisch.

»Scheiß auf diesen BKA-Mist!«

Wütend zog er die Tür zu, startete den Alfa und ließ die

1,6-Liter-Maschine aufheulen. Empört flohen die beiden Graureiher auf den Goldbergsee hinaus.

13:05 Uhr – Polizei Coburg

»Kommen Sie rein, Frau Brouwers!«

Ritter lehnte am Schreibtisch und nickte Fiona zu. »Ist die Tür zu? Gut.«

Wortlos wies er auf seinen Besuchertisch. »Frau Brouwers, unter vier Augen. Und vier Ohren. Topsecret!« Eindringlich fixierte er sein Gegenüber.

»*D'accord*«, sagte die BKA-Frau kühl.

»Lassen Sie mich ohne Umschweife auf den Punkt kommen: Wir haben ein Leck!«

»Ein Leck?«

»Ein Informationsleck. Einen Maulwurf.«

Fiona zog die perfekt gezupften Augenbrauen hoch. »Ein schwerwiegender Vorwurf. Wie kommen Sie darauf?«

»Zu viele Pannen in letzter Zeit. Unsere letzten vier Drogenrazzien waren allesamt ein Flop. Entweder blank oder nur ein Bruchteil der erwarteten Menge.«

»Viermal hintereinander? Das ist in der Tat auffällig. Eindeutig zu oft.«

»So ist es. Und unsere Drogenfahnder sind definitiv sauber.«

»Haben Sie einen Verdacht?«

Ritter nickte düster. »Es gibt nur einen Kollegen außerhalb des K4, der privat und dienstlich enge Kontakte mit unseren Rauschgiftlern pflegt. Und gleichzeitig die Razzia-Termine kennt.«

»Und – wer?«

»Herrmann«, sagte der Coburger Polizeichef leise.

»Charly Herrmann?« Fiona war sichtlich überrascht.

»Charly Herrmann … so schmerzhaft es menschlich sein mag. Er ist der Einzige, der im Ausschlussverfahren übrig bleibt. Er ist finanziell sicher empfänglich; Sie wissen ja, dass er wegen früherer … äh, Unangepasstheiten und Sperenzchen nur Kommissar ist. Und mit A9 macht man nun mal keine großen Sprünge.«

»Verrückt«, sagte Fiona. »Er hat doch diesen Serienmörder mit dem ›Nikolaushaus‹ gefasst. Und die Morde an den Balletttänzerinnen aufgeklärt. Und ist immer noch A9?«

»Das führt uns jetzt nicht weiter, Frau Kollegin! Völlig sachfremde Erwägungen!« Ritter wehrte unwillig ab. »Zurück zum Thema! Seit heute weiß ich, dass Herrmann auch privat in der Szene unterwegs ist: auf dem Drogenstrich in Cheb!«

»Ich dachte, er wollte einer Bekannten helfen?«

»Sie meinen diese Posse mit der angeblichen Suche nach Ruby Sosniok? Reines Ablenkungsmanöver, bloße Show!«

Fiona strich sich eine blonde Haarsträhne hinters Ohr. »Was erwarten Sie von mir?«

Ritter straffte sich auf eins neunzig. »Genaue Beobachtung des Kollegen Herrmann. Inoffiziell – und absolut diskret. Als BKA-Kommissarin sind Sie dafür geradezu prädestiniert – neutral, objektiv und kompetent! Berichte ausschließlich mündlich, ausschließlich an mich.«

Sie überlegte. »Ich möchte keinen Kollegen bespitzeln. Aber hier geht es letztlich darum, andere Kollegen zu schützen … Ermittlungserfolge nicht zu gefährden … richtig?«

Ritter nickte befriedigt. »Und den Kollegen bestenfalls vielleicht sogar zu entlasten. Ich will jedenfalls hundertprozentig sicher sein, bevor ich ein offizielles Verfahren wegen Amtsdelikts beim LKA in München anleiere!« Er streckte die Hand aus.

Nachdenklich schlug sie ein.

Aus sanftem Nieseln war aggressiver Platzregen geworden. Charly schob das Lucky-Strike-Päckchen zurück in die Lederjacke und setzte widerwillig zum Sprint an.

Zwanzig Schritte bis zur Raucherhütte im Innenhof der Coburger Polizei. Eine alte Holzbude des Coburger Weihnachtsmarktes, aufgekauft und umfunktioniert zum Allwetterschutz der rauchenden Kollegen. Erst belächelt, aber dann schnell akzeptiert – auch weil höhere Etagen jetzt nicht mehr so schnell erkannten, wer denn gerade wieder ein Zigarettenpäuschen einlegte.

Keuchend erreichte Charly den Unterstand. Er war nicht der Einzige.

»Du rauchst?«

Fiona stieß Rauch aus. Ihr schwaches Lächeln erstarb sofort wieder. »Nur wenn es wirklich brennt.«

Charly inhalierte tief. »Geht mir genauso. Absoluter Krisenraucher. Das Päckchen hier war zwei Monate unberührt im Schreibtisch.«

Schweigend starrten sie hinaus.

Der Regen wurde immer stärker, warf jetzt Blasen auf dem Asphalt.

Des draascht wie damals, dachte er. *Ruby hatte schwarz-gelbe Gummistiefelchen und einen Tigerenten-Regenschirm … damals, als sie an der Hand ihrer Mutter aus dem »Café Bellagio« in der Spitalgasse herauskam … Manu Arm in Arm mit Richie Sauerbrey, dem bärtigen Stadtbusfahrer. Den wenig später die Kollegen mit 1,9 Promille aus dem Verkehr zogen … jetzt muss er Kackbraun tragen, ist Paketfahrer bei UPS … und Ruby trägt keine Tigerenten-Stiefelchen mehr …*

»Kein Cabrio-Wetter«, stellte Fiona fest. »Was macht dein Alfa?«

»Steht in der Garage und wartet sehnsüchtig auf seinen neuen Solex-Doppelvergaser.«

»Mein Vater hat jahrelang einen Borgward restauriert. Ein Fass ohne Boden war das damals. Musst du auch so viel reinstecken?«

»Geht so. Ein 78er Spider ist schließlich kein Hobby.«

»Sondern?«

»Eine Passion.«

Fionas Blick grub sich in seinen. Überrascht fiel ihm auf, dass das Blau ihrer Augen mit winzig kleinen silbergrauen Sprenkeln durchsetzt war. Sie waren es, die ihr ständig jenen leicht amüsierten Gesichtsausdruck verliehen. Selbst wenn sie nicht lächelte.

Wie jetzt.

»Irgendwas stinkt dir doch«, sagte sie. »Ich merk die ganze

Zeit schon, dass dir etwas nicht passt. Warst so gereizt in der Besprechung.«

Charly schnaubte spöttisch. »Gehört ja nun wirklich nicht viel weibliche Intuition dazu.«

»Muss auch gar nicht. Brauchst gar nichts weiter zu sagen. Bei manchen Männern ist bloße Diagnose schon die Therapie.«

Er musste grinsen. »Nicht schlecht. Man merkt die Arzttochter.« Sorgfältig stippte er etwas Asche in den gut gefüllten Aschenbecher. »Ändert trotzdem nichts daran, dass das bei uns hier total falsch läuft.«

»Wieso?«

Ihre silbergrauen Sprenkel zogen seinen Blick magisch an.

»Willst du's wirklich wissen?«

Er ließ sich Zeit.

Genoss ihren fragenden Blick. Ihre hochgezogenen Augenbrauen. Im Hintergrund fuhr das große dunkelrote Stahltor automatisch zur Seite. Ein Streifenwagen, am Steuer der unverkennbare hochrote Kopf von »Fässla« Welsch, jagte jaulend aus dem Hof, vorbei am Finanzamt, Richtung Thüringer Kreuz.

»Dass wir eure Scheiße wegräumen müssen, Fiona! Die ihr vom BKA heimlich in unseren Vorgarten gesetzt habt! Thorsten Geest war doch nur 'ne kleine Drecksau, tief im Osten drüben. Ist jetzt auch als Infoquelle versiegt. Völlig nutzlos. Einer weniger von der Sorte. Und wegen so einem legt ihr alles lahm hier; weil ihr versagt habt, müssen wir jetzt einspringen! Und sollen gleichzeitig zusehen, wenn ein Mädchen aus Coburg verschwindet und irgendwo zugeritten wird, ja, das stinkt mir, Fiona! Und zwar ganz gewaltig!«

Er versenkte seine Lucky tief im Sand des Aschenbechers.

Die Hände in der Lederjacke vergraben, stapfte er durch den strömenden Regen zurück ins Polizeigebäude.

Dreizehn Uhr neunundvierzig. Genügend Zeit bis zur nächsten Lage, genügend Zeit, um mehr über Rubys Poussierer, Raoul Scheffler, zu erfahren. Charly schob den guten alten »John Lennon 1940–1980« mitsamt kaltem Kaffeerest zur Seite und zog das Telefon heran.

Polizei Erlangen, er kannte die Durchwahl auswendig: Tom Scherzer, sein Stellvertreter in der SOKO Franken. Gemeinsam hatten sie »Nik the Ripper« und den »Shibari-Killer« zur Strecke gebracht. Ein Anflug nur von Stolz, der sich gleich wieder verflüchtigte.

»Scherzer.«

»Herrmann. Servus, Kollege.«

Ein überraschtes Ächzen, gefolgt von einem leisen Knall und derben Flüchen Toms. »Etz leckt mich doch die Welt am Arsch, etz haut des Scheiß-Fenster die ganze Vase runter! Sauerei, der schöne Strauß!«

»Hochzeitstag?«

»Nix da! Fünf Jahre wilde Ehe! Und wos maansd, wos sie gestern bei der AZ gwunna hod? A Wochenende für zwei – beim Coburger Samba-Festival!«

Charly lachte. »Net dei Ernst! Aber ganz im Vertrauen, so unter uns Männern: nix gegen dei Sandra, wirklich net … Aber mit der eichna Fraa zu Samba? Wassd du, wos des is? Des is Holz nei'n Wald getragen!«

Kurze Stille. Dann hatte sich der Erlanger wieder gefasst. »Du, des kommt ganz drauf an … ich denk amoll, grad bei euch da oben, des sind doch lauter große dürre Wälder, die schon a weng echtes Edelholz vertragen könnt'n!«

»Täusch dich net, Kollege. Ich glaub, des wird echt Zeit, dass wir zwaa wieder amoll einen Zug durch die Gemeinde mach'n! Aber jetzt im Ernst, vom Edelholz zu den Edelsteinen: Ihr habt da ein echtes Juwel in eurer mittelfränkischen Polizeisammlung, Tom … Sagt dir der Name Raoul Scheffler was?«

»Scheffler?« Jetzt lachte Scherzer. »Aber hallo, selbstverständlich! Nach außen ganz der erfolgreiche Geschäftsmann. Mehrere Spielhallen in Nürnberg, Fürth, Erlangen, Bamberg. Inoffiziell unser Aufsteiger des Jahres, gerät immer wieder ins Visier. Drogen, Prostitution, Verbindungen zur organisierten Kriminalität. Bisher nie was nachzuweisen. Ist jetzt verstärkt im fränkisch-tschechischen Grenzgebiet aktiv. Soll jetzt seit Samstag in Cheb in U-Haft sitzen, mehr wissen wir noch nicht …«

»Mmhm«, machte Charly vorsichtig. »Kannst du mir eine

kleine Zusammenfassung machen? Bin selbst an ihm dran. Aber topsecret.«

»Verstehe. Kein Problem, Chef. Kriegst was ganz Erlesenes. Ein polizeiinternes Datenprofil ›Bayern-Täter‹. Interner Modellversuch, unser PP Mittelfranken als Pilotbehörde – gibt's vorerst nur für eine Handvoll besonders interessanter Stammkunden: auf einer DIN-A4-Seite persönliche Daten, KAN, soziales Umfeld, Background, Prognose. Alles, was das Ermittlerherz begehrt.«

»Genial. Schönen Dank im Voraus, Kolleech. Ich gehe davon aus, dass datenschutzrechtlich alles paletti ist.«

»Worauf du einen lassen kannst. Keine Mail deswegen, du kriegst ein Fax von mir. Stell dich schon mal daneben. Vier, vier, acht?«

»Vier, vier, acht.«

Sanft schnurrend spuckte das Faxgerät ein Blatt Papier direkt in Charlys Hand.

VS – Datenprofil Bayern-Täter – Zielperson OrgKriminalität

Zielperson

S c h e f f l e r, Raoul Daniel, *01.10.1980 Nürnberg, deutsch

Spitzname: »Zigeuner« (Sinti-Großmutter mütterlicherseits)

Eltern

Peter Scheffler, *14.02.1944 Grafenwöhr, Gebrauchtwagenhändler und gewerblicher Schäferhundzüchter (»Von der Sternschanze«)

Mariana Scheffler, geb. Rosenthal, *26.08.1948 Schwabach, ohne Beruf

Schulabschluss und weitere Ausbildung

1998 Fachabitur an Städt. Fachoberschule (jetzt: Berufliche Oberschule der Stadt Nürnberg), Rollnerstraße 15

BWL-Studium im zweiten Semester 1999 abgebrochen

Sonstiges
Hobby-DJ, Paintball-Spieler, Enduro-Fahrer (Kawasaki KX 450 F, N-KX 7),
Maserati GT (N-AN 4501)
Mitglied im Schützenverein ESV Rangierbahnhof Nürnberg (Pistole) seit 1996,
Waffenbesitzkarte Stadt Nürnberg 304/98: eine aktive Kurzwaffe – Desert Eagle Mk XIX, Kal. 50 A.E.

Zitate (nicht verwertbar!) inoffizieller Quellen
- »Kann sich gewählt ausdrücken, beherrscht sprachliche Ebenen vom Dialekt bis zur Hochsprache. Versteht es, Menschen zu manipulieren und für sich einzunehmen.«
- »Ein eiskalter Egomane, absolut professionell, zielorientiert, skrupellos. Extrem ehrgeizig.«
- »Ein kultivierter, intelligenter Sadist … Kommt gut an bei Frauen … Schon als siebzehnjähriger Aushilfs-DJ in kurzer Zeit über Frauenkontakte bis ins Lokalradio gekommen.«
- »Als DJ und Frauenversteher mehrfach mit Drogen in Berührung gekommen, ein Deal konnte ihm bis heute nicht nachgewiesen werden.«

Raoul Scheffler betreibt aktuell fünf Spielotheken in Nürnberg, Fürth, Erlangen, Bamberg und Weiden. Er arbeitet nach jüngsten inoffiziellen Erkenntnissen dem Rotlichtmilieu als »Poussierer« zu. Er gilt im nordbayerisch-tschechischen Grenzraum als Aufsteiger und kommender Mann in der regionalen OK.

»Charly! Wo bleibst du – große Lage!«

»Sehr gut, Heinz-Uwe, sehr gut!«

Charly knüllte das Fax zusammen und schob es tief in seine Hosentasche. »Ich komme!«

16:15 Uhr – irgendwo zwischen Cheb und Nürnberg

Steve streckte die Beine aus, stellte seine Biker-Boots auf die leere Tucher-Kiste. Er pulte mit dem Zahnstocher nach einem Stück Dönerzwiebel in den Tiefen seiner Backenzähne und lauschte dabei seinem Anrufer. Mannix vom Black-Bastards-Chapter Berlin.

»... und bis Scheffler aus der U-Haft draußen ist, übernimmst du Logistik und operatives Geschäft. Akuter Notfall. Dauert höchstens drei, vier Tage.«

»Wer sagt das, Bruder?«

»Ey, nerv nicht mit verschissenen Nachfragen! Is nicht auf meinem Mist gewachsen. Kommt brandheiß von ganz oben, verstehste. Muss reichen, Bruder.«

Steve hatte die Dönerzwiebel endlich gefunden und betrachtete sie aufmerksam von allen Seiten. Mit einem leisen Fingerschnippen entsorgte er sie samt Zahnstocher in das schmutzige große Schuhwaschbecken an der Wand. Sein Blick blieb an dem Kalenderfoto hängen, das mit schwarzem Panzerklebeband an die fleckige, alte Wand geklebt war.

Route 66, Cadillac Ranch bei Amarillo/TX.

»Reicht, Bruder. Was steht logistisch an?«

»Kleine Verschiebung im Planquadrat. Tante Christel muss umdisponieren. Besuch Wagner Südwest. Koordinaten folgen.«

Also Oberfranken. Wagner stand für Bayreuth ...

»Manpower?«

»Sechs bis acht Maschinen.«

»*All right*, Bruder. *Ride black.*«

»Ride free.«

16:20 Uhr – BKA Berlin, Referat SO 45 (Schwere und Organisierte Kriminalität), Ermittlungen

Referatsleiter Burkhard Nees stand am Fenster seines Büros im vierten Stock. Im Nordwesten ragte der Fernsehturm am

Alexanderplatz aus den Häuserschluchten hinauf in den grauen Himmel Berlins. Mit seiner charakteristischen Kugel.

Fast schwarz sah sie heute aus.

Schwarz und rund.

Wie ein Karzinom, dachte er.

»Ja, ich erinnere mich an Frau Brouwers. Sehr gut sogar. Ich denke, es macht Sinn, ihr Wissen und ihre Erfahrung in Operation ›Underdog‹ zu halten. Ein Umsteigen in einen anderen Fall wäre Verschwendung ... Geben Sie ihrem Antrag statt. Rückversetzung aus Referat ZD 36, Zentrale Kriminalpolizeiliche Dienste, Abteilung Zeugenschutzprogramm in Meckenheim nach Berlin, Referat SO 45, Ermittlungen Schwere und Organisierte Kriminalität, zum nächsten Ersten. Abordnung zur bayerischen Polizei im Rahmen ›Underdog‹ bis auf Weiteres, Ziel: Aufklärung des Mordes am geschützten Zeugen Thorsten Geest ... Wo genau? Coburg ... ah ja ...«

Er lächelte schwach. »Dort säuft sich mein Bruder jedes Jahr fast ins Koma. Coburger Pfingstkonvent, größtes deutsches Burschenschaftertreffen ...«

Sein Blick verlor sich wieder in der Ferne.

Schwarz und rund.

Wie ein Karzinom.

09:03 Uhr – Polizei Coburg, Lageraum

»So, Kollegen, der aktuelle Ermittlungsstand des BKA in Sachen ›Underdog‹, ein Überblick in geraffter Form.« Fiona Brouwers, aufreizend schlicht in Jeans und weißem Sweatshirt *»University of South Carolina«*, präsentierte cool und professionell.

Charly fühlte sich unwillkürlich an Barbara Antlkofer erinnert: Die Münchner Profilerin hatte die SOKO Franken in zwei spektakulären Fällen vor Ort unterstützt – dienstlich außerordentlich erfolgreich, und auch privat hatte die schwarzhaarige Polizeipsychologin bleibenden Eindruck hinterlassen. Kaum vorstellbar, dass die kleine blonde BKA-Kriminalrätin Fiona Brouwers ... obwohl rein figürlich nun wirklich nichts auszusetzen war … und ihre Brust schien sogar noch eine Idee größer … was aber nur mit einer haptischen Kontrolluntersuchung zu beweisen wäre …

»Im März 2013 stößt die Steuerfahndung im Laptop eines Immobilienmaklers in Berlin auf eine aufwendig verschlüsselte und abgesicherte Datei. Ein Filmschnipsel von zwei Minuten dreißig Länge. Ich hab ihn schon ein gutes Dutzend Male sehen müssen … und er ist immer noch das Widerlichste, was mir in fünfzehn Jahren Polizeiarbeit je untergekommen ist …« Fionas Gesichtszüge verhärteten sich, als sie den Beamer einschaltete.

Ein Split-Screen öffnet sich:

Links eine attraktive, leicht pummelige junge Frau in weißen Dessous auf weißen High Heels; noch etwas bemüht und unbeholfen als Tabledancerin in Aktion.

Rechts ein totes schwarzes Bild. Es zerplatzt in ein aggressiv tobendes und bellendes schwarzes Hundemaul, Geifer sprüht auf das Kameraobjektiv.

Jessie vs. Brasco – Two Minutes of Pain and Death, ein blutroter Schriftzug läuft quer durch das Bild und löst den Split-Screen auf.

Jetzt im Vollbild eine Art Boxring, fünf auf fünf, eingezäunt mit hohen Metallgittern. Eine schreiende Frau, die Tabledancerin Jessie, neben dem Ring festgehalten von zwei Vermummten, ein Dritter reibt sie mit einem Stück rohem Fleisch ab, Jessies weiße Haut ist jetzt rötlich verschmiert.

Schnitt: Im Käfig tobt ein großer schwarzer Hund. Immer wieder springt er bellend an den Gitterstäben hoch.

Schnitt: Die Vermummten stoßen Jessie in den Ring, werfen einen Holzprügel hinterher. Sie stolpert auf ihren hohen Absätzen, kriecht auf allen vieren zum Holzprügel.

Schnitt auf den riesigen muskulösen schwarzen Hund, ein Panthersprung durch das ruckartig hochgezogene Käfiggitter, lautlos stürmt er in den Ring, zwei, drei Sätze, ein Wimpernschlag zu spät, Jessie erreicht vor ihm den Holzknüppel, reißt ihn verzweifelt hoch, ein mädchenhaft-unbeholfener Schlag, viel zu langsam, Brascos Ausweichen geht fließend über in seinen Gegenangriff: Tief schlagen seine Zähne in Jessies Unterarm, ein erster unmenschlicher Schrei, der Prügel fällt zu Boden.

Ein grässliches Crescendo grauenvoll hysterischen Schreiweinens.

Brasco verwandelt die strampelnde, hilflos zappelnde Jessie mit immer neuen, gierig zuschnappenden Bissen in eine blutüberströmte Masse, die zuckend, stöhnend, wimmernd langsam stirbt.

Ein Wasserstrahl trennt Brasco von seinem Opfer.

Zoom auf die Totgebissene, auf ihren offenen Hals fällt eine Karte.

Ein Bundespersonalausweis.

*Jessica Schäl, *04.08.1995 Marktredwitz.*

Daneben eine BILD-Zeitung. Freitag, 16. Januar.

»Und jetzt bitte genau hinhören«, Fiona fuhr den Ton hoch. Stimmengewirr, zwei oder drei Männer redeten durcheinander, »unsere Techniker haben das Maximale herausgefiltert ... wer versteht etwas, wer hört etwas heraus?«

Wortfetzen, in Russisch oder einer verwandten Ostblocksprache.

Schnitt.

The End.

Die Leinwand im regelrecht verstörenden neutralen Alltagsweiß.

Entsetztes Schweigen.

»Im Juni letzten Jahres rast in Frankfurt am Main ein bekannter deutscher TV-Moderator, Sie wissen, von wem ich spreche, unter Drogeneinfluss gegen einen Baum und stirbt. Im Wrack seines Ferraris findet der Neu-Isenburger Schrotthändler einen USB-Stick und liest ihn neugierig aus. Snuff. Gleiche Machart, gleicher Ablauf. Titel: ›Sarah vs. Kano – The Cruel Last Fight of a Little Red Lady‹. Das Opfer ist Sarah Pöschl, geboren 26.11.97 in Fürth.«

Totenstille.

»Nummer drei dann Anfang März in Hannover. Bei einer

Razzia in einer Bar im Steintorviertel, dem Rotlichtbezirk. Wieder ein harmloser USB-Stick mit einem zweiminütigen Filmfetzen. ›Dominique Dies Doggish‹, beim Opfer handelt es sich um Doris, genannt Dominique, Weiß, geboren 7.1.1998 in Plauen, zuletzt gemeldet in Hof.«

Charly spielte nachdenklich mit dem Kuli vor ihm. *Bayerische Beamtenkrankenkasse.*

»Was haben die Opfer gemeinsam? Hat das BKA hier irgendwas ermitteln können?«

»Auf alle Fälle Prostitutionshintergrund. Keine war vermisst gemeldet. Jessie Schäl war ein völlig unbeschriebenes Blatt. Doris Weiß wurde vor zwei Jahren mal an der deutsch-tschechischen Grenze bei Aschau/Selb mit Crystal zum Eigengebrauch aufgegriffen. Weiß und Pöschl sollen zuletzt auf dem Autostrich in Cheb angeschafft haben.«

»Und haben dort wohl ihr Soll nicht erfüllt, klare Sache.« Ritter. Eine Spur zu schnell und zu abgebrüht. Der Snuff-Clip hatte offensichtlich auch ihn mitgenommen.

Charly schaltete sich ein. »Reicht doch schon, wenn die vielleicht ihre Luden abgezockt haben. Drehen irgendein krummes Ding, das Milieu will ein Exempel statuieren, und so eine perverse Drecksau macht daraus gleich eine neue Geschäftsidee. Was wisst ihr über Hintermänner, Produzenten, Vertriebswege, Abnehmer?«

»Bis jetzt kennen wir nur diese drei Kunden. Perverse Reiche in deutschen Großstädten. Der Fund in Hannover lässt sich noch nicht eindeutig zuordnen. Ist vermutlich eine Sicherheitsleistung; aus illegalen Geschäftsbeziehungen im Bereich Drogen, Prostitution, Menschenhandel, Glücksspiel.«

»Marktwert?«, fragte Charly.

Fiona musterte ihn aus graugrünen Augen, einen Sekundenbruchteil zu lange.

»Etwa fünf- bis siebenhunderttausend Euro, schätzen unsere Experten. Pro verkauftem Exemplar, wohlgemerkt. Wir gehen von einem internationalen Netzwerk aus. Eine kleine abgeschottete Community im Internet, ähnlich wie die Pädophilenringe.«

»Die dann als Auftraggeber die nächste Kleine vorbestellen und aussuchen können ... das ist doch zum Kotzen!« Charly ließ die flache Hand auf die Tischplatte sausen.

Und immer noch keine Spur von Ruby ...

Ritter schob das Kinn nach vorn. »Ruhig bleiben, Herrmann. Emotionen müssen aus dem Spiel bleiben, so schwer's uns fällt. Konzentration auf die Fakten!«

Heinz-Uwe Löhlein soufflierte sofort. »Das bringt doch nichts, Charly!«

»Und genau das kotzt mich so an, Heinz-Uwe!« Wutentbrannt stach Charly mit dem Kugelschreiber in seine Richtung. »Wir wissen alle ganz genau, dass wir hier in der Neustadter Straße in Coburg keine weltweiten Perversen-Netzwerke aus den Angeln heben können. Pure Zeitverschwendung, liebe Fiona. Thorsten Geest in Bad Staffelstein, das ist eine ureigene BKA-Sache, da reist ein anonymer Auftragskiller an und verschwindet wieder ... nein, Chef, lassen Sie mich ausreden, jetzt bin ich dran! Diese Sache blockiert uns auf Wochen und Monate hinaus, dabei haben wir mit Ruby Sosniok schon das dritte vermisste Mädchen, warum kehren wir das unter den Tisch? Volle Kraft auf Crystal Meth und K.O.-Tropfen! Wer soll sich darum kümmern, Chef, wo ist das Personal dafür?«

Ritter hob drohend den Finger. »Hier wird nichts unter den Tisch gekehrt, Herrmann! Dagegen verwahre ich die Kollegen und auch mich in allerschärfster Form! Ersparen Sie sich und uns allen diese unmotivierten Ausbrüche!«

»Unsere Vermisstenstatistik ist absolut unauffällig«, krähte Löhlein mit geröteten Bäckchen, »und zwar bayernweit!«

10:01 Uhr – Cheb, Lidická 1066/1 – Untersuchungsgefängnis des Bezirksgerichts

Der Westwind ballte schwere dunkle Regenwolken zusammen, trieb sie mit kurzen heftigen Böen über die Altstadt und den schwarzen Turm der Burg, hinüber in Richtung der Talsperre Jesenice.

Der Mann an der Pforte des Bezirksgerichts fröstelte, der grauhaarige Wachtmeister hinter der Glasscheibe ließ sich viel zu viel Zeit: Sein Blick wanderte über den hoch aufgeschossenen Besucher, seinen dunkelblauen Maßanzug, das weiße Hemd und die bordeauxrote Krawatte. Bedächtig verglich er sein Gegenüber mit dem Personalausweis und der Besucherliste.

»Und Sie wollen zu … Raoul Scheffler?«

Jan-Erik von Hohenlohe-Castell nickte knapp.

Der Nürnberger Promi-Anwalt, bayernweit bekannt aus den Klatschspalten der Boulevardblätter, war es nicht gewohnt, nicht erkannt zu werden. Schmallippig folgte er einem »Schlüsselklapperer«, wie er ihn insgeheim verächtlich nannte, einem kaugummikauenden Justizvollzugsbeamten, durch die Eingangsschleuse, über grau geflieste Gänge und durch drei bewachte Stahlgittertüren hindurch.

»Hier rein.«

Eine schwere Tür wurde aufgesperrt und fiel gleich hinter ihm wieder ins Schloss: der Besucherraum. Ein großer Holztisch, zwei braune Plastikstühle.

»Hallo, Raoul.«

»Servus, Jan.«

Der Tisch wackelte, stellte Hohenlohe verdrossen fest, als er sich setzte.

»Wie geht's?«, nuschelte er. Ohne aufzuschauen öffnete er seinen schmalen hellbraunen Aktenkoffer. Erst als eine Antwort ausblieb, blickte er hoch.

Scheffler lächelte kalt, zeigte mit zwei Fingern auf seine Augen. »So viel Zeit muss sein, Anwalt.«

Hohenlohe grinste müde. »Zeit ist Geld, Raoul …« Sein Blick fiel auf die goldene Rolex an Schefflers Arm. »Wer weiß das besser als du.«

Raoul Scheffler schwieg und schlug die Beine übereinander.

»Armani-Jeans«, ätzte der Anwalt. »Du lebst hier besser als manch einer draußen.«

»Hör auf, hier Scheiße zu labern!«, fuhr Scheffler hoch. »Auch du verdienst besser, wenn ich draußen bin, vergiss das nicht! Also, was hast du herausgefunden? Wer sind die zwei, die mir das Dope untergejubelt haben?«

Hohenlohe schmatzte genüsslich. »Eine aufwendige Ermittlung, lieber Raoul, äußerst aufwendig sogar … halt, ist ja gut!« Eilig schlug er seine Aktenheftung auf. »Hier hab ich's. Kommissar Karl-Heinz, genannt Charly, Herrmann, Kripo Coburg. Keine Undercover-Mission, der Typ war, wie du ganz richtig vermutet hast, rein privat in Cheb.«

»Interessant …«

Scheffler lehnte sich zurück, verschränkte die Arme hinter dem Kopf. Schwere Regentropfen pladderten jetzt an die vergitterten Hochfenster. »Dann scheint ihm diese Ruby-Göre mordsmäßig viel zu bedeuten, wenn er sich dermaßen weit ausm Fenster hängt … hochinteressant, das hat Potenzial, Jan-Erik!« Seine Miene hellte sich auf. »Aufschreiben, los, los! Und seine Alte?«

»Manuela Sosniok. Rubys Mutter. Liegt seit eurem Nahkampf im Koma, hier in Cheb auf der einundvierzigsten. Intensivstation.«

»Gut. Die macht erst mal keinen Stress.«

Er hielt inne, sein Blick verfinsterte sich wieder. »Nein, schlecht! Wenn sie abnibbelt, hab ich sie so richtig an der Backe, Körperverletzung mit Todesfolge, oder? Scheiße, Mann!« Er sprang auf, hieb mit der Faust seitlich an die Wand und überlegte.

Der Anwalt betrachtete ihn gelassen.

»Reg dich ab, Raoul. So weit wird's nicht kommen. Auch das tschechische Strafrecht kennt Verfahrenseinstellung gegen Zahlung einer Geldbuße. Außerdem haben wir gerade hier in Cheb exzellente, äh, Kontakte zur Staatsanwaltschaft. Auch für eventuelle Tariferhöhungen sind wir gewappnet … Wernstedt persönlich hat grünes Licht gegeben, du weißt, was das heißt.«

»Wernstedt? Das ist gut, das ist sehr gut!« Erleichtert ließ sich Scheffler wieder auf seinen Stuhl fallen.

»Stimmt – das ist quasi eine Bürgschaft.«

»Also, wie lange noch?«

Der Anwalt zuckte mit den Schultern. »Rechne mal mit acht bis zehn Tagen.«

»Was hat Wernstedt noch gesagt? Lass dir nicht alles aus der Nase ziehen! Wer macht Urlaubsvertretung?«

»Die operative Leitung samt Prokura hat Steve von den Bastards.«

Scheffler stöhnte auf. »Was? Ist doch nicht euer Ernst! Der Junge hat keine Eier, das ist kein echter Biker. Ein ewiger Highway-Träumer. Schärf ihm ein, er soll knallhart durchgreifen und mir bloß nicht die Bilanz versauen!«

Seine Augen verengten sich zu schmalen Schlitzen. »Wenn der kleine Scheißer Mist baut, knöpf ich ihn mir persönlich vor!«

19:41 Uhr – Coburg, Ketschengasse, »Bei Adam«

Der Wind fegte vom Albertsplatz herab Richtung Ketschentor, blies den unbarmherzig herunterprasselnden Regen frontal in Charlys Gesicht. Fluchend zog er die schwarze Baseballkappe tiefer und setzte zum finalen Sprung über eine Pfütze an, um seine Wildlederstiefel trocken in die Kneipe zu retten.

Sein Blick streifte gerade noch die Inschrift neben der Tür: »*Warm Beer – Lousy Food – Ugly Barkeeper – Bikers Welcome.*«

Endlich trocken und warm. Fast miefig.

Aus den Boxen hinter dem Tresen knarzte der längst verflossene Phil Lynott mit Thin Lizzy sein »Rosalie« aus »Live and Dangerous«.

Schwacher Besuch, stellte Charly rasch fest.

Genau richtig für ein ungestörtes Gespräch mit einem alten Freund. Einem ganz besonderen: KOK a. D. Bernie Winter, einst kongenialer Ermittlerkollege bei der Coburger Kripo. Vor vier Jahren aus freien Stücken aus dem Dienst geschieden: Zu enge freundschaftliche Kontakte ins regionale Rotlichtmilieu hatten ihn an den Rand eines Disziplinarverfahrens gebracht. Dank einer »Erbschaft seiner Frau« quittierte er mit vierundvierzig den Dienst und gründete »SeCOrity«, den mittlerweile führenden privaten Sicherheitsdienst der Region.

Mit besten Kontakten zu Milieu und Polizei gleichermaßen.

»Na, Kollege?« Coburgs Antwort auf Dieter Bohlen, ein faltig-braungebranntes Gesicht mit blond gesträhnten Strubbelhaaren, grinste breit.

»Bernie, Grüßen!«

Sie ließen sich am leeren Tresen nieder.

»Na, wie läuft's in der Anstalt?«

Charly winkte müde ab. »Hör mir bloß auf. Einzelschicksale spielen keine Rolle, Hauptsache, die Statistiken passen. Ist vom Chef nicht anders zu erwarten, aber Löhlein nervt mich immer mehr.«

»Der gute Heinz-Uwe!« Bernie musste lachen und verschluckte sich prompt an seinem Mürsbacher Sonnenbräu. Belustigt wischte er mit dem Bierfilz über den Tresen. »Wie haben wir damals immer zu ihm gesagt?«

»Du würdest doch für die nächste Beförderung sogar den Abort putzen!«

»Das hat er uns nie verziehen!«

»Aber uns war des so was von wurscht …«

»… und genau des stört ihn am allermeisten! Karriere, aber kein Respekt dafür!«

»Dann scho lieber Respekt ohne Karriere!« Lachend prosteten sie sich zu. Im Beifallssturm des Londoner Hammersmith Odeon verklang die gute alte »Rosalie«.

»Was machen die Weiber, Charly?«

»Im Moment nicht viel.«

Mit sicherem Instinkt hatte der alte Womanizer einen wunden Punkt getroffen. Charly ärgerte sich. Dass ihm spontan nichts Besseres einfiel als die schwierige Kollegin Brouwers, wurmte ihn noch mehr.

»Manu hat sich wieder mal gemeldet. Sonst nix.«

»Manu, welche Manu? Manuelas gibt's wie Sand am Meer. Zumindest in unserer Altersklasse.«

»Sosniok. Die große Dunkle. War mal im Wirtsgrund im Plus an der Kasse.«

»Ach ja, stimmt genau … die damals mit dem Stadtbus-Cowboy zusammen war.«

»Ritchie … Ritchie Sauerbrey.«

»Genau. Die kam kürzlich mal aus dem Vitadrom heraus. Figürlich ganz passabel. Geht da noch was?« Bernies Grinsen wurde noch breiter. »Weißt ja, alte Scheunen brennen gut …«

»Hald dei Goschn, Schwanzgsteuerter. Es geht um Ruby.«

»Ruby, Ruby, Ruby, Ruby«, intonierte Bernie sofort die Kaiser Chiefs. »Ist das ihre Kleine? Die dürre Punkerin mit der schwarzen Stachelfrisur und den Creolen? Rotzfrech, aber was für ein geiler Mund.«

»Woher kennst du die?«, fragte Charly misstrauisch.

»Ruby? Ist im Steinweg ein Begriff. Stammgast in der gesamten Kneipenmeile dort. Genau wie ich übrigens in den letzten Wochen.«

»Du im Steinweg? In deinem Alter? Kleiner Lolita-Komplex?«

Die Bedienung rettete Bernie. Unaufgefordert kam ein neues Bier.

»Nee, rein beruflich natürlich: Neues Sicherheitskonzept Steinweg, du kennst ja die jahrelange Diskussion, Anwohner, Wirte, Stadt, Polizei.« Charly nickte. »Die Interessengemeinschaft der Kneipenwirte will aus Kostengründen einen gemeinsamen Türsteher-Ordnungsdienst engagieren. Da sind wir von SeCOrity doch prädestiniert dafür.«

Charly fiel ihm ins Wort. »Vergiss es ganz schnell wieder, bloß kein gemeinsamer Türsteher-Ordnungsdienst! Wir versuchen das seit Wochen den Wirten auszureden. Nix gegen SeCOrity, aber in den falschen Händen wär das ein Einfallstor für die organisierte Kriminalität!«

»Eben, was meinst du, wer meine schärfsten Mitbewerber sind? Wer bietet absolute Dumpingpreise, um im Steinweg Fuß zu fassen? United Tribuns und Blockmann. Und hinter denen steht niemand anders als die Black Bastards!«

»Black Bastards? Sind das nicht Supporter einer großen kriminellen Gang?«, fragte Charly ungläubig.

»So isses, Alter! Weißt, was das heißt. Wenn die den Fuß in die Tür kriegen – gute Nacht, Steinweg, gute Nacht, Coburg! Zum Wohl!«

»*Cheers.* Der Sound ist echt gut hier.«

Charly wippte im Takt mit. *All right now, baby, it's a-all right now …*

Am Ecktisch knutschte ein Teenagerpärchen, als ob es kein Morgen mehr gäbe. Charlys Blick verdüsterte sich. Gab es für Ruby ein Morgen? Seit sechs Tagen war sie jetzt verschwunden …

»Sagt dir der Name Raoul Scheffler was?«

»Scheffler? Der Zigeuner? Klar.«

»War der auch im Steinweg?«

»Bingo. Schreckt vor nichts zurück, der Drecksack.«

»Was will der Typ im Steinweg?«

»Fette Party geschmissen im ›Wooloomooloo‹ … vorletzten Freitag, glaub ich.«

Charly kniff die Augen zusammen, nahm Bernie ins Visier. »Das war ein Stammlokal von Ruby Sosniok! Ruby ist kurz darauf spurlos verschwunden. Was ist da gelaufen, Bernie? Du bist mir noch was schuldig, Freund! Was war mit Ruby und dem Zigeuner?«

Schulter an Schulter spurteten sie durch den nächtlichen Regen, vom »Adam« durch das Ketschentor um die Ecke in die Casimirstraße. Noch achtzig Meter bis zum Bestattungsinstitut GBG, wo Charlys schwarzer Alfa stand. Keuchend fielen sie in die schmalen Sportsitze.

»Leichter Trainingsrückstand, Bernie? War'n fei zehn Meter, die ich dir noch abgenommen hab!«

»So a Gelaber! Allerhöchstens drei! Außerdem hast du die letzte Stund nur bleifrei getankt.«

»Und deswegen fahr ich jetzt auch.« Er startete die 1,6-Liter-Maschine, schaltete die Scheibenwischer an und wendete vor dem »Café Anders« Richtung Bamberger Straße. »Außerdem fallen wir mit deinem blauen Mustang viel zu sehr auf.«

Bernie fuhr sich durch die strohblonde Mähne. »Also wie läuft der Hausbesuch jetzt genau ab?«

»Du hilfst mir notfalls an der Tür und stehst anschließend Schmiere. Ganz einfach. Dauert nicht lange, muss mich nur ein wenig umschauen.«

Die Ampel an der Angerkreuzung zeigte immer noch Grün. Charly bog rechts ab, vorbei an den Städtischen Werken, und beschleunigte lustvoll den sanften Anstieg der Frankenbrücke hinauf über die B 4 hinweg.

Rechts leuchtete die Fassade des ehemaligen Hofbrauhauses, in dem jetzt die Designstudenten der Coburger Fachhochschule zu Hause waren.

Genauso alt wie Ruby. Studentin … statt arbeitsloser Drogenkonsumentin … hätte ich mich kümmern können … kümmern müssen, wenn ich ihr Vater …

Ärgerlich verscheuchte er die schwarzen Gedanken.

»Mach mal lauter!«

Bernie hatte bei seiner zwanghaften Radiosenderabfrage einen Volltreffer gelandet. Radio Eins.

»Catch your dreams before they slip away«, forderte Mick Jagger, *»… goodbye, Ruby Tuesday«*, grölten Charlie und Bernie mit, *»who could hang a name on you?…«* Das legendäre Ermittlerduo der Coburger Kripo hatte, zumindest stimmlich, wieder zueinandergefunden.

Mit siebzig rasten sie die lang gezogene Hutstraße hoch. Erst auf Höhe des Sportplatzes des SV Hut drosselte Charly die Drehzahl. Der Spider schnurrte nur noch sanft, als sie, an den Schrebergärten entlang, in die Straße »Am Lauersgraben« einbogen.

Wohnblocks aus den Siebzigern und Achtzigern.

Ausgerechnet Madonna wollte sich an Ruby Tuesday anhängen, die ersten Takte »Like a Virgin« genügten; reflexartig drehte Charly der US-Diva den Saft ab.

»Stopp … hier isses! Steig aus und wart am Eingang … is unauffälliger.«

Wortlos schwang sich Bernie aus dem Wagen, drückte die Tür professionell leise ins Schloss und schlenderte Richtung Hauseingang.

Charly rollte langsam um die Ecke und parkte, etwas außerhalb des Lichtfelds der Straßenlaterne, direkt am Bordstein.

Eine kleine dicke Frau mit ungepflegten Haaren kam ihm entgegen. Regencape, Jogginghose, Crocs. An der Leine zwei undefinierbare Promenadenmischungen, die genauso übergewichtig waren.

»'n Abend«, murmelte Charly. Alltagshöflichkeit, rein präventiv gegen allzu viel Misstrauen. Ein leerer Blick, wortlos stiefelte die Alte weiter.

Im erleuchteten Hauseingang stand Bernie und hielt bereits die Tür auf. Langsam ging Charly darauf zu. Vor ein paar grauen Mülltonnen stand ein Kinderfahrrad ohne Sattel.

Zwölf Klingelschilder, deutsch, russisch, türkisch.

M. Sosniok.

Schweigend enterten sie das miefige Treppenhaus, lasen an den Türen schnell die Namen ab. Endlich, im vierten Stock.

Sosniok.

Bernie zückte stumm eine etwas größere Scheckkarte, Charly drückte sofort seinen Finger als Sichtschutz auf den Spion der gegenüberliegenden Tür.

Direkt über ihnen wurde eine Tür aufgerissen!

Schrill keifte eine russische Frauenstimme, weinerlich brabbelte eine Männerstimme. Die Tür schlug zu.

Stille.

Wieder weinerliches Brabbeln.

Stille.

Ein satter Rülpser dröhnte durch das Treppenhaus.

»Gibt's des auch als Klingelton?«, murmelte Bernie, während der Unsichtbare wieder frischen Mut fasste: Drei wuchtige Schläge an die Wohnungstür hallten durch das Treppenhaus. Die Tür öffnete sich, Brabbeln und schrilles Keifen, jetzt wieder synchron, die Tür schlug zu.

Tiefe Stille.

»Los jetzt, schnell!«

Bernie setzte das Kärtchen in Höhe des Türschlosses an. Kurzes Fummeln, die Tür sprang auf.

»Wart hier!«

Charly schlüpfte in die dunkle Wohnung, schloss leise die Tür. Irgendetwas musste sich finden lassen, irgendein Hinweis, den Manu übersehen hatte oder nicht deuten konnte. Angewidert rümpfte er die Nase. Es stank nach kaltem Rauch. Als ob

Manu und Ruby jahrzehntelang kein Fenster mehr offen gehabt hätten. *Wie in einer alten Kneipe*, dachte Charly. Er knipste das Licht an.

Ein Bild der Verwüstung.

Herausgerissene Schubladen, durchwühlte Schränke, auf dem Boden verstreut Kleidung, Nippes, Papierkram. Die gesamte Wohnung war auf den Kopf gestellt.

Wer hatte sich hier ausgetobt? Wonach hatte man gesucht?

Er schritt durch die Zimmer. Im Schlafzimmer blieb er stehen. Ein Polsterbett im Stil der späten Achtziger, mit einem Radiowecker in der Rückwand. Hier hatten sie sich eine Nacht lang kennengelernt. Einem plötzlichen Impuls, einer Erinnerung folgend, hob er die Matratze an: Eine Plastiktüte darunter … nicht mit Drogen gefüllt.

Mit Fotos.

Ritchie Sauerbrey. Und andere Männer, unbekannt, meist lachend, häufig am Strand oder mit verschränkten Armen an einem Auto posierend. Auf der Rückseite hatte Manu fein säuberlich Jahreszahl und Ort vermerkt. *1984 Nürburgring … 1987 Palma … 1991 Rügen … 2001 Staffelberg.* Er stopfte alles wieder in die Tüte, schob sie zurück unter die Matratze.

Neben dem Bett CDs und LPs, wild verstreut.

Ein gelb-rotes Plattencover stach heraus, instinktiv griff Charly danach.

Guns N' Roses, »Use Your Illusion 1« … Genau die haben wir doch gehört damals … die hab ich selbst ausgesucht und aufgelegt! »Knockin' on Heaven's Door«, »Don't Cry« … und der absolute Wahnsinnshammer damals, »November Rain« … So if you want to love me, then darlin' don't refrain or I'll just end up walkin' in the cold November rain …

Mit leiser Wehmut betrachtete er das abgestoßene, etwas schmuddlige LP-Cover und zog die Platte ein Stück heraus.

Neben der zerknitterten Hülle steckte noch etwas anderes.

Ein zusammengefalteter Zeitungsausschnitt. Vom Samstag, 3. Juli 1993.

Verstärkung für Coburger Polizei: Karl-Heinz Herrmann zurück vom PP München.

Sein fröhliches Grinsen unter dem stolzen Schnauzer damals.

Daneben, mit rotem Kuli, kein Kommentar.

Nur drei fette rote Herzen.

Zwei große und ein kleines.

Und mitten im kleinen Herzen ein »R«.

21:18 Uhr – Europastraße 48/Fichtelgebirgsstraße

Die drei Harleys dröhnten durch die Nacht. Kraftvoll zogen sie ihre Bahn über den kurvigen Asphalt. Fünfundneunzig Kilometer pro Stunde. Steve verschmolz mit den Vibrationen seiner CVO Breakout, genoss den satten Klang des Auspuffrohrs. Und den *back warmer*, Minas warmen Body, der sich eng an Rücken und Oberschenkel presste.

»Keine Weiber bei Geschäften«, eine der ältesten Bikerregeln überhaupt.

Scheißegal. Heute war er der Boss. Alles im Griff.

Mina war von ihm persönlich vergattert worden. Und sie war selbst lang genug in der Branche, um zu wissen, wo's langging.

»Polizei ablenken« hieß der Auftrag heute.

Drei Black Bastards auf schweren Harleys zwischen Cheb und Wunsiedel ... welcher Bulle hatte da noch Augen für den unscheinbaren älteren VW T2 achthundert Meter hinter ihnen? Nur ein junges Paar mit zwei Kleinkindern, die dank Risperdal und Melatonin tief und fest in ihren Sitzchen schliefen. In ihren Scheißwindeln: zwei Kilo Speed, feinstes Crystal Meth, von Mina schnell und professionell versteckt. Marktwert hundert Mille. Weitere vier Pfund in den Milupa-Packungen. Insgesamt waren jetzt drei solcher Transporte mit Geleitschutz der Bastards unterwegs, zwei in Begleitung tschechischer Brüder.

1,5 Millionen, in einer Nacht über die Grenze geschafft und zur Endabnahme bereitgestellt ... während der Polizeifunk immer noch über die nächtliche »Rocker-Sternfahrt« rätselte ...

Steve grinste breit und spürte wieder Minas Schenkel, wie sie warm und weich mit der Maschine vibrierten … und sich noch enger an ihn pressten …

Ein Millionen-Transfer geht reibungslos über die Bühne … mit mir als Boss …!

22:25 Uhr – irgendwo zwischen Cheb und Nürnberg

Im Container stank es nach Körperausdünstungen, Billig-Deo und tagelang getragener Unterwäsche. Nur ein paar schmale Lüftungsgitter gab es in den Blechwänden.

Drei Mädchen schliefen zusammengerollt auf alten fleckigen Matratzen.

Eine Vierte kauerte in der Ecke.

Ihre glasigen Augen stierten ins Leere, mit langen schmutzgeränderten Fingernägeln kratzte sie sich unentwegt Füße und Unterschenkel blutig.

Plötzlich Klappern und Getöse an der Metallwand, die Tür wurde aufgerissen. Der grelle Lichtkegel eines Handscheinwerfers fingerte ins Halbdunkel.

»Die Rechte isses!«

Ein Kuttenträger der Black Bastards stieß eine der Schlafenden mit seinem Bikerstiefel unsanft in die Kniekehle. »Los, aufstehn! Kleine Fotosession!«

Keine Reaktion, nur ein leises Schnarchen.

Der Bastard trat erneut zu, jetzt deutlich fester. Und höher. Genau zwischen die Beine des auf dem Bauch liegenden Mädchens.

Sie fuhr hoch, die Augen weit aufgerissen, schnappte nach Luft und erbrach sich zweimal heftig. Heller Schleim lief ihr über Kinn und Hals, hinab bis auf ihren zu großen schwarzen Büstenhalter.

»Perfekt, Baby.« Sein Handy blitzte auf.

»Geiles Foto, Ruby!«

22:54 Uhr – Am Autobahnkreuz Bamberg, Wald im ehemaligen Sperrgebiet der US Army

Röchelnd erstarb die Harley. Steve löste sich aus Minas Umklammerung und kontrollierte im Rückspiegel den Standort der beiden anderen Bikes, gut fünfzig Meter hinter ihm. Er nickte befriedigt. Exakt ausgerichtet, bildeten sie ein Dreieck vor der Halle. Hier war früher ein Munitionsdepot der US Army gewesen.

Jetzt tauchten Lichter auf, ein Auto holperte über die Betonplatten. Ein VW T2. Zwei Erwachsene, zwei schlafende Kleinkinder.

Langsam rollten sie durch das offene Tor in die halbdunkle Halle. Dorthin, wo die Brüder der großen Biker-Gang zur Übernahme bereitstanden.

Er stieg ab, nahm die Brille ab und fingerte ein angeknautschtes Marlboro-Päckchen aus seiner Jacke. Aus Richtung Autobahn frischte der Wind auf. Eine kalte Bö war stärker als sein Feuerzeug; er drehte sich zur Seite, schützte die kleine Flamme mit der Hand.

»Lass mich mal ziehen.«

Mina hatte ihren Helm abgenommen und trippelte von einem Fuß auf den anderen. »Warum dauert das heute alles so lang?«

Er lehnte an seiner Maschine und inhalierte tief und genüsslich, bevor er der kleinen Kroatin mit ihrer schwarzen Liza-Minnelli-Frisur die Zigarette reichte. Nervös, fast gierig, saugten ihre vollen Lippen daran. Seine Lust erwachte. Er zog sie an sich, presste seinen Unterleib gegen ihren.

»Reine Routine, Baby. Sichtkontrolle, Nachwiegen, Umpacken.«

Sie hörte auf zu trippeln.

»Sind gleich so weit«, sagte er leise. »Und in einem Jahr sind wir …«

Plötzliches Geschrei in der Halle, ein Kind begann zu heulen, das zweite fiel sofort mit ein.

Ein schriller Pfiff. Im Hallentor eine schemenhafte Gestalt, die ihn herrisch heranwinkte.

»Kommt rüber, Bruder, alle beide! Los, gebt Gummi!«

Steve klemmte die Kippe in den Mundwinkel, stopfte die Hände in die Jackentasche und setzte sich breitbeinig in Bewegung. Mina stolperte hinterher. Ein Bamberger Biker, den Steve flüchtig kannte, führte beide wortlos in die Halle, wo das pure Chaos tobte.

Zwei plärrende Kleinkinder, nackt auf einer Krabbeldecke. Ein junges Pärchen, dünn und ungepflegt, drängte sich schutzsuchend aneinander, in Schach gehalten von einem kahl rasierten Hünen mit entsicherter Pumpgun. Neben ihm ein schwarzer Modellathlet in teurer Lederjacke. Kein Biker. Er hantierte mit einer kleinen Hightech-Präzisionswaage und mehreren Portionstütchen Crystal.

»Uns fehlen zweihundert Gramm, Junge, ein kompletter Beutel zu wenig in den Scheißwindeln! Ihr bescheißt das Syndikat um zwanzigtausend Euro!«

»Kann nicht sein …« Steve räusperte sich. »Ich war selbst dabei.«

»Wer war's?«, unterbrach ihn der Schwarze. Er sprach mit leicht hessischem Akzent. »Wer hat die Bälger bestückt?«

»Mina hat alles korrekt bestückt. Ich war die ganze Zeit dabei.«

»Ausziehen!« Blitzartig zückte der Schwarze ein Messer und drückte es gegen ihren Hals. Sofort richtete der Glatzkopf seine Pumpgun auf Steve und dirigierte ihn mit knapper Kopfbewegung zu dem Junkie-Pärchen.

»Los, mach schon!«

Langsam zog Mina ihre Jacke aus. Er riss sie ihr aus der Hand, tastete sie mit wenigen geübten Griffen ab. »Weiter!«

Er hob das Messer, wieder zeigte die mattschwarze Klinge auf ihren Hals.

Die beiden Kleinkinder, splitternackt in der eiskalten Halle, heulten Rotz und Wasser.

Mina war kalkweiß. Sie zitterte, als sie ihr graues Ramones-Sweatshirt über den Kopf zog und auf den Boden fallen ließ. Steve sah die Schweißperlen auf ihrer Stirn, das Make-up glänzte im Neonlicht. Im weißen BH stand sie regungslos und starr vor Angst, unermüdlich kaugummikauend, ihre Brustwarzen noch dunkler und größer als sonst.

Mina schrie auf, der Schwarze hatte ihr mit einer einzigen schnellen Handbewegung den BH aufgeschnitten. Etwas fiel heraus und klatschte auf den Boden.

Ein Päckchen weißer Kristalle.

08:35 Uhr – Polizei Coburg

»Moing, Herrmann.«

Ritter, seit Kurzem mit Dreitagebart, schob seine eins neunzig in typischer Haltung, den Kopf leicht eingezogen, aus der Tür der Drogenfahndung heraus. Verdächtig oft in letzter Zeit, dachte Charly und musste grinsen. Wahrscheinlich denkt der Alte grad dasselbe.

»Moing, Chef.« Achtlos ließ er die Tür hinter sich offen.

»Hi, Charly.«

Marko »Ray« Lesch, zehn Jahre jünger, aber zwei Sterne weiter, gähnte ihm ungeniert entgegen. Sein Markenzeichen, eine schwarze Ray-Ban-Sonnenbrille, klemmte auf dem kantigen Schädel fest, die Bodybuilder-Arme im kurzen roten Polo hatte er hinter dem Kopf verschränkt.

»Hi, Ray … ist der Alte jetzt Stammgast bei euch?«

Eine abfällige Handbewegung, ein Stefan-Raab-Grinsen. »Du etwa nicht?«

»Ist doch was völlig anderes.« Charly zog einen alten Holzstuhl aus der Ecke. »Schön, dass du den noch aufhebst. Da saßen gut und gern schon zwanzig Morde drauf.« Er schob sich rittlings auf den Stuhl. »Du weißt, mir lässt Ruby Sosniok keine Ruhe.«

»Vermisstensache, Charly. Nicht mein Ding.«

»Ruby war auf Crystal. Und das hat sie im Steinweg bekommen. Irgendwo zwischen ›Wooloomooloo‹ und ›Caluroso‹. Was geht dort ab, Marko?«

Lesch verzog das Gesicht. Hinter ihm hing ein krakeliges Filzstiftgemälde: Sonne, Baum, Haus, Auto. *Luca.*

»Nichts geht ab, Charly. Gleiches Risiko wie überall. Wir überwachen. Diskret. Stichproben. Zeigen Präsenz. Aber du kannst nicht jeden, der rein- oder rausgeht oder grad vom Klo kommt, nackt ausziehen lassen und ihm in jede Körperöffnung schauen.«

»Geschenkt. Aber wenn ich heute lese, dass die Suchtberatung allein in Coburg schon über sechshundert Termine im Jahr hat, überwiegend wegen Crystal, Tendenz steigend … oder dass die Suchtklinik in Hochstadt drüben bei Lichtenfels auf ihren sechzig Plätzen schon fünfunddreißig Crystal-Patienten hat …«

»Jetzt hör aber auf, Charly!« Lesch fuhr nach vorn, ballte zwei Fäuste auf dem Schreibtisch. »Zeitungsstatistik runterbeten kann ich auch: Die Tschechen kochen fünf Tonnen Crystal hinter der Grenze, über fünftausend Kilo jedes Jahr! Und weißt du, wie viel die bayerische Polizei sicherstellt? Ganze sechsunddreißig Kilo letztes Jahr – und davon waren zwanzig am Münchner Flughafen! Erzähl mir nicht, wie ich meine Arbeit machen soll! Und lass gefälligst noch was in der Tüte drin!« Er entriss Charly die Color-Rado-Tüte und pfefferte sie in die Schublade.

Charly kaute bedächtig einen schwarz-rosa Lakritzwürfel. »Kein Mensch will dir ins Handwerk pfuschen, Ray. Ihr macht mit euren begrenzten Personalmitteln einen sensationellen Job. Keiner weiß das besser als ich. Und wenn die SOKO kommt, wird's personell noch enger. Nein, ich brauch nur ein paar kleine Infos von dir.«

Ein Rascheln an der offenen Tür, als ob jemandem ein Blatt Papier hinuntergefallen wäre. Charly drehte sich um.

Nichts.

Er beugte sich nach vorn, senkte die Stimme zu vertraulichem Flüsterton.

»Wo laufen die Fäden zusammen, Ray? Der Zigeuner, Raoul Scheffler, kommt persönlich von Nürnberg herauf in den Steinweg, macht Party und poussiert … Wer hält ihm hier den Rücken frei? Wer ist sein Statthalter, wer ist Schefflers Mann hier in Coburg?«

»Statthalter … Tsch!«, zischte Lesch, schwang sich mit einem Ruck aus dem Bürostuhl und schloss die Tür.

»Die Steinweg-Wirte selbst sind sauber. Ahnungslos und machtlos. Wenn deine Kneipe am Freitag- oder Samstagabend einen Durchlauf von drei- oder fünfhundert Leuten hat … Aber ich weiß, worauf du hinauswillst.« Er nagte an seiner Unterlippe. »Scheiß drauf. Du hast selbst schon den Zigeuner genannt. Scheffler hat in Franken und der Oberpfalz mehrere Spielhallen unter sich. Es gibt Hinweise, dass er auch die Casinos in Coburg und Lichtenfels übernehmen will. Oder de facto schon übernommen hat. Und die offiziellen Eigentümer nur noch als Strohmänner fungieren.«

»Verstehe. Scheffler expandiert. In einer Wachstumsbranche. Die Dinger schießen doch seit Jahren wie Pilze aus dem Boden.«

»Das ist gar kein Ausdruck.« Lesch zog einen Zeitungsausschnitt aus einer Mappe. »Hier, Bayerische Staatszeitung vom 31. Oktober 2014: ›Zwischen 2000 und 2014 hat sich nach Angaben des Innenministeriums in Bayern die Zahl der aufgestellten Automaten *verdreifacht* – auf einundzwanzigtausend.‹«

»Und überall fast rund um die Uhr geöffnet, von sechs Uhr früh bis drei Uhr oder fünf Uhr früh … und die meiste Zeit fast niemand drin.«

»Ist doch ein perfektes Geschäftsmodell!«

»Und könnte auch illegale Geschäfte tarnen. Geldwäsche, Kollege. Nix andres. Dann hat mein Automat eben nicht bloß fünfzig Euro eingenommen, sondern fünfhundert … oder achthundert … oder tausend. Okay, ich führ ein bisschen mehr Steuer dafür ab, aber der Löwenanteil des schmutzigen Geldes ist dann blütenweiß … in meiner Tasche!«

»Zum Beispiel.« Lesch bleckte die Zähne, zeigte wieder sein Stefan-Raab-Grinsen. »Google mal nur zum Spaß ›Geldwäsche Spielhallen‹. Kriegste auf Anhieb seriöse Treffer, Spiegel, Focus und so weiter.«

»Ja, wo soll man auch hin mit dem ganzen schmutzigen Drogengeld, Ray. Was kostet doch gleich aktuell ein Gramm Crystal?«

»Fünfundzwanzig im Einkauf, hundertdreißig im Verkauf. In Frankfurt schon bis zu zweihundert.«

»Das sind doch pro Kilo …« Charly überschlug im Kopf, Lesch war schneller.

»Genau. Mindestens hunderttausend. Reingewinn. Mehr als bei Koks und jeder anderen Droge.«

11:10 Uhr – Clubhaus der Black Bastards, zwischen Nürnberg und Neumarkt i. d. OPf.

Die Luft war zum Schneiden dick. Die Qualmwolken aus Filterlosen, Selbstgedrehten, Zigarillos und Zigarren hätten jeden Rauchmelder in kürzester Zeit außer Gefecht gesetzt.

»Sie klaut für zwanzigtausend Stoff, Bruder! Das kannst du ihr nicht durchgehen lassen! Sie macht uns zu kleinen Betrügern, sie gefährdet Ansehen und Ehre der Bastards!«

Rocco sprang auf, stand Stirn an Stirn mit Steve.

Atemlose Stille unter den sieben Kuttenträgern rund um den zentnerschweren schwarzen Holztisch, in den das Clublogo eingraviert war: ein aggressiv gefletschtes Hundemaul inmitten der Umschrift *»MC Black Bastards Germany 1978«*.

»Setz dich«, zischte Steve, die Daumen hinter den Nietengürtel gehakt. »Ganz schnell. Auf deinen Biker-Arsch. Setz dich ganz schnell wieder hin … Bruder.«

Rocco fauchte, machte dann abrupt kehrt und gehorchte.

Steve stellte den Fuß auf einen Stuhl, nahm die Männer ins Visier. »Damit eins klar ist: Unsere Geschäfte sind in keinster Weise gefährdet. Niemand hat Verluste. Dass die Kleine Mist gebaut hat, gar keine Frage. Ich hab sie deshalb sofort aus dem Verkehr gezogen.«

»Was heißt das? Wo steckt sie jetzt?«

»An einem sicheren Ort. Den ich höchstpersönlich überwache. Ich habe sichergestellt, dass sich so etwas nicht wiederholt.«

Sie liegt in meiner Hütte bei Ebersdorf aufm Wasserbett, zieht grad eine frische Line und wartet … auf mich, ihr Vollpfosten … und wenn einer von euch jemals seine Wichsgriffel gegen sie ausstreckt, baller ich ihm eigenhändig die Rübe weg …

Unruhe am Tisch.

»Was heißt das konkret?«

»Das reicht nicht, *president*!«

»Waaß des der Zigeuner?«

Hinter Steves Gürtelschnalle mit dem massivsilbernen Hundemaul meldete sich unangenehmes Ziehen. Sein Blick verfinsterte sich.

»Mit dem Scheffler stehe ich ständig in Kontakt, macht euch da keinen Kopf – alles Chefsache! Ich selbst hab ihm auf die Schnelle ein Smartphone organisiert und in den Knast schmuggeln lassen. Über sein Nürnberger Mietmaul, diesen Blaublütler Castell-Hohenlohe …« Er schlug mit der Faust gegen die flache Hand. »Und jetzt ist Schluss mit dieser Arschlöcherei! Bis der Zigeuner zurück ist, habe ich die volle Verantwortung für die Geschäfte!«

Wenn ihr Schwachköpfe wüsstet, dass es seit zwei Stunden wieder eine Snuff-Anfrage gibt … aus den USA, sechshunderttausend Dollar … ihr würdet dafür selbst Mina sofort in den Ring schicken … ihr seid krank, krank, krank!

12:51 Uhr – Coburg, »Café M«

Wohltuend sanft blubberte der elektronische Tangosound von Gotan Project. Charly rührte mit dem Strohhalm in seiner schwarzen Schokolade mit Espresso, blätterte ziellos durch die letzte »Auto Motor und Sport«. Immer wieder Mercedes, Ferrari, Aston Martin, dazwischen ein paar getunte Gebrauchtwagen.

Seine Gedanken schweiften ab, zum Hausbesuch in Manus Wohnung gestern. Nachdem er sich kurzentschlossen ganz privat noch ein paar Haare von Rubys Kopfkissen gesichert hatte, hatte er die Wohnungstür beim Weggehen offen gelassen und über Bernies Handy mit verstellter Stimme einen Wohnungseinbruch gemeldet: »Dou war irgendwos mit Drogen, des waaß ich fei genau!«

Eine professionelle Überprüfung durch die Kollegen konnte nur von Vorteil sein. Wer hatte sich dort vor ihm Zutritt verschafft? Warum hatten sie die Wohnung auf den Kopf gestellt, wonach hatten sie gesucht?, grübelte er.

Manu hatte nicht alles in ihrem Leben auf die Reihe gebracht, aber sie war auch nie in die Drogen- oder Rotlichtszene abgerutscht. Der Einbruch bei ihr konnte, nein, musste mit dem Zwischenfall in Cheb zusammenhängen. Mit Raoul Scheffler. Und demzufolge auch mit Ruby.

»Hi, Papa!«

Erstaunt blickte er auf. Seine Tochter. Valerie, sechsundzwanzig, frischgebackene Innenarchitektin.

»Hey, Kleine … was machst du hier?« Küsschen auf künstlich blonde Locken, dezenter, anregender Duft. »Tolles Parfum.«

»Ganz neu, gerade beim Müller entdeckt. ›Crystal Life‹ von Lancôme.«

Geschmacklos, dachte er.

»Crystal Life«. Was Valerie wohl zu einer Halbschwester im Rotlichtmilieu des deutsch-tschechischen Grenzgebiets sagen würde …? Er verwarf den Gedanken genauso schnell, wie er gekommen war.

»… treff mich hier gleich mit Becks, du weißt doch, der letztes Jahr den ersten Coburg-Krimi geschrieben hat …«

»Ach, so ein Schmarrn!« Charly verzog das Gesicht. »Verschon mich bitte mit diesem Märchenonkel. Ich wollte sowieso grad geh'n. Wir telefonieren die Woche noch … Ciao, Bella!«

»Jetzt warte doch mal, Papa!«

Ein bärtiger Nerd tauchte plötzlich neben ihr auf. Cordhose, Holzfällerhemd, große Hornbrille. »Und das ist Lennie.«

Charly nickte ihm kurz zu. »Hi.« Mehr wäre pure Zeitverschwendung, das zeigten die Erfahrungen der letzten Jahre.

»Lennie studiert internationale soziale Arbeit und Entwicklung an der FH!«

In deinem Alter hab ich schon fünfzig Verhaftungen gemacht.

»… er ist Blogger, und er hat schon zwei Poetry-Slams gewonnen!«, schwärmte Valerie weiter.

Lennie schien Charlys intuitive Ablehnung nicht zu bemerken. Ungeniert befingerte er den kleinen Pin an Charlys Jeansjacke, die weltberühmte Stones-Zunge.

»Hey! Mick Jagger ist schon Uropa!«, grinste er Charly herausfordernd an und verfiel leise in abgehackten Pseudo-Rap. »Die Zun-ge … war frü-her mal … ein Sym-bol … des wil-den … des un-ge-stü-men … Auf-be-geh-rens … ge-gen das Es-ta-blish-ment!«

Interessierte, belustigte Blicke von den anderen Tischen.

Lennie ließ sich nicht aus dem Konzept bringen: »… jetzt ziert die Zun-ge Spie-ßer-au-tos! Nee, also jetzt im Ernst«, urplötzlich verfiel er wieder in normale Sprechweise, »… die Zunge ist doch so was von degeneriert, die Zunge is doch nur noch 'n Symbol, 'n sinnstiftendes Sym-bool von satten, nee von saturierten, selbst ernannten Guutmenschen … die sich in ihrer kleinbürgerlichen Nische behaglich einrichten und ihren alten Träumen nachtrauern! Nee du, also die Zunge kommt gar nicht gut … solltest du dir echt überlegen, ob du so was heute noch zeigst!«

»Weißt du was? Leck mich einfach am Arsch!«

13:53 Uhr – PP Oberfranken, KPI/Z, Aktuelles Lagebild Org-Kriminalität

`(Auszug) […] werden im grenznahen Tschechien seit Anfang des Jahres verstärkt Überfälle von Rockerbanden (z.B. das Black-Bastards-Chapter Karlovy Vary) auf private Drogenküchen und Labors kleiner tschechischer und vietnamesischer Crystal-Meth-Produzenten beobachtet. Es handelt sich dabei offensichtlich um Stellvertreterkriege im Rahmen planmäßig gesteuerter Markteroberungsstrategien des organisierten Verbrechens. Nach ersten Erkenntnissen der tschechischen Polizei versuchen insbesondere russische und albanische Kartelle, auf diesem Weg den crystal-typischen »Ameisenhandel« zu zerschlagen und Herstellung und Vertrieb profitorientiert zu monopolisieren.`

Im nordbayerischen Raum sind bislang keine derartigen Aktionen zu beobachten. Deutschland wird in den internationalen Strategien des organisierten Verbrechens offenbar weiterhin als »sicherer Rückzugsort« bevorzugt, in dem die Gewinne aus Drogenhandel und -schmuggel ungestört verschleiert und gewaschen werden. Hier rückt, wie in anderen Regionen, auch in Oberfranken die sprunghafte Zunahme von Spielcentern und -hallen in den letzten Jahren immer mehr in den Fokus: Die teilweise kunstvoll verschachtelten Beteiligungen und Eigentumsverhältnisse sowie der personelle Notstand insbesondere auch der bayerischen Steuerfahndung erschweren allerdings ganz erheblich die Ermittlungen [...]

15:39 Uhr – Cheb, Lidická 1066/1 – Untersuchungsgefängnis des Bezirksgerichts

»Zum allerletzten Mal, nur du bist jetzt noch übrig«, flüsterte Raoul Scheffler.

Der jugendlich schmächtige Hilfskoch presste sich mit angstgeweiteten Augen in die Ecke zwischen Herd und Arbeitsplatte.

»Du warst es, du hast mein Handy geklaut, du kleiner Scheißbulgare ... Denkst du, ich bin blöd?«, brüllte Scheffler unvermittelt los. »Lass mir so was hier bieten? Von einem wie dir?« Ein Speicheltropfen flog in das frettchenhaft spitze Gesicht seines Gegenübers. Er schnippte mit den Fingern. »Los, durchsuch ihn!«

Sein vierschrötiger Begleiter, in ausgeleierter fleckiger Jogginghose und schmutzstarrendem Unterhemd, riss den jungen Bulgaren in den Schwitzkasten. Zielsicher tastete er ihn mit der Linken ab, länger als nötig, verfiel in gieriges Begrapschen der Oberschenkel und der schmalen Hüften. Der Bulgare schrie auf, als ihm der Fettsack die Hoden quetschte. Er zuckte, wand sich und zappelte wie unter Stromstößen. Unter dem dünnen Stoff seiner grauweißen Küchenhose zeichnete sich plötzlich ein Fremdkörper ab, etwas Rechteckiges, Flaches. Mit einem einzigen Griff riss der Dicke dem immer noch strampelnden im Schwitzkasten Festgeklemmten die Hose bis unter den Po herunter.

»Das Handy! Zwischen seinen Arschbacken war's!«

Wortlos griff Scheffler nach einem Geschirrtuch, bückte sich und nahm das Handy auf. Sorgfältig wischte er es ab und verstaute es in seinem Tommy-Hilfiger-Kapuzenpulli.

Der junge Koch wimmerte noch vor Schmerz und Angst. Scheffler legte ihm das Geschirrtuch um den Nacken und tätschelte ihm das schweißnasse Haar.

»Keine Angst, Junge! Jeder macht mal Fehler.«

Das Wimmern wurde leiser und verstummte schließlich.

»Und aus Fehlern lernen wir doch, stimmt's? Alle lernen wir nur aus Fehlern … Lass ihn nicht los«, befahl er leise dem Hünen, der keuchend und mit offenem Mund das nackte Hinterteil des Bulgaren beglotzte. »Leg seinen rechten Arm auf den Tisch.«

Er fingerte etwas Schwarzes, Längliches aus der Schenkeltasche seiner Cargohose und steckte es sich zwischen die Lippen. Mit einer raschen Bewegung drehte er den Arm des Jungen auf der Arbeitsplatte herum. Jetzt zeigte die Handfläche nach oben.

Scheffler griff einen Fleischklopfer von der Wand, nahm mit links den Nagel aus dem Mund, fixierte kurz und trieb den Nagel mit zwei wuchtigen Hieben tief durch den Mittelhandknochen hinein in die hölzerne Arbeitsplatte.

Grinsend wandte er sich an den Fetten und zeigte auf den nackten Hintern des wie am Spieß brüllenden Bulgaren.

»Hier, bedien dich …!«

20:40 Uhr – Polizei Coburg, Lageraum

»Fertig – die SOKO Franken kann kommen!«

Charly drehte sich zu Fiona um, zeigte triumphierend auf die große Pinnwand, die er in mühevoller Kleinarbeit bestückt hatte.

Eine Karte – Franken, Thüringen, Sachsen und Tschechien. Schwarze Pins in Fürth, Marktredwitz, Hof. Rote Pfeile führten von dort heraus zu Porträtfotos und Snuff-Standbildern von Sarah Pöschl, Jessica Schäl und Doris Weiß. Ein blauer Pfeil aus Bad Staffelstein zum finster blickenden Thorsten Geest.

»Was wusste Geest?«, fragte er. »Was war das für ein Typ?«

»Geest? Ein Hundenarr. Nach der Wende der erste offizielle Staff- und Pitbullzüchter in Brandenburg. Daneben immer wieder Autoschiebereien, ein paar Schlägereien, das übliche Kleinkriminellenmilieu. Oder, wie mein alter Chef zu sagen pflegte, arbeitsscheu und tätowiert. In diese alte Schublade passte auch Geest.«

»Und sein Hundetick?«

»Wurde zur Besessenheit. Maximale Schärfe, maximale Aggression, das war Geests Obsession, dafür wurde er in einschlägigen Kreisen bekannt. Jeder Zuhälter im Osten, der eine Bestie suchte, bekam sie unter der Hand von Thorsten Geest. Seine offizielle Zucht war nur noch ein Tarnbetrieb. Bis es zu viel wurde und die Sache dann vor zwei Jahren aufflog. Das SEK ist aus Potsdam angerückt und hat mit zehn Hundeführern seine illegalen Zwinger in Bad Saarow ausgeräumt. Drei Köter haben sie gleich erschossen, den Rest auf Tierheime verteilt, wo sie später eingeschläfert wurden.«

»Gut so, sehr gut.« Ächzend bückte er sich nach einem roten Pin, der aus der Wand gefallen war. »Was geschah mit dem freundlichen Herrchen?«

»Sechs Monate ohne Bewährung, mehr ist nicht zusammengekommen. Anschließend ist Geest erst mal von der Bildfläche verschwunden.«

»Und hat sich irgendwo neue Hündchen beschafft?«

»Yep.« Sie strich sich durch ihren blonden Wuschelkopf. »Staffs und Pitbulls waren, als Rassen, für ihn natürlich verbrannt. Also stieg er um auf X-Dogs.«

»X-Dogs?«

»Kreuzung aus belgischen Malinois und deutschen Schäferhunden. Rassemäßig nicht verboten. Aber noch robuster, noch schärfer. Gib's mal auf YouTube ein. Da zieht ein X-Dog einen Autofahrer durch das offene Seitenfenster raus. In nicht mal sieben Sekunden.«

Draußen hatte es wieder zu regnen begonnen. Große Tropfen fielen durchs offene Fenster auf den Aktenbock. Charly schloss das Fenster und angelte sich vom Waschbeckenrand eine angefangene nullfünfer Cola. Zwei Fingerbreit nur noch.

Schal und abgestanden.

Angewidert verzog er das Gesicht, versenkte die leere Flasche im Treteimer. »Und als solche Spielchen nicht mehr reichten, hat er seine Bestien auf wehrlose Mädchen gehetzt …«

»Stopp«, fiel ihm Fiona ins Wort. »Das lief anders. Er sollte einen X-Dog für illegale Hundekämpfe liefern, das kam ihm spanisch vor. X-Dogs sind mannscharf, aber keine klassischen Kampfhunde, die auf Artgenossen losgehen. Er hat bewusst einen völlig überhöhten Preis gefordert, zehntausend, und er hat sie anstandslos bekommen.«

»Und?«

»Ein Brandenburger Führungsmitglied der Black Bastards, ein Sandkastenfreund von Geest, hat am selben Abend im Suff etwas gefaselt; von Bestrafungen junger Nutten mit Hunden und von Filmaufnahmen. Ein paar Stunden später war er tot. Nachts, zwischen Storkow und Scharmützelsee, auf einsamer Landstraße von seiner Maschine geschossen. Ist mit zwei Kugeln im Bauch im Straßengraben verblutet.«

»Verstehe. Da ging auch einem Thorsten Geest der Arsch auf Grundeis.«

»Genau. Keine vierundzwanzig Stunden später hat er Kontakt mit uns aufgenommen.« Sie schob ihm einen Schnellhefter über den Tisch.

Bundeskriminalamt
Abteilung ZD 36 – Zeugenschutzprogramm
Gerhard-Boeden-Str. 2
53340 Meckenheim

VS – Vertraulich – Amtlich geheim gehalten

Az. ZD-36 M 06-2014/tg

Zeuge
G e e s t, Thorsten Waldemar
*02.05.1981 Eisenhüttenstadt, ledig
wh. 15526 Bad Saarow, Kieferstr. 7
Erstkontakt
02.07.13, 14:25–14:49 Anruf G über Handy (Rückverfolgung: 0178-56 56 34 29, Standort Bad Saarow, Alte Dorfstr., Friedhof Petersdorf)
Aufnahme
KHK Berentzen
Erstmitteilung des Zeugen (Sachverhalt)
G: »… habe schon jede Menge Mist gebaut, aber volle Strafe abgesessen. Ich will mit Mord nix zu tun haben … da läuft was mit Hunden, die man auf junge Frauen hetzt und dabei filmt … die haben mich mit reingezogen, ich wusste da nichts davon und bin jetzt in Lebensgefahr … ich liefere Ihnen alle Informationen, wenn Sie mir eine neue Identität verschaffen … so schnell wie möglich, sofort …« (Auszug; zur Abschrift des vollständigen Telefonats siehe R:/36_Zeugen/2013/tg_0207_1)
Bezugsfall BKA
Mutmaßlich Projekt »Underdog« (BKA Berlin, SO 45, Leitung Kriminaldirektor Holger Nees, 030-53611-4501). Tel. informiert am 02.07.13, 14:59 durch KHK Berentzen
Priorität
AAA (KD Nees, 03.07.13/15:05)
Zuordnung intern
ZD 36 – Zentrale Kriminalpolizeiliche Dienste, Meckenheim
Führung des Zeugen
KRin Fiona Brouwers, 02225-89 13 22
Chronologie Entscheidungen intern
R:/36_Zeugen/2013/tg_0207_1, A. S. 4–12
Chronologie Zeugenkontakte
R:/36_Zeugen/2013/tg_0207_1, B. S. 1–114

Identität neu
G e r k o w, Thomas Maik
*18.06.1979 Berlin, verwitwet
wh. 96231 Bad Staffelstein, Obere Gartenstr. 1a
Zuzug 15.11.2013 aus 12559 Berlin, Salvador-Allende-Str. 149/III
Neue Dokumente
Geburtsurkunde 204/1979 v. 20.06.79, Standesamt Pankow von Berlin;
Führerschein 1382/97 v. 19.06.97, Fahrerlaubnisbehörde 10958 Berlin, Puttkamerstr. 16–18;
Heiratsurkunde 18/1999 v. 06.03.99, Standesamt Lutherstadt Wittenberg;
(Eheschließung mit »Carmen Miranda Nunez, *01.01.76 Havanna/Kuba«);
Eheringe (schlicht, 333er Gelbgold, »Carmen 06.03.99«, »Thomas 06.03.99«)
Sterbeurkunde 93/2005 v. 07.04.2005, Standesamt Berlin-Köpenick für »Carmen Miranda Gerkow, geb. Nunez«;
Mietverträge Lutherstadt Wittenberg und Berlin-Köpenick;
Arbeitsverträge »Ferienpark Bad Schmiedeberg/Hausmeister« v. 30.04.1998 (Zeugnis v. 31.08.2003); »Wohnungsbaugenossenschaft Köpenick-Amtsfeld/Mitarbeiter Haustechnik« v. 27.08.2003 (Zeugnis v. 12.11.2013); »Zweckverband Thermalsolbad Bad Staffelstein/Techniker« v. 18.11.2013;
Kontoauszüge und abgelaufene EC-Karten: 15.03.1998–31.08.2003 Commerzbank Lutherstadt Wittenberg (BLZ 80080000), Kto. Thomas und Carmen Gerkow, 01.09.2004–14.11.2013 Commerzbank Berlin-Köpenick, Kto. Thomas Gerkow (bis 30.04.2005 Thomas und Carmen Gerkow);
Internet: Facebook-Seite »TommyG« ab 26.11.2009, E-Mail tommyg1@gmx.net ab 02.04.2008, Foreneinträge kicker.de, herthabsc.de, rtl.de.

Charly pfiff leise durch die Zähne. »Brutaler Aufwand, den ihr da betrieben habt, sogar falsche Personenstandsurkunden … absolut kriminell! Aber wie seid ihr ausgerechnet auf Staffelstein gekommen?«

»RZS. Rastermethodische Zielsuche. Unsere Software sucht den idealen Ort raus: mindestens vierhundert Kilometer weg. Nicht zu ländlich, nicht zu großstädtisch. Struktur, Bevölkerungsdichte, Arbeitsmarkt und unerwünschte private Verbindungen werden gecheckt. Kontaktrisiken zum aktuellen Fall. Dann Rückkopplung mit dem Zeugen. Wir klopfen gemeinsam verschiedene Standortvorschläge ab, entscheiden aber alleine. Und hier lief das eben auf Bad Staffelstein hinaus.«

Er musterte Fionas schlanken Hals, ihr ausdrucksloses Gesicht. Ihre graublauen Augen erwiderten seinen Blick. Kühl und geschäftsmäßig, ohne auszuweichen. Er fühlte sich plötzlich gereizt und wusste nicht, warum.

»Bist du immer so professionell?«, versuchte er zu provozieren.

Sie zog die Augenbrauen zusammen.

»Wie … professionell, wie meinst du das?«

»Na, wie verkraftest du das alles? Thorsten Geest war schließlich dein Schützling. Wird in deinem neuen Revier plattgemacht. Macht dir das gar nichts aus?«

Sie kehrte ihm abrupt den Rücken zu und verschränkte die Arme.

»Was heißt das für deine Karriere?«, stichelte er weiter.

»Ich glaube nicht, dass ich in punkto Karriere irgendwelche Belehrungen brauche. Und von dir schon gleich gar nicht.«

Charly ärgerte sich. »Ich habe eine der besten Aufklärungsquoten überhaupt. Bundesweit. Das allein zeigt schon, dass Karriere nicht nur mit Können zu tun hat.«

»Eben.« Sie fuhr herum, funkelte ihn zornig an. »Fachliche Leistung allein reicht eben nicht aus, um nach oben zu kommen, lieber Charly.«

»Ist das a) von Heinz-Uwe Löhlein, b) von Angela Merkel oder c) von Fiona Brouwers?«, höhnte er. »Es geht ausschließlich um Ergebnisse, Fiona. Wir werden dafür bezahlt, dass wir unseren Kopf hinhalten. Das allein zählt. Und außerdem …« Er brach ab.

Fionas Augen schimmerten verdächtig.

»Hey, was soll der ganze Scheiß«, hörte er sich sagen. »Wir sind völlig überarbeitet, lass uns Schluss machen für heute.«

Sie stand am Fenster, schaute hinaus, durch den strömenden Regen hinüber zur hell erleuchteten Veste.

»Ja«, sagte sie leise. »Ist gut für heute. Hast du einen Schirm für mich? Bin heute Mittag aus der Herrngasse zu Fuß hierher.«

Überrascht blickte er auf. »Du wohnst in der Herrngasse? Liegt ja fast aufm Weg. Komm, ich nehm dich mit.«

Schwerfällig wogte das Wasserbett unter Minas hyperaktivem Gehopse. Kreischend und lachend warf sich die dralle kleine Kroatin im String und weißen Top umher, bis sie, völlig außer Atem, alle viere von sich streckte.

»Ist großartig, ist wunderbar, ist gaaanz ganz toll hier, ich liebe deine Hütte, ich liebe dein Bett, ich liebe deine Harley, ich liebe dichdichdich, du großer, starker Rockerboss, wo bist du, komm her zu deiner Mina, kommkommkommkommkomm.« Auf Knien kroch sie jetzt über das schwankende Bett, schnurrte und fauchte dabei wie ein Tiger. »Wo ist großer Steve? Ich fress dich auf, mit Haut und Haar …«

Steve knurrte unwillig. »Es reicht, Mina!«

Laberflash … Hatte wohl zu viel erwischt heute.

Barfüßig, nur in Jeans, fläzte er sich in einem nagelneuen Chefsessel, an dem noch Reste der Plastikhülle klebten: Abstandszahlung eines Frohnlacher Möbelfabrikanten an die Bastards, eine »kleine Sachspende für die Biker-Tombola«, noch keine vierundzwanzig Stunden alt. »Sei mal wieder ruhig!« Er hob die Fernbedienung, stellte den Fernseher lauter.

ARD. Ein »Tatort« strebte seinem vorhersehbaren Ende entgegen. Der Drogenboss des Tages, von einem Junkie verpfiffen, wurde nach wilder Verfolgungsjagd vom Kommissar gestellt. Cooler Spruch zum Schluss, Klaus Doldingers Tatort-Musik hämmerte los, Abspann, Ende.

Steve kraulte Mina, die mit leerem Blick neben ihm kniete,

den Nacken. »So ein Scheiß! Da säuft so ein Drehbuch-Fuzzi mal drei Weizen am Stück und denkt am nächsten Tag, er kennt sich in der Drogenszene aus! Mannomann!« Gereizt hob er mit der anderen Hand die Fernbedienung – und erstarrte.

Günther Jauch. »Schönen guten Abend, herzlich willkommen live aus dem Gasometer in Berlin … zum Abschluss unserer großen Anti-Sucht-Woche in der ARD freue ich mich heute zum Thema Spielsucht auf diese Gäste … zum Thema Glücksspiel Ralph Dieter Wernstedt aus Potsdam, der Vorsitzende des Bundesverbands Spielwirtschaft. ›Ein bisschen Zeitvertreib am Automaten macht niemanden süchtig. Wir erzeugen garantiert keine Abhängigkeiten‹, sagt Ralph Wernstedt, der größte deutsche Spielhallenbetreiber …«

»Du Drecksau«, flüsterte BKA-Referatsleiter Burkhard Nees, »du alte Drecksau!« Fassungslos starrte er auf den Bildschirm.

Ralph Wernstedt. Silbergraue Tolle, markante Nase. Lächelnd nickte er im Begrüßungsapplaus.

Nees' Hand zitterte, die Eiswürfel in seinem Whiskyglas klirrten.

»Keine Abhängigkeiten«! … Du lebst für nichts anderes, Ralph … du hast dir ein Netz aus kleinen und großen Gefälligkeiten geknüpft, das in unserem Land seinesgleichen sucht … Staatsanwälte, Politiker, Journalisten … selbst ich bin dir auf den Leim gegangen …

Er nahm einen tiefen Schluck Chivas Regal, spürte atemlos, wie sich der kühle Alkohol brennend heiß im Magen ausbreitete.

Die Hitze … der Schmerz …

Kleine Schweißperlen traten auf seine Stirn.

Er versuchte, sich wieder auf den Bildschirm zu konzentrieren.

Wernstedt, ausgerechnet Wernstedt … Staatssekretär Moelders, die alte FDP-Lusche, hatte sie damals miteinander bekannt gemacht … hier in Berlin, in Harry's New York-Bar … im Oktober 2009, am Vorabend der Golf Charity Classics, im Esplanade am Lützowufer …

Seine Gedanken schweiften ab.

Esplanade … Penthouse-Suite 2, seine zweite Heimat … mit Panoramablick über das nächtliche Berlin … der nie seine Wirkung verfehlte auf die weiblichen Begleiterinnen … doch es waren teure Wochenenden … dem neuen Golfkollegen blieb es nicht lange verborgen …

Wernstedt jetzt in seinem Element. Lächelnd, souverän: Automatenwirtschaft als wertvoller Steuerbringer, eins Komma sechs Milliarden jährlich. Sauberer, sicherer Dienstleister auf dem riesigen Freizeitmarkt. Ausbildungs- und Arbeitsplätze … er hebt einen seltsam verkrüppelten, vernarbten Zeigefinger, der nicht zu seiner elegant-seriösen Erscheinung passen will. »Wenn Sie so wollen, haben damit auch wir ein Stück gesamtgesellschaftliche Verantwortung!«

»Bla, bla, bla!«, keuchte Nees, stemmte sich in die Ledercouch.

Deine Verantwortung heißt nur Profit, Profit, Profit … du gehst doch über Leichen … du bist selbst süchtig … nach Einfluss, Macht, Kontrolle … und ich hab die Augen zugemacht, wollte es nicht sehen … nein, schlimmer noch: Ich habe andere mit reingerissen … von dir und deinesgleichen abhängig gemacht … und jetzt sind wir gezwungen zu schweigen … trotz grausamster Perversionen!

Er hob den Chivas Regal, schloss seine feuchten Augen, leerte das Glas auf einen Zug.

Friss deine Kinder, Old Chivas … brenn alle Tumore raus!

»Wow!« Erstaunt sah sich Charly in Fionas Maisonettewohnung um. Ein großer Wohn-/Essbereich, darüber eine offene Galerie. Cremefarbene Wände, große Grünpflanzen, indirekte Beleuchtung. Zwei riesige Kunstdrucke: einmal chaotischbuntes Gekritzel im Querformat; Charly erinnerte sich vage an den Kunstunterricht im Ernestinum 1979: Jackson Pollock vielleicht? Gegenüber, neben dem großen Flachbildschirm, ein Hochformat, oranges Feld über gelbem, »Mark Rothko 1967, New York«. Dazwischen nur wenige, eindrucksvoll schlichte helle Designermöbel.

Im Küchenbereich brummte die Espressomaschine. Fiona war sichtlich entspannter jetzt. »Gefällt's dir?«

»Klasse Wohnung. Und Toplage, direkt zwischen Marktplatz, Hofgarten und Theater, Wahnsinn!« Charly ließ sich in die anthrazitfarbene Sitzecke fallen. »Da war natürlich der Großbrand in der Herrngasse schuld, Pfingsten 2012.«

»Hat die Maklerin auch schon gesagt.« Sie balancierte zwei Espressotässchen zum gläsernen Couchtisch. »Das Dachgeschoss wurde komplett saniert und neu gemacht.«

»Gab ja auch ruckzuck millionenschwere Zuschüsse damals«, grinste er. »Und die Mieteinnahmen haben sich jetzt wahrscheinlich verdoppelt.« Langsam rührte er in seinem Espressotässchen.

»Es ist preiswerter, als du denkst«, sagte sie steif.

Charly musterte ein Farbfoto, das auf dem Beistelltischchen stand. Ein Landhaus auf einem sanften Hügel unter strahlend blauem Himmel.

»Ey, Toskana … TUI?«

Sie schmunzelte. »Nein. Brouwers.«

Charly zog die Brauen hoch.

Eilig kam sie ihm zuvor. »Hat mein Vater in den Siebzigern gekauft. Als es den Ärzten bei uns noch gut ging.«

Sein spöttischer Blick schien sie zu verärgern. Abrupt griff sie zur Fernbedienung. ARD, Günther Jauch.

Ein hagerer blasser Turnschuhträger, Jeans, Sweatshirt, zu großes dunkles Sakko. »Kay, siebenundzwanzig. Verspielte vierzigtausend Euro an Automaten, wollte sich umbringen.«

Kay gestikuliert, ereifert sich: »Zweihunderttausend Spielsüchtige in Deutschland, da sin alleinerziehende Mütter mit Kleinkindern dabei, pathologische Automatenspieler! Es isch die teuerschde Spielsucht überhaupt und die mit der höchschddn Suizidrate unter allen Suchtkranken!«

Neben ihm hört ein grau melierter Grandseigneur konzentriert zu, formt vor dem Kinn ein Dach mit seinen Händen. Ein weißgoldener Siegelring, ein merkwürdig verzerrter Zeigefinger. Schnell nutzt er eine kurze Atempause seines Nebenmannes.

»Natürlich … wie immer im Leben gibt es auch hier traurige Einzelfälle, keine Frage. Aber entscheidend ist das Gesamtbild ... Statistisch erwiesen ist, dass in Deutschland höchstens null Komma zwei bis null Komma fünf Prozent der Spielhallenbesucher als spielsüchtig zu bezeichnen sind ... bei allem Respekt, lieber Kay«, lächelnd berührt er den Unterarm des jungen Mannes, »das ist eine *quantité négligeable*, das ist umgekehrt eine Erfolgsquote von neunundneunzig Komma acht Prozent! Unsere Präventionskonzepte greifen! Unser geschultes Personal erkennt potenzielle Suchtkranke und verweist sie an Beratungsstellen. Auf den Automaten steht seit Jahren die Hotline der Bundeszentrale für gesundheitliche Aufklärung ...« – *Ralph D. Wernstedt, Bundesverband Spielwirtschaft* – »... und natürlich betreiben wir Lobbyarbeit, wir setzen uns ganz massiv ein für bessere Bekämpfung und Unterbindung illegaler, unkontrollierter Spielangebote ...«

»Des isch doch e einziger Witz!«, explodiert Kay, »alles, was Sie vom Staat wolle, isch Marktbereinigung! Zwecks der eigenen Profitmaximierung! Sie beuten Suchtkranke aus und infizieren tagtäglich neue ...«

Fiona schaltete wieder aus und schwieg. Charly nippte an seinem Espresso. Sein fünfter heute.

»Anti-Sucht-Woche«, sagte er leise vor sich hin.

»Genau, Anti-Sucht-Woche. Wusstest du eigentlich, dass die letzten vier Razzien des K4 gefloppt sind?«, fragte sie unvermittelt.

Überrascht sah er auf.

»Klar. Ray hat kein anderes Thema mehr.«

»Echt?« Sie schien zu überlegen. »Und? Meinst du, es gibt einen Maulwurf bei uns?«

»Im K4? Einen Whistleblower?« Belustigt schüttelte er den Kopf. »Kann ich mir nicht vorstellen. Reiner Zufall.«

»Oder bewusst gestreute Fehlinformation der anderen Seite?«

»Aber doch keine vier Mal hintereinander. Wenn du Drogenfahnder im großen Stil linken willst, musst du sie wenigstens ein bisschen was finden lassen. Kannst sie nicht viermal komplett auflaufen lassen, damit verbrennst du deine eigenen Informanten.«

Sein Blick fiel auf Fionas schmale nackte Füße, die sie untergezogen hatte. Rot lackierte Fußnägel. Enge schwarze Jeans, darüber etwas weißes Männerhemdartiges.

»A bissla Musik wär net schlecht.«

»Wir flirten nicht, Charly.« Sie wirkte plötzlich erschöpft, strich sich eine blonde Strähne aus dem Gesicht.

»Sondern?«

»Wir versuchen, halbwegs versöhnlich und professionell aus dieser Woche zu gehen. Morgen geht der Stress erst richtig los.« Sie schob die leeren Tassen zusammen und dachte nach. »Tut mir leid, vorhin, ich denke, wir haben beide überreagiert.« Mit ihrem Fingernagel kratzte sie einen unsichtbaren Fleck von der Glasplatte. »Es stimmt, mir ist Karriere wichtig … natürlich, dazu steh ich sogar!«

Sie warf sich nach hinten in die Sofakissen, verschränkte verärgert die Arme. »Du hast's als Frau schwerer! Erst recht bei der Polizei! Wir müssen doppelt so viel ackern, um vorwärtszukommen, um das Gleiche zu erreichen wie ihr!«

Wütend beugte sie sich vor, funkelte ihn über den kleinen Tisch hinweg an. »Es lässt mich nicht kalt, was mit Thorsten Geest passiert ist. Aber ich darf das nicht an mich ranlassen! Wer Schwäche zeigt, verliert, Charly – und ich werde auch künftig ackern und alles dafür tun, damit ich nicht zu den Verlierern gehöre!«

»Du hast nichts begriffen«, sagte Charly leise. »Es darf nie um uns selbst gehen, es muss um Gerechtigkeit gehen, nichts anderes! Karriere muss Belohnung sein, kein Selbstzweck.«

Er stand auf und streckte sich. »Lass gut sein, Fiona. Danke für den Espresso.«

»Danke fürs Fahren.«

Sie schwang sich von der Couch, wirkte regelrecht erleichtert.

Ihr weißes Männershirt und der darunter wippende prall gefüllte Büstenhalter zogen seinen Blick magisch an. Barfüßig tappte sie über den Parkettboden voraus zur Tür, drehte sich dort wieder zu ihm um.

»Find ich übrigens gut, dass du heute für die Aktivierung der SOKO Franken warst, hätte ich für die ›Underdog‹-Geschichte nicht erwartet. Das hat selbst Ritter und Oberstaatsanwalt Dr. Stein überrascht.«

Charly entspannte sich wieder etwas. »Wir brauchen Manpower. Je mehr, umso besser. Wir müssen schließlich drei Morde aufklären.«

Und Ruby finden …

»Hey babe, take a walk on the wild side«, trällerte Mina auf dem Wasserbett vor sich hin. *»I said, hey honey, take a walk on the wild side!«*

Lustvoll hantierte sie auf Steves glatt rasierter Brust mit einer Scheckkarte, schob ein kleines Häufchen weißes Pulver zu einer Linie, zerhackte sie spielerisch und zog sie wieder neu.

»Verschwend den teuren Stoff nicht so«, grunzte Steve.

Der Preis, Mina in seiner eigenen Hütte aus der Schusslinie zu bringen, war hoch. Gerade hatte sie die wertvolle Ration Koks, die er aus einer früheren Transportbegleitung als »Pfand« einbehalten hatte, im Batteriefach des alten Radioweckers entdeckt.

Ist das schon der gierig-sichere Instinkt des Junkies?, überlegte er. War sie, anders als er, nach ihren ein, zwei Crystal-Proben schon voll auf Droge …? Verstohlen schob er sich zwei Pillen in den Mund.

Gelb und blau. Ecstasy und Viagra. *Sextasy.*

»… Sucht isch ebbes Teuflisches«, erregt sich Kay, »sie zerstört dich selbst und dazu deine ganzen sozialen Kontakte!«

»Ja, aber wir dürfen doch Sucht nicht mit Genuss oder Lust verwechseln«, lächelt Wernstedt, »auch Lust lässt sich steigern, maßvoll steigern und kontrollieren …«

»Ich liebe Lust«, plapperte Mina, ohne aufzuschauen, »ich liebe Lust und Liebe … und Lust ist, wenn du nix mehr kontrollieren kannst …«

Sie schob eine waagerechte dünne Linie zwischen Steves Brustwarzen und angelte dann nach ihrem Handtäschchen, aus dem sie eine kleine strassbesetzte Geldbörse kramte. Geschickt rollte sie einen gelben Zweihunderter zu einem dünnen Röhrchen zusammen.

Steve fingerte vorsichtig nach dem einzigen Weißenbrunner Gampertbräu, das, zwischen Unmengen leerer Flaschen auf dem Boden neben dem Bett, noch aufrecht stand.

Im Liegen, in ganz kleinen Schlucken, genoss er die sanfte Bitterkeit des Biers, hörte Minas scharfes Schniefen, das Röhrchen kitzelte auf seiner frisch rasierten Brust, während Gregor Gysi gerade Günther Jauch belehrte.

»… und die alte schwarz-gelbe Bundesregierung unterstützte das alles noch!«

»Ahh, das ist guuut … *hey babe, take a walk on the wild side*«, Mina summte und leckte sich tief in den Süden, bis ihre warme Wange Steves Schwanz erspürte, *»… doot doo doot, doo doot, doot doo doot … mmhmmm …«*

Stöhnend schloss Steve die Augen.

»… jawohl, Frau Merkel und Herr Rösler haben 2012 sogar das Geldwäschegesetz entschärft, zugunsten der Spielhallenbetreiber …!«

08:50 Uhr – Polizei Coburg

Shakehands, Schulterklopfer, Gelächter.

Stimmung wie auf einem Betriebsausflug, dachte Charly. *Fast alle kennen sich.* Die angenehm heiße Kaffeetasse fest umklammernd, saß er still auf seinem Stuhl und beobachtete, wie sich die Kollegen im großen Lageraum begrüßten.

The same procedure as every year …

Nein, drei Jahre. Drei Jahre waren vergangen seit dem Shibari-Killer, dem grausigen Mord an der Coburger Primaballerina Kim LaYoung. Und jetzt war es wieder so weit: Aus ganz Nordbayern waren zwanzig der fähigsten Ermittler zusammengezogen worden, vierzehn Männer und sechs Frauen der Kriminalpolizeien Bayreuth, Bamberg, Würzburg, Schweinfurt, Nürnberg, Schwabach und Erlangen. Zunächst für vier Wochen, Verlängerung und Aufstockung nicht ausgeschlossen. »Aufklärung des Marathon-Mordes in Bad Staffelstein«, so der offizielle Auftrag, wie er auch den Medien heute verkündet wurde.

Parallel dazu sollte »seine« SOKO Franken insgeheim als Zulieferer fungieren. Für das BKA und dessen Verbindungsbeamtin Fiona Brouwers in Sachen »Underdog«. Konflikte waren vorprogrammiert.

Aber nur aus seiner, Charlys, Sicht. Nachdenklich nippte er am süßen schwarzen Kaffee.

»Wir werden mit dem BKA zusammenarbeiten, erstens reibungslos, zweitens effizient, drittens erfolgreich«, hatte Ritter vorhin getönt. Und dabei geflissentlich vermieden, eine Regelung für mögliche Interessenkollisionen zu treffen: Wer hatte letztlich das Sagen, wenn seine Ermittlungsstrategie dem BKA nicht ins Konzept passte? War Fiona wirklich nur »fachlich beratend« dabei?

Keine klare Antwort hatte er erhalten, nur Beschwichtigungsfloskeln, selbst unter vier Augen hatte Oberstaatsanwalt Dr. Stein nur spöttisch gelächelt. »… ich bitte Sie, Herrmann, das sind absolute Profis beim BKA, mit internationaler Erfahrung … da müssen Sie kein Klein-Klein befürchten, da muss sich keiner auf unsere Kosten profilieren, schon gar nicht Frau Kriminalrätin Brouwers …«

Zu allem Überfluss versuchte sich Stein anschließend vor Fiona und versammelter SOKO-Mannschaft als BKA-Kenner darzustellen: »… und so darf ich den früheren BKA-Präsidenten Jörg Ziercke zitieren, der schon anlässlich der NSU-Affäre konstatierte: ›Dieser Fall macht in dramatischer Weise deutlich, wie wichtig die funktionierende Vernetzung, der Austausch von Informationen unter den Sicherheitsbehörden heute ist …‹«

Damit hatte der BKA-Präsident in Sachen NSU zweifellos den Nagel auf den Kopf getroffen. In Sachen SOKO Franken war eine derartige Aussage jedoch absolut fehl am Platz, ärgerte sich Charly: Die SOKO Franken hatte bisher hundert Prozent Aufklärungsquote – und den aktuellen Fall nur deshalb am Bein, weil das BKA selbst versagt hatte.

Doch so weit dachten Selbstdarsteller Stein und sein Claqueur Heinz-Uwe Löhlein natürlich nicht …

Rituelle, provinzielle Spontan-Schleimerei.

Chronisch, unheilbar, nicht auszurotten.

Sinnlos, sich weiter darüber aufzuregen und am Ende selbst noch als überempfindlicher, haarspaltender Besserwisser dazustehen. Dann lieber wie Ritter, Spitzname »Erstenszweitensdrittens«, konsequent alle Nebengeräusche ausblenden und volle Konzentration aufs Wesentliche …

»Bist du so weit, Charly?« Fiona lehnte sich lächelnd herüber. Weiß schimmernde Zähne, frisches Odol-Aroma; trotz der angebrochenen Pall-Mall-Packung auf ihrem Tisch.

»Klar, wir fangen an!«

Routiniert präsentierte er an der Lagekarte die aktuelle Datenlage des Mordfalls Thorsten Geest in Bad Staffelstein, bevor Fiona Einblick in die BKA-Aktion »Underdog« gewährte, die unverändert höchster Geheimhaltungsstufe unterlag.

»In allen drei Snuff-Videos wird am Ende, neben dem Opfer, die tagesaktuelle Bildzeitung gezeigt. Sie soll, zusammen mit dem Ausweis des Opfers, die Exklusivität dieses …«, Fiona stockte kurz, »dieses Machwerks belegen.«

»Frei nach dem Motto: ›Wir verkaufen keine alten Bilder, bei uns gibt's nur frische Ware!‹«, sprang Charly ein. »Interessante kleine Gemeinsamkeit: In allen drei Fällen handelt es sich um die BILD-Regionalausgabe Nürnberg.«

Befriedigt registrierte er die Verblüffung in der Runde. »Das heißt, es spricht einiges dafür, dass Tatort und vermutlich auch mindestens ein Teil der Täter und ihrer Helfer im Einzugsbereich dieser Regionalausgabe Nürnberg zu finden sind. Aktuelle Reichweite zweihundertvierundfünfzigtausend zwischen den benachbarten Regionalausgaben München, Mainz, Erfurt, Dresden.«

»Und genau das ist der Punkt, an dem das BKA Ihre Unterstützung braucht, liebe Kollegen …«

Keine zehn Minuten später waren die Zielvorgaben fixiert, konkrete Arbeitsaufträge verteilt: Team 1, geleitet vom Bamberger »Basketball-Kommissar« Wolfgang Lauer, ermittelte klassisch im Mordfall Thorsten Geest: Tatortspuren, Zeugensuche, Befragung der Nachbarschaft. Ausgangsthese: Kaltblütiges Erdrosseln mit einer Drahtschlinge sprach für einen professionellen Auftragskiller von außerhalb. Irgendwo in der Kleinstadt musste der Mörder aufgefallen sein, es führte kein Weg vorbei am Sicherstellen und Auswerten der Gästelisten von Hotels, Pensionen, Wohnmobilstellplätzen. Dazu Abfragen der Aero-Clubs Lichtenfels, Bamberg, Coburg sowie sämtlicher Taxibetriebe in Nordbayern und Südthüringen: Wer hatte am letzten Wochenende einen männlichen Gast nach Bad Staffelstein gefahren? Die Suche nach einer Nadel im Heugebirge. Mühseligstes Ermittler-Klein-Klein, schier endloses Listen-Abarbeiten.

»Bruder, des gibt widder haaße Dellefon-Ohren!«, fürchtete der dicke Glenk aus Kulmbach, hinter dessen scheinbarer Gemütlichkeit sich einer der hartnäckigsten Ermittler Oberfrankens verbarg. »Der Dinniddus lässt grüßen!«

Zudem hatte Ritter, wie nicht anders zu erwarten, noch auf seiner neuen Lieblingsidee bestanden: präventive Sicherstellung sämtlicher Tankstellenüberwachungsvideos für den Tattag »zwecks gezielter Auswertung, sobald konkrete Tatverdächtige feststehen«.

Team 2 schließlich, unter Tom Scherzers Führung, arbeitete direkt dem BKA in Sachen »Underdog« zu: Weiterverfolgung der »Bildzeitungsspur«; frankenweite Suche nach dem potenziellen Tatort, der Location der Snuff-Morde: telefonische Kontaktaufnahme mit Wirtschaftsförderern in Kommunen, Landkreisen und den drei Regierungsbezirken, mit Gewerbeimmobilienmaklern und der Bundesimmobilienverwaltung. Wo gab es Industriebrachen, alte Fabrikhallen, wo standen ehemalige Kasernen und Depots von Bundeswehr oder US-Amerikanern leer?

»Ihr grichd aach extra dicka Schreibblöck!«, feixte Schnauzer.

Charlys Aufgabe blieb es, als SOKO-Leiter die Arbeit der Teams zu koordinieren …

… und daneben auch noch eigene Akzente zu setzen, um bei aller Recherchierwut den kriminalistischen Instinkt nicht ganz verkümmern zu lassen, dachte Charly. Langsam trabte er den Dammweg hinunter, vorbei am Gelände der Feuerwehr und perfekt getarnt

durch seinen uralten schwarz-grünen Trainingsanzug »TSV Untersiemau«.

Gestern Abend, auf seiner Personenwaage im Bad, hatte er beschlossen, die Mittagspausen sinnvoller zu nutzen und endlich die Adidas-Laufschuhe auszuprobieren, die ihm Valerie bereits zu Weihnachten geschenkt hatte. Den Kopf mal ordentlich auslüften, ein Lieblingszitat seines früheren Münchner Kripochefs.

Klar zu denken, jederzeit den Überblick zu behalten war das Gebot der Stunde: um offiziell eine SOKO zum Erfolg zu führen, deren Struktur und Ermittlungsauftrag komplizierter waren als alle ihre Vorgänger.

Und um – inoffiziell – gleichzeitig Ruby zu finden.

Eine wahre Herkulesaufgabe.

Es galt, unauffällig Weichen in der SOKO zu stellen und für die Suche nach Ruby zu nutzen. Ohne dadurch den Gesamterfolg zu gefährden. Und immer wieder genügend Freiraum für ganz persönliche Nachforschungen zu bekommen.

Gedankenversunken bog er ab und trabte Richtung Ulmannsgut an der Rosenauer Straße, quer über den Badparkplatz des AQUARIA. Fast leer; kein Wunder angesichts des feuchtkühlen Wetters.

Hier, ganz hinten, unter den Bäumen des Itzufers, lag früher sein bevorzugter Knutschparkplatz – nach den Kinobesuchen Freitag- oder Samstagabend im alten »Burgtheater«, dreihundert Meter weiter unten an der Straße. Hier war man ruhig und ungestört, sofern man einen Nachschlüssel für die Parkplatzschranke besaß. Der Sohn eines Bademeisters in der Parallelklasse am Ernestinum betrieb einen schwunghaften Handel damit. Und zwanzig Mark pro Schlüssel waren nicht zu viel – wenn man dafür den väterlichen Opel Ascona ruhig und völlig ungestört in dieser naturnahen Ecke abstellen konnte. Im Kassettendeck die – unter der Woche sorgfältig zu Hause zusammengestellte – »Agfa C 90«, in Lila, Gelb oder Orange, mit den potenziellen Heartbreakern … »When I Need You« von Leo Sayer … »Love Is in the Air« von John Paul Young … »Keep On Loving You« von REO Speedwagon … selbst Maffays »So bist du« war zielführend … endlos lange, feuchte Küsse, wilde Knutschereien, unbeholfenes Petting … Kleidung und Sitze mussten sauber bleiben …

Sein Fuß stieß an eine platt gefahrene Red-Bull-Dose. Das Blech kratzte auf dem Asphalt entlang, riss ihn jäh aus den Erinnerungen.

Raoul Scheffler war die Schlüsselfigur für Rubys Verschwinden. Noch saß der Zigeuner in Cheb in U-Haft. *Wir müssen ihn endlich befragen dort, an ihn rankommen.* Seltsam, dass das Amtshilfeersuchen an die tschechischen Kollegen nicht vom Fleck kam.

Er setzte zu einem spontanen Spurt an, querte die Rosenauer Straße knapp vor einem Bus der Linie 3 Richtung Dörfles und hetzte weiter, den leichten Anstieg des Badwegs hinauf. Keuchend bog er in den Hahnweg ab.

Sein Puls raste.

Scheißzigaretten.

Sparen wir uns den Bausenberg heute, die kleine flache Runde reicht erst mal.

Kurzer Seitenblick ins »Bäckereicafé Feiler«: Schade, die Rotblonde mit dem Pferdeschwanz, die früher am Theaterplatz bediente, schien auch hier nicht mehr zu wirken … Egal. Links ab durch die Schemannstraße, dann über die Rosenauer wieder zurück. War immerhin bis in Cortendorf …

Jetzt duschen und dann nichts wie ran an Dr. Stein und Ritter … wir müssen gleich mal den Spieß umkehren und das BKA in die Pflicht nehmen. Sind schließlich nicht die Dorfdeppen, die denen die ganze Drecksarbeit abnehmen …

10:05 Uhr – Cheb, Lidická 1066/1 – Untersuchungsgefängnis des Bezirksgerichts

»Ich-will-hier-raus!« Erregt hämmerte Scheffler auf den kleinen Tisch. »Verstehst du das nicht, Jan-Erik? Ich will hier endlich raus-aus-die-sem-Loch!«

Der Nürnberger Promi-Anwalt strich sich eine Strähne seines schwarz gefärbten Haares aus der Stirn. »Wir sind uns doch absolut einig, Raoul … du siehst doch, dass ich persönlich hier bin und alle Hebel in Bewegung setze. Ich habe anschließend noch einen Telefontermin mit Wernstedt …«

»Genau, Wernstedt!«, unterbrach ihn Scheffler. »Wos is mit dem seiner Bürgschaft? Sapp'na auf die Füß', der soll schleunigst nachschießen, damit sich hier endlich was dreht!« Schnaufend ließ er sich auf seinen Stuhl fallen. »Gemmer's noch amoll durch … wir ham den Paragrafenscheiß, wir ham die finanzielle Schiene … wos gett sonst noch, Jan-Erik …?«

Von Hohenlohe-Castell spielte nachdenklich mit seinem Kugelschreiber, kratzte sich unter dem fliehenden Kinn. »Boulevardpresse natürlich … hab da ein paar erstklassige Kontakte … wollen wir zusätzlich ein bisschen Mediendruck aufbauen?«

»Hau rein, Anwalt, hau verflucht noch mal endlich rein!«

14:27 Uhr – irgendwo zwischen Cheb und Nürnberg

Ruby schreckte aus ihrem Dämmerschlaf hoch, riss die Augen auf. Der Container dunkel wie immer, doch draußen plötzlich Geschrei und Gelächter, immer näher, immer lauter. Die Tür wurde aufgeschlossen.

Zwei, nein drei Typen trampelten herein, einer stolperte, schlug sich das Schienbein an, fluchte lang und ausdauernd etwas Tschechisches, die beiden anderen lachten hämisch.

Die bringen uns kein Essen, die wollen was anderes …

Angst jagte wie heißes Quecksilber kreuz und quer durch ihren Bauch.

Mach dich klein, mach dich unsichtbar, hämmerte es hinter ihrer Stirn, *mach dich klein, mach dich unsichtbar …!*

Zusammengerollt wie ein Igel schob sie sich unter ihrer alten Decke nach außen, immer weiter, presste ihren Rücken gegen das kalte Containerblech. Ein Handscheinwerfer blitzte auf, wortlos stürzten sie sich zu dritt auf das Mädchen direkt neben ihr.

»No! No! Nooo!«

Rosalja aus Moldawien. Erst sechzehn.

Ein Engelsgesicht, umrahmt von wunderbaren braunen Kringellöckchen.

In schlechtem Englisch hatte sie Ruby ihre Geschichte erzählt. »Du kannst als Köchin in einem Schweinfurter Hotel anfangen, du verdienst dort im Monat so viel wie zu Hause in zwei Jahren!« Er hatte ihr sogar die Telefonnummer einer Moldawierin in Schweinfurt gegeben, die aus Rosaljas Nachbarort zu stammen schien und auf ihre misstrauische Nachfrage alles in den glühendsten Farben schilderte: »Komm schnell, was meinst du, wie viele diesen Job wollen!«

Vor drei Tagen war Rosalja dann in Nimoreni, ihrem Zweitausend-Seelen-Kaff, in einen Bus gestiegen; aufgeregt, erwartungsfroh und frisch geschminkt …

Jetzt lief ihr dunkelrotes Blut aus der Nase, geschockt starrte sie ihre Peiniger an, die nach Bier und altem Schweiß stanken und sie zu zweit auf die fleckige alte Matratze drückten, während der Dritte gierig keuchend schon seine Hose öffnete.

Brutal und ungestüm warf er sich auf sie.

Rosalja schrie auf.

Sie schrie, wie Ruby noch nie im Leben jemanden schreien gehört hatte.

Ruby rutschte noch tiefer unter ihre Decke, hielt sich die Ohren zu – und linste wie paralysiert durch einen Spalt, konnte ihren Blick nicht losreißen von dem grauenhaften Alptraum Zentimeter neben ihr: Rosaljas schweißverklebte Löckchen, ihr einstiges Engelsgesichtchen, unaufhörlich schreiend, verzerrt von abgrundtiefem Schmerz und Entsetzen – und das schmutzverkrustete Profil eines Bikerstiefels, nur eine Handbreit vor ihren eigenen Augen …

15:03 Uhr – Polizei Coburg, Büro Ritter

»Da überrollt uns ein Tsunami, Chef! Die Kollegen müssen eine irrsinnige Datenflut bewältigen!«

Charly war regelrecht gedopt von seiner eiskalten Dusche

und zwei doppelten Espresso auf nüchternen Magen. »Wir wissen auch, dass das in der SOKO-Arbeit dazugehört, bis zu einem gewissen Grad jedenfalls. Aber diesmal arbeiten wir mit dem BKA zusammen«, kurzer Blickkontakt mit der sichtlich überraschten Fiona, »und hier bedarf es allerhöchster Exaktheit und Professionalität!« Es konnte nie schaden, ein paar Lieblingsausdrücke des Chefs einzubauen.

»Von beiden Seiten, Chef! Ich erwarte deshalb im Interesse der Kollegen, dass das BKA mit offenen Karten spielt und uns wirklich von Anfang an alle Informationen gibt, die wir für unsere Arbeit brauchen!«

Ritter zog die Augenbrauen zusammen. »Was meinen Sie damit, Herrmann? Welche Informationen fehlen uns vom BKA?«

»Das würde mich allerdings auch interessieren«, pflichtete ihm Oberstaatsanwalt Dr. Stein mit feinem ironischen Lächeln bei. »Die SOKO hat gerade erst ihre Schreibtische eingeräumt, und Sie bemängeln schon Kommunikationsdefizite seitens des Bundeskriminalamts?« Er ließ sich das Wort förmlich auf der Zunge zergehen. »Präzisieren Sie das doch bitte mal … wenn Sie in Ihrer momentanen Verfassung überhaupt dazu in der Lage sind.«

Einmal Arschloch, immer Arschloch. Er kann nicht anders.
Abtropfen lassen.

»Persönliche Anmerkungen sind auf diesem Niveau weder professionell noch zielführend, Herr Oberstaatsanwalt.« Heinz-Uwe Löhlein zog schildkrötenartig sofort den Kopf ein.

Dr. Stein holte empört Luft, Ritter kam ihm eilig zuvor. »Ich denke, wir sind dank Frau Kriminalrätin Brouwers bestens aufgestellt, damit, äh, äh … echte und, äh, hypothetische Probleme dieser Art gar nicht erst hochkochen … was meinen Sie, Frau Brouwers?«

Alle Augen richteten sich auf Fiona.

Sie schien von der gereizten Stimmung völlig unberührt. Ein entspanntes In-den-Raum-Lächeln, ein dezentes Strähnchen-hinters-Ohr-Schieben: »Natürlich. Kollege Herrmann hat selbstverständlich recht. Unser Austausch mit dem BKA«,

Charly glaubte seinen Ohren nicht zu trauen, »... muss von Anfang an so eng wie möglich sein. Ich setze mich gleich mit meinem neuen alten Referatsleiter in Berlin in Verbindung. Was brauchen deine Leute aktuell am dringendsten?« Ihre blaugrauen Augen schimmerten, seltsam arglos und unergründlich zugleich.

Er riss seinen Blick wieder los, konzentrierte sich.

»Wir müssen die Location-Suche schärfer eingrenzen. Team 2 kann unmöglich die Hallen und Keller in ganz Franken erfassen. Franken ist so groß wie Belgien, liebe Kollegen, nur zur Erinnerung ...«

»... und hat so viele Einwohner wie Irland oder Norwegen, wir kennen Ihren Standardspruch, und wir teilen Ihren fränkischen Patriotismus, Herrmann, aber kommen Sie bitte auf den Punkt!« Ritter, mit gespieltem Händeringen deutlich lockerer als Stein, der, immer noch finsteren Blickes, mit verschränkten Armen neben ihm saß. Löhlein kratzte sich verlegen am Hinterkopf.

Charly wandte sich wieder an Fiona.

»Um das einzugrenzen, müssen wir mehr wissen, brauchen wir mehr Fakten. Gebt uns einen detaillierten Überblick. Heute noch. Was haben die Film- und Videoanalysen im BKA ergeben? Was lässt sich aus den Snuff-Clips technisch alles herauslesen?«

15:56 Uhr – Berlin, Lützowufer, Parkdeck Hotel Esplanade

Nees steuerte die weiße E-Klasse im Schritttempo auf den breiten Stellplatz ganz am Ende des Parkdecks. Bedächtig drehte er die Sitzheizung ab, die er sich trotz des milden Apriltags gegönnt hatte. Er nahm die kleine Aktentasche vom Beifahrersitz, genoss für einen kurzen Moment das angenehm glatte Rindnappa in seinen Fingern. Nie zuvor war sie so leicht gewesen. Leer bis auf einen Kugelschreiber und die BZ. Keinen dienstlichen, keinen geschäftlichen Zwecken diente sie heute. Nur oberflächliche Tarnung, auf dem kurzen Weg zum heutigen Termin.

Er öffnete die Tür in die altvertraute Umgebung. »Harry's

New-York Bar« hatte eben erst geöffnet. Noch keine Livemusik, aus unsichtbaren Lautsprechern verbreitete B.J. Thomas gelangweilt-glatte Melancholie: *»Raindrops keep fallin' on my head …«* Er hatte den Song noch nie gemocht. Sein Blick schweifte durch den Raum.

Ein älteres Paar, gut gekleidet, aber ausgetretene Schuhe: Leicht unbeholfen bestiegen sie zwei Hocker am Tresen. Zweifellos Touristen aus der Provinz.

Im Clubsessel in der Ecke, hinter einer großen Grünpflanze, mit Bildzeitung und einem Café au Lait vor sich, Kormaz, der kleine beleibte Shuttlefahrer in seinem silbergrauen Anzug. Sie grüßten sich diskret.

Keine anderen Gäste.

Nees legte seinen Kamelhaarmantel ab, wählte einen Platz mit Blick Richtung Eingang und setzte sich. Langsam, vorsichtig. Nur keinen Stich mehr im Magen, die letzten zwanzig Minuten waren, nach einer heftigen Attacke während des Schuheanziehens, Gott sei Dank schmerzfrei geblieben.

»Stilles Wasser, bitte.«

»Gerne.«

Zwei Minuten nach vier.

Mit leisem Groll gestand er sich ein, dass er es immer noch hasste, auf andere warten zu müssen. Pünktlichkeit war die Höflichkeit einer Führungskraft, ein untrügliches Kennzeichen für professionelles Zeitmanagement …

»Grüße dich, Burkhard … Tag, mein Lieber!«

Nees fuhr herum.

Ralph Wernstedt, wie aus dem Ei gepellt, gleiche smaragdgrüne Krawatte wie gestern Abend bei Günther Jauch, kam aus der Tür zu den Toiletten, sein Händedruck leicht waschbeckenfeucht. Geschmeidig ließ er sich in den Rattansessel neben Nees fallen und gab der Servicekraft ein kurzes Zeichen. »Espresso macchiato!«

Lässig schlug er die Beine übereinander. »Du hast mich sehr kurzfristig um ein Gespräch gebeten, Burkhard. Konnte deshalb leider nur noch einen Espresso-Termin einschieben … aber dafür entschädigt uns hoffentlich der Rahmen dieser wunderschönen Hotelbar«, aus Wernstedts Lächeln wurde ein breites Grinsen, »… mit ihren wunderschönen Erinnerungen an unsere gute alte Zeit!«

»Die Zeiten haben sich geändert, Ralph. Wir müssen einige Dinge klarstellen.«

Wernstedts Grinsen war wie weggewischt.

»Was soll das heißen?«

»Die Dinge haben … nun ja …«, begann Nees umständlich. »Sie haben eine gewisse Eigendynamik entwickelt, sie haben einen dramatischen Verlauf genommen, der in dieser Form damals nicht vorherzusehen war …« Sein Mund war papiertrocken. Er räusperte sich und nippte kurz an seinem Wasser. »Wegfall der Geschäftsgrundlage. Es ist aus … ich kann das alles nicht mehr verantworten. Lass gut sein. Du hast unglaublich profitiert von unseren … Informationen.«

»Du etwa nicht?«, fragte Wernstedt scharf.

»Natürlich … keine Frage. Aber jetzt ist es Zeit für einen sauberen Schlussstrich. Gemeinsam, Ralph. Für mich. Und im Interesse aller anderen, die …«

Ein Blitz!

Grässlicher Schmerz zuckte durch seinen Oberbauch … *nichts anmerken lassen … weiteratmen, weitersprechen.* B.J. Thomas wurde von Lee Marvin abgelöst, *I was born under a wandrin' star …*

»Ich meine … du hast alles erreicht, Ralph. Mach es dir nicht kaputt … lass es dir nicht kaputtmachen. Da sind Kräfte am Werk, die vor nichts zurückschrecken … ich habe mein Leben genossen … in vollen Zügen … aber ich gehe nicht über Leichen!«

Was für ein Schmerz!

Verkrampft stützte er sich auf die Armlehnen, versuchte, den Oberkörper unauffällig etwas aufzurichten und zu entspannen.

»Ist dir nicht gut?«

Wernstedt klang besorgt, nur um seine Mundwinkel zuckte es verächtlich. Verstohlen blickte er auf seine Uhr, dann wieder auf Nees, der die Hand auf seinen Magen presste.

»Du gefällst mir nicht, Burkhard, du siehst gar nicht gut aus … Weiß auch wirklich nicht, worauf du hinauswillst. Denke, wir besprechen das mal in aller Ruhe. Auf bald!«

Er hob kurz den Finger. »Zahlen, bitte! Alles zusammen … stimmt so!«

Ein aufmunternder Klaps auf den Oberarm, ohne eine Antwort abzuwarten, schwang sich Wernstedt aus dem Rattansessel und federte aus der Hotelbar.

Sechzehn Uhr sieben.

Nees hielt vor Schmerz die Luft an. Die Luft, durch die schwer und düster Lee Marvins Reibeisenbass vibrierte.

»… do I know where hell is? Hell is in hello … heaven is in goodbye forever, it's time for me to go … I was born under a wand'rin', wand'rin' star …«

17:15 Uhr – SOKO Franken, Lageraum

Keiner dachte an Feierabend, die SOKO Franken war vollzählig versammelt. Fiona, die nebenbei ihre blaue Pall-Mall-Schachtel fast leer geraucht hatte, war es gelungen, mit wenigen Telefonaten eine Videokonferenz mit dem BKA auf die Beine zu stellen.

»Damit ihr, wie von Charly heute Mittag angeregt, einen umfassenden Einblick bekommt in den Stand unserer technischen Ermittlungen. Danke an die Kollegen vom Kriminaltechnischen Institut, ich gebe das Wort damit gleich ab an Jochen, Verzeihung, an Dr. Joachim Küsters!«

Auf dem Bildschirm jetzt ein »Eierkopf«, wie Schnauzer Charly leise zuraunte, ein kleiner, dicker Lesebrillenträger mit offenem weißen Hemd und dunkelbraunem Sakko, das zwei Nummern zu eng war.

»Ja, schönen guten Tag nach Coburg hier aus dem Kriminaltechnischen Institut, kurz KTI, des Bundeskriminalamts am Standort Wiesbaden Zwo, hier in der Äppelallee. Als Leiter des Fachbereichs Informationstechnik darf ich Ihnen kurz unseren aktuellen Ermittlungsansatz respektive Ermittlungsstand in Sachen ›Underdog‹ präsentieren …«

Der näselt mir zu sehr, dachte Charly. *Studierte Näsler hören sich immer gern reden.*

»… unsere Untersuchungsmethode bei der technischen Videoanalyse gehört zur digitalen Multimediaforensik. Damit überprüfen wir systematisch die Authentizität digitaler Mediendaten, auch im Hinblick auf Ursprung und eventuelle Manipulationen. Die wir im Fall der drei ›Underdog‹-Videos allerdings leider ausschließen können: Hier wurde in keinem Fall irgendetwas nachbearbeitet. Sooo … was haben wir alles schon herausgefunden? Hier zum Beispiel …«

Küsters tippte kurz auf seinem Laptop herum. Plötzlich verschwand er selbst vom Bildschirm.

An seiner Stelle jetzt »Jessie vs. Brasco«, laut gellende Schreie voller Todesangst. Auch beim mittlerweile gefühlten zwanzigsten Durchlauf krampfte sich Charlys robuster Magen unwillkürlich zusammen.

Küsters stoppte und war jetzt neben dem Standbild zu sehen.

»Eine entscheidende Stelle für uns: In dieser Sequenz sind Jessies Schreie am klarsten und lautesten zu hören. Maximale Pegelfrequenz. Die Tonspur insgesamt enthält auf diesem zweieinhalbminütigen Filmschnipsel, ganz laienhaft ausgedrückt, Schreie ein und derselben Stimme in unterschiedlicher Kraft, Lautstärke und Tonhöhe. Dank der neuen Software ›VoiceEcholot‹ aus den USA, die übrigens im Auftrag des FBI und des Pentagon entwickelt wurde und deren Testversion seit Kurzem auch uns vorliegt, als einziger europäischer Polizeibehörde«, er konnte sich ein kurzes geschmeicheltes Lächeln nicht verkneifen, »können solche akustischen Effekte in einem mehrstufigen Verfahren zerlegt, mit Standardwerten herkömmlicher Echo-Messungen abgeglichen und rechnerisch immer wieder neu kombiniert werden. Millionen einzelner Rechenvorgänge, rasend schnell, setzen ein Klangbild zusammen … konstruieren das zugehörige Raumvolumen … und bilden es dreidimensional ab.«

Das Standbild aus dem Snuff-Video verschwand, ein grünes 3D-Gitternetz entstand und wuchs sich zu einem quaderförmigen Bau aus.

»Voilà!«

Stolz präsentierte Küsters das Ergebnis, das sich in weißen Zahlen neben der grünen Konstruktion fand.

»Nach den Berechnungen von ›VoiceEcholot‹ wurde dieses Snuff-Video in einer ungedämmten Halle mit circa dreißig auf zwanzig Meter Innenmaß und einer durchschnittlichen Raumhöhe von sieben Metern gedreht. *Messieurs dames* – Ihr Tatort!«

Fassungsloses Staunen.

Charly reagierte als Erster. »Auch in den anderen beiden Fällen?«

Küsters nickte zufrieden. »So ist es! In allen drei Fällen muss es sich um die identische Rauminnengröße handeln. Es ist höchstwahrscheinlich derselbe Tatort, an dem diese drei Videos gedreht wurden, an dem diese drei grausamen Morde stattfanden.«

»Ein Hammer, ein absoluter Hammer!« Erregt schlug Tom mit der Faust auf den Tisch. »Das kriegen wir so ganz im Vorbeigehen mitgeteilt; wenn du heut nicht drauf bestanden hättest und Fiona sich nicht um die Live-Schalte gekümmert hätte, hätten wir das nie erfahren!«

Charly nickte befriedigt. Er schob sich ein Ferrero Küsschen in den Mund, rollte aus dem Papier ein messingfarbenes Kügelchen und schnippte es quer durchs Büro. Vom Mannschaftsposter »1. FC Nürnberg« tropfte es ab, fiel in den Papierkorb direkt darunter.

Tom johlte anerkennend, Charly wehrte lässig ab. »Hartes Training, Kollege, wie alles im Leben!«

Fiona drehte schweigend ihre Cola-Zero-Dose in der Hand. »Schade«, sagte sie schließlich. »Echt schade, dass das KTI nur akustisch was auswerten konnte. Ich hatte mir auch optisch was versprochen.«

Tom runzelte die Stirn, verfiel wieder in Dialekt. »Wie soll des genn? Gut, wir könna den Hund sicher wiedererkennen. Aber die Körnung des Bedongbodens oder wiemer dou sochd, vielleicht noch die verwendete Zementsordd'n, des hätt uns jetzt aa net unbedingt weitergeholfen.«

»Was ist mit den Cybercops?«, fragte Charly. »Wie viel Mann jagen dieses Snuff-Netzwerk beim BKA?«

»Dafür haben wir das Bayerische Landeskriminalamt eingebunden. Die haben die größte Abteilung bundesweit.«

»Videokonferenz!« Tom und Charly, fast synchron. »Mit dem LKA München!«

»Gleich morgen früh? Ich ruf um acht in der Maillingerstraße an.« Fiona tippte etwas in ihr Smartphone.

Tom gähnte und sprach dabei ungeniert weiter. »Bevor wir hier Schluss machen, sollten wir uns noch mal die Stimmen anhören; ganz am Ende des Snuff-Clips.«

»Hier, Küsters hat uns doch vorhin ein Wortprotokoll gemailt ... leider nur bruchstückhafte Wort- und Satzfetzen, meist russisch ... und hier die Übersetzung.« Fiona hielt ihm zwei Computerausdrucke hin.

Tom wehrte ab. »Nein, ich will's wirklich noch mal live hören, irgendwas spukt mir die ganze Zeit im Hinterkopf herum. Aber net des ganze Gemetzel, fang beim Personalausweis an.«

Charly wählte schnellen Vorlauf, stoppte exakt.

Die BILD-Zeitung. Freitag, 16. Januar.

Russische Wortfetzen aus dem Off.

»Stopp! Jetzt noch mal, laut! Des letzte Wort!« Aufgeregt schnappte sich Tom Fionas Ausdruck. »Wos ham denn die Deppen in Wiesbaden dou rausghört? ... Dou steht's: *›grabitschko‹, übersetzt a) russisch ›kleiner Diebstahl‹, eventuell aber auch b) tschechisch ›krabička‹ für ›Schachtel‹* ... ja, so ein Schmarrn! Hört ihr des net? Spiel's noch amoll, Charly ... genau! Des is ka Russisch, Freunde, und des is unter Garantie aa ka Tschechisch – des is tiefstes Fränkisch! ›Grawitschko‹ sochd der Moo, ›nix Grawitschko‹!« Toms Augen leuchteten. »Nix Grawitschko, des hod mei Ansbacher Oma früher immer gsachd, des haaßd so viel wie: Kommt nicht in Frage!«

Er senkte seine Stimme zum Flüsterton herab, wechselte übergangslos ins Hochdeutsche. »Und diesen Ausdruck hab ich in den letzten Jahren nur noch zwei Mal gehört – und zwar immer dann, wenn ich einen gewissen Raoul Scheffler befragen musste!«

22:08 Uhr – A 9 Nürnberg–Berlin, Autohof Berg/Bad Steben, Gewerbegebiet Lerchenbühl

Langsam rollte Steve auf seiner Maschine CO-B 6 an Trucks aus aller Herren Länder vorbei. Ungarn, Slowenien, Bulgarien, Estland, Portugal, Rumänien, Polen – die halbe EU auf hundertfünfzig Metern Parkbucht.

EUROTRANS Berlin. Steve hielt.

Ein Mann löste sich aus dem Schatten des Berliner Speditionstrucks, blieb nach wenigen Schritten stehen: unrasiert, Dschingis-Khan-Schnauzer, ein verblichenes »Hertha-Frösche«-Käppi. Steve nahm die Brille ab.

»Mannix!«

»Brother!«

Stummes Abklatschen. Er rollte auf seiner Harley neben den Truck, stieg ab und nahm seinen Bike-Pack von der Schulter. Wortlos kletterten sie ins Führerhaus und verriegelten es sofort.

Mief. Zigarettenqualm, Diesel, alte Gummimatten.

Vor dem Beifahrersitz lagen leere Kaffeebecher und Pommes-Boxen. Steve folgte Mannix in die Koje hoch. Vorsichtig leerte der Berliner den Bike-Pack. Zwei Äpfel, zwei Handtücher, darunter ein prall gefüllter dünner Ledersack mit Zahlenschloss. »Putzig! Nummer?«

»1860.«

»Hehe, kleener Löwen-Fan?«

»Bastards sind Löwen, Mannix. Keine Frösche.«

Mannix grunzte nur und schüttete den Sack aus. Dicke Geldbündel fielen auf die Matratze. Fünfhunderter. Blitzschnell sortierte er und zählte durch. »... achtzehn, neunzehn, zwanzig. Det passt schon mal.« Bündel für Bündel blätterte er rasch mit dem Daumen durch. »Zeitungspapier haste auch keins drin ...«

»Zwanzig mal hundertfuchzich.«

»Is dreitausend. Mal fünfhundert gibt anderthalb Mille ... gut, Kleener!«

Sorgfältig verstaute er das Geld wieder und schob den Sack

unter die Matratze. »Aber ganz sauber biste trotzdem nich, Bruder …« Ein lauernder Dschingis-Khan-Blick. »Anderthalb Mille aufm Bike, so verrückt is keener!«

»Eben.«

Sie kletterten aus der Koje ins Führerhaus zurück, Steve griff nach der Tür.

Mannix hielt ihn zurück. »Stopp, Bruder, nich so schnell … bevor wir Kaffee trinken, noch was Jeschäftliches.«

»Neuer Transport?«

Mannix schüttelte den Kopf. »Nee. Neues Hundespielchen. Jibt 'ne neue Anfrage in unserm Netz …« Wieder der seltsam lauernde Blick. »Aus USA. Sonderwunsch. Da is so 'n millionenschwerer Exil-Serbe. Vermutlich Balkan-Mafia. Absolut pervers … weißte, was der sich wünscht? Im Dog-Pit? 'ne Kroatin soll es sein. Aussehen egal, Hauptsache, kroatisch … dem geht einer ab, wenn er den kroatischen Pass neben der Leiche sieht. Is doch krank, oder?« Mannix lachte. »Aber spricht für unser Geschäftsmodell. Erst hat er nur sechshunderttausend Dollar allgemein geboten, jetzt schiebt er bei Wernstedt plötzlich den Sonderwunsch nach: sechshundertfünfzigtausend Dollar, wenn's was echt Kroatisches ist! Und das is echte Mangelware im Moment. Aber da is mir vorhin die kleene Schwarzhaarige eingefallen mit ihren Mördermöpsen, bei dir im Revier, du hast sie doch auch damals aufgebockt, beim Biker-Jamboree am Ratscher … Mina, oder?«

Steves Mund war wie ausgetrocknet.

Ich jag dich mitsamt deinem Scheißtruck in die Luft …

Ausdruckslos hielt er dem verschlagenen Blick stand.

»Klar kenn ich Mina. Aber mit der läuft keine Kroaten-Nummer. Ihr Pass ist bei mir. Mina ist Slowenin!«

22:35 Uhr – Polizei Coburg

»Haben Sie schon was für mich, Frau Brouwers?«, fragte Ritter. Leise war er neben sie in den kleinen Kopierraum geschlüpft. Sein typischer Rasierwasserduft war verflogen, die fünfzehn

Arbeitsstunden heute waren auch an ihm nicht spurlos vorübergegangen.

»Wie … was meinen Sie jetzt?«

»Charly Herrmann. Die Razzia-Termine.«

»Ich bin dran. Bis jetzt noch nichts Konkretes.«

»Und unkonkret?«

Sie schüttelte den Kopf. »Sobald ich etwas Verwertbares habe …«

Er schnitt ihr das Wort ab, hob lauschend die Hand.

Auf dem Flur näherten sich Schritte. Rasch trat er wieder hinaus.

»Na, immer noch aktiv? Machen Sie's wie ich, Herrmann, machen Sie Feierabend! Bis morgen! Ach ja, und denken Sie bitte an Ihre schriftliche Stellungnahme. Sollte auch morgen auf meinem Schreibtisch liegen!«

Charly kratzte sich den kurz geschorenen Hinterkopf. »Stellungnahme, Stellungnahme? Helfen Sie mir mal auf die Sprünge, Chef … Wir ermitteln gerade im Mord an einem BKA-Zeugen, damit das BKA einen internationalen Snuff-Ring sprengen kann. Alles deutet auf organisierte Kriminalität hin, wir haben Drogen, Prostitution und Glücksspiel im Jackpot. Die SOKO Franken arbeitet seit vierzehn Stunden … welche Stellungnahme soll da bitte morgen früh auf Ihrem Schreibtisch liegen?«

»Ich sage nur eins: Cheb!« Ritter schob das massige Kinn vor. »Schon vergessen? Amtsanmaßung, Körperverletzung, Begleiterin im Koma, Anzeige und Dienstaufsichtsbeschwerde. Das Präsidium nervt mich schon. Also bitte, Herrmann, im eigenen Interesse! Schönen Feierabend!«

»Hätte nie gedacht, dass ihr hier auch Sterne habt.«

Fionas Spott war sanft, aber unüberhörbar. Die nächtliche Wolkendecke über der Stadt war aufgerissen, gab ein schmales funkelndes Band frei, das sich über die Veste hinweg nach Süden in Richtung Itzgrund erstreckte.

»So is das bei uns. Klasse statt Masse. Altes Coburger Motto.« Charly klapperte mit dem Autoschlüssel.

Sie waren auf dem Plattenweg vor der Pforte des Polizeigebäudes. Unter ihnen, auf der Neustadter Straße, wummerten die Bässe eines weißen Scirocco, der auf die Ampel am Thüringer Kreuz zurollte.

»Dragon Tattoo« auf der Heckscheibe.

Sofort fiel ihm Ruby ein. Wie verblüfft er die chinesischen Drachen und Schriftzeichen auf ihren Schultern gemustert hatte ... letzten Sommer, unterm Sprungturm im AQUARIA ... wer die exotischen bunten Tattoos wohl in diesem Moment gerade bestaunte, belächelte ... oder betatschte?

Er ballte stumm die Faust. Der Tag war vergangen, ohne dass er Ruby wirklich einen Schritt näher gekommen wäre.

Die SOKO frisst ihre Kinder.

»Woran denkst du?«

Typisch Frau.

Er spürte ihre Brust an seinem Arm, einen, nein, zwei Herzschläge lang ... war es Absicht? Es gab nur einen Weg, das sofort diskret herauszufinden. Er steckte die Hand in die Jackentasche und erwiderte mit seinem Oberarm den Druck. Betont leichte Konversation war dabei unumgänglich.

»Ach, nix weiter.«

Der sanfte Kontakt riss ab, sie hatten den Parkplatz erreicht.

»Wollen wir noch irgendwo was trinken?«

Sie lächelte müde. »Ein andermal, Charly, gern.«

In einem anderen Leben, dachte er. *Ohne Leichen, ohne Karrierezwänge. Wenn keine vier Gehaltsstufen zwischen uns liegen.*

Dann.

Vielleicht.

Er tippte mit dem Finger gegen seine imaginäre Dienstmütze.

»*See you, lady.* Bis moing.«

»Bis morgen, Charly.«

Er stieg ein, starrte durch die Windschutzscheibe seines Spiders nach oben.

Die Sterne waren nicht mehr zu sehen.

08:05 Uhr – Staatsanwaltschaft Coburg

»Sie haben recht, Herr Kommissar«, sagte Oberstaatsanwalt Dr. Stein, »Sie haben völlig recht!« Charly bohrte verdutzt mit dem Zeigefinger im Ohr, hatte er sich eben verhört? Selbst Tom konnte sich ein augenzwinkerndes Grinsen nicht verkneifen.

Stein blätterte weiter in seiner Akte. »Ungewöhnlich, äußerst ungewöhnlich … so lange dauerte ein Amtshilfeersuchen bei den tschechischen Kollegen noch nie …« Er blickte auf, schob seine randlose Brille wieder hoch. »Ihre Grawitschko-Spur ist natürlich alles andere als belastbares Beweismaterial. Ein Indiz, zugegeben ein sehr interessantes, aber nicht mehr. Sie sollten diesen Scheffler dazu schleunigst befragen, wer weiß, wie lange er noch in U-Haft sitzt. Bitte dringend nachfassen. Wenn's sein muss, telefoniere ich mit dem Innenministerium.«

»Eben. Kann nicht sein, dass man uns mit großem Getöse ständig neue Ermittlungseinheiten für Zoll- und Drogenfahndung im bayerisch-tschechischen Grenzgebiet ankündigt, aber einen dringend tatverdächtigen Landsmann dort können wir nicht befragen. Sind doch nicht mehr im Kalten Krieg.«

Stein zupfte seine Manschetten zurecht. Schwarz-silbern, mit einer winzigen unlesbaren Inschrift. »Haben Sie schon an eine Stimmanalyse gedacht?«

»Ist vorgemerkt. Leider aber erst möglich, wenn wir eine Vergleichsaufnahme des echten Zigeuners, äh, Schefflers haben.«

»Umso wichtiger wäre es für uns, endlich in Cheb an ihn ranzukommen«, bohrte Tom vorsichtig nach.

Stein klappte die Akte zu und reichte sie Charly über den Tisch zurück. »Ja, dann machen Sie endlich Ihre Hausaufgaben, meine Herren! Lassen Sie über das Polizeipräsidium gleich noch mal nachfassen …!«

Fiona, die blonden Haare heute mit Gel modisch zerzaust, ärgerte sich in ihr Handy: »Finde ich schon etwas merkwürdig, Herr Kollege, dass das technisch nicht möglich sein soll, kurzfristig eine abhörsichere Videokonferenz zu installieren! Ich bitte Sie, Sie sind das Landeskriminalamt … aber lassen wir das … Sekunde bitte«, sie deckte das Mikrofon ab und tippte Charly an, »das LKA informiert zu allen Cyber-Themen aus Sicherheitsgründen nicht per Videostream, nur persönlich!«

Er fasste sich stumm an den Kopf. »Dann mach gleich einen Termin aus, ab elf Uhr aufwärts, ich fahr heut noch runter … gleich nach der Lage, am besten, du und Tom kommt mit!«

Große Lagebesprechung um neun: Wie üblich in dieser frühen Phase bilanzierten die Teamleiter die erste Grobsortierung und Gewichtung ihres Datenmaterials, skizzierten erste Ermittlungsansätze und benannten, wie von Charly gefordert, ihre heutige Priorität eins.

Wolfgang Lauer, trotz seiner vierundfünfzig Lenze täglich in neuen knallbunten Basketball-Sneakers – heute durften die Kollegen ein Jordan-Modell in Royalblau und Orange bestaunen –, legte bereits erste Zeugenbefragungen vor.

»… es sind zwar keine Zeugen für die Tat selbst, aber zwei Männer und eine Frau haben Thorsten Geest wiedererkannt. Geest stand um kurz nach neun, beim Start des Obermain-Marathons, unter den Zuschauern an der Adam-Riese-Straße. Er fiel dort auf, weil er einen Parka trug und die zweijährige Tochter der Zeugin mit dem Knie umstieß, ohne ihr aufzuhelfen oder sich zu entschuldigen. ›Finster, bedrohlich, gefährlich‹, wurde er beschrieben. Hat kein Wort gesagt und ist gleich nach dem Zwischenfall zu Fuß verschwunden Richtung Obere Gartenstraße. Viele Fußspuren, alte Kippen, aber nichts, was uns momentan weiterhilft. Priorität heute: Abschluss und Auswertung der Haustürbefragungen rund um den Tatort …«

Noch keine Fortschritte konnte Tom bei der Suche nach der Snuff-Location vermelden.

»Unsere Datenabfrage bei den Baubehörden stellt die Leute dort vor Riesenprobleme. Die haben selbst zu wenig Personal und müssen jetzt händisch raussuchen, ob es eine Halle in der gesuchten Größe gibt. Nächste Schwierigkeit: Schwarzbauten, illegale Erweiterungen, es gibt hier sehr hohe Dunkelziffern. In den wenigsten Fällen kann uns außerdem die Behörde sagen, ob die Hallen leer stehen oder weiter vermietet sind oder gar illegal genutzt werden. Streifen können vor Ort eruieren, aber wenn die Halle verschlossen ist und keine Fenster hat, bringt das auf die Schnelle auch nix.«

Schnauzer sprang ihm zur Seite. »Außerdem, was heißt: ›leer stehen‹? Oft darf irgendwas von Dritten untergestellt werden, ohne dass sich der Eigentümer oder Hauptmieter aktiv drum kümmert.«

»Genau so isses! Auch in solchen Hallen könntest du Snuff drehen, wenn du den Schlüssel hast. Zwei, drei Stunden dürften völlig ausreichen. Immerhin haben wir heute folgende Schwerpunkte für die nächsten Tage gesetzt: Autobahnnahe Objekte bei Mainaschaff, Thiersheim bei Wunsiedel, Neumarkt in der Oberpfalz und anschließend der größte Brocken, das Riesenareal des ehemaligen Nürnberger Südbahnhofs.«

Grauer SOKO-Alltag, dachte Charly. Teamübergreifende Diskussion oder gar Brainstorming wären in dieser Phase pure Zeitverschwendung. Er schloss die Besprechung und hackte rasch ein paar Word-Zeilen in den Computer: *Stellungnahme zur Anzeige und Dienstaufsichtsbeschwerde des Raoul Scheffler zum Vorfall in Cheb/CZ am 13.04. …*

13:08 Uhr – München, Maxvorstadt, Maillingerstraße 16

Überwachungskameras, vier Meter hoher Stahlgitterzaun, sieben Stockwerke grauer Beton – »Bayerisches Landeskriminalamt«.

Ausweiskontrolle, Besucherschein ausfüllen, warten.

Endlich tauchte ein altersloser, schmächtiger Kommissar auf. Mit seiner Knubbelnase und den leicht verkniffenen dünnen Lippen erinnerte er Charly an eine Loriot-Figur: Müller-Lüdenscheidt – oder Dr. Klöbner? Wortkarg, mit großen Schritten, führte er Charly, Tom und Fiona durch ein künstlich beleuchtetes Treppenhaus und eine weitere Besucherschleuse. Der Gang mündete schließlich in eine Art improvisierten Empfangsbereich, wo »Dr. Klöbner« mit knapper Geste auf die kleine Sitzecke zeigte: »So, bitt schön, da Chef kimmt sicher glei … pfüat Eahna!«

»Schöne Feierdooch«, brummte Tom.

Während Charly grinste und Fiona noch irritiert den Wandkalender studierte, ging hinter ihnen die Bürotür auf.

»Ah, Sie san bestimmt die Coburger?« Ein drahtiger Skilehrer-Typ, mit Lachfältchen um betont cool zusammengekniffene blaue Augen. »Stephan Englmar, Kriminaloberrat … grüß Gott … grüß Gott … Ja, ich leite unser Fachdezernat 12, Cybercrime, kommen S' doch rein …«

Englmar erinnerte Charly, trotz seines bayerischen Dialekts, unwillkürlich an Ritter: zügiger Vortrag, keine langen Umschweife, direkt auf den Punkt. »Momentane technische Probleme« bei der hausinternen Datenverschlüsselung erlaubten derzeit leider keine Videokonferenz »zu einem Thema der höchsten Sicherheitsstufe«. Generell sei das neue Dezernat aber »mit sechzig Ermittlern bestens aufgestellt … »Wir spielen in der Champions League der internationalen Cybercrime-Bekämpfung, selbst BKA und Europol sind schwächer besetzt!«

»Die Dänen sind doch derzeit führend?«, konnte sich Tom nicht verkneifen zu fragen. »Hab da kürzlich was über DK NITEC gelesen, die Einheit für Hightech-Kriminalität bei der dänischen Kriminalpolizei.«

»Stimmt, muss man neidlos anerkennen«, nickte Englmar. »Allerdings haben die den Schwerpunkt beim Austausch illegaler Materialien über File-Sharing-Systeme.«

Beim Rundgang durch Labor, Cyberforensik und Forschung fokussierte sich Englmar immer stärker auf Fiona, stellte Charly verdrossen fest.

Während er mit Tom hinterhertippelte, verfielen der LKA-Kriminaloberrat und die BKA-Kriminalrätin zusehends in einen angeregten Privatplausch.

Schließlich wurde es ihm zu bunt.

»Alles schön und gut, Herr Kollege, dass Sie hier eine Analyseabteilung, ein schönes Labor, forensische Beweismittelsicherung und Lagebilder haben, das haben wir schon vorher gewusst … wir sind gekommen, um Details zu unserem Fall zu erfahren.«

Englmar hob beide Hände. »Selbstverständlich, liebe fränkische Kollegen, selbstverständlich!« Sein verschmitztes Grinsen richtete sich übergangslos auf Charly, Fiona schien plötzlich nicht mehr zu existieren.

»Gemma ans Eingemachte, hier samma genau richtig … Kaffee, Wasser? Trixi, maxd uns bitt schön wos z'recht!«

Trixi, ein kleines Schneewittchen, schwarzhaarig, dunkelroter Schmollmund, große Augen und große Creolen, erhob sich widerspruchslos und stakste in einen Nebenraum. Englmar rieb sich zufrieden die Hände.

»Hier, liebe Kollegen, wird's dann endlich konkret.« Mit Verschwörermiene öffnete er die nächste Tür. »Kommissariat 122, Ermittlungen.«

Neonlicht, halb geschlossene Jalousien.

Vier Bildschirmarbeitsplätze, drei Männer und eine Frau.

»Das sind unsere Cybercops; die zweite Schicht, hier mit der Kollegin Krafczyk, besser bekannt als WLANie, pardon, Melanie, und dort drüben den Kollegen Hollerbach, Mitz und Al-Djarami … Frau Brouwers vom BKA, die Kollegen Herrmann und Scherzer von der SOKO Franken … aktuell natürlich im Fall ›Underdog‹!«

Kurz gemurmelte Grüße, die vier Cybercops arbeiteten unbeirrt weiter.

Englmar ging zu einem Stehtisch in der Ecke und tippte auf das Touchpad eines Laptops.

»Hier.« Seine Finger flogen über die Tastatur und gaben in Sekundenschnelle Passwörter auf mehreren Ebenen ein. »Wir arbeiten in drei verschiedenen Netzen, im Internet, in unserem LKA-internen Netz und in einem separaten Auswertenetz … hier packen wir verdächtige Dateien aus … für ›Underdog‹ eher unbedeutend.«

Das LKA-Schneewittchen stakste wieder herein.

Galant nahm Tom ihr das Tablett mit Kaffeebechern und Mineralwasser ab, ein hollywoodreifer Augenaufschlag belohnte ihn. Charlys Grinsen erstarb sofort wieder, als er sah, wie Fionas Katzenaugen an Englmar hingen.

»Wo setzen Ihre Netzrecherchen genau an?«, fragte er schnell. »Haben Sie eine spezielle Software?«

Die Augen des Münchners wurden noch schmaler. »Genau das ist unser Problem. Wir haben zwar ›desCry‹, eine Software zur Bekämpfung von Kinderpornografie. Sie erkennt und analysiert kinderpornografische Bild- und Filmaufnahmen. Aber in der Kürze der Zeit ist es uns noch nicht gelungen, etwas Vergleichbares für die Snuff-Geschichte auf die Beine zu stellen.«

»Sie meinen …«, Fiona legte den Finger auf die Lippen und überlegte kurz, »Sie meinen eine Software, mit der sich im Netz Bilder und Filme speziell mit solchen Hundeattacken aufspüren lassen?«

»So könnte man es ganz einfach formulieren«, lächelte Englmar. »Sie machen sich keine Vorstellung davon, wie viele Bilder und Filmchen im Netz kursieren, auf denen ein Hund einen Menschen beißt. Ohne ihn zu töten. Zig Millionen, vielleicht Milliarden. Die müssen Sie erst alle herausfiltern, die Software muss so präzise und sensibel arbeiten, dass sie erst dann Treffer meldet, wenn das Opfer stirbt, also zumindest reglos am Boden liegen bleibt. Und auch dann sind noch Hunderttausende übrig, bei denen zwar das Opfer auf dem Boden liegt, aber eben nicht tot ist.«

Tom zelebrierte hingebungsvoll mit zwei Löffeln seinen legendären Vier-Stück-Zucker-Kaffee. Ohne aufzusehen, hakte er blitzschnell nach.

»Okay, verstehe. Kinderficker sind visuell leichter zu erkennen. Aber Snuff kursiert doch auch nicht frei im Internet. Auch die beste, ich sag mal, Spyware, müssen Sie erst in ein geschlossenes Netzwerk reinbringen. Wie kommen Ihre Cybercops da überhaupt ran?«, fragte Tom.

»Gefakte Identitäten zunächst mal, ganz klar, aber schon das frisst eben enorm viel Zeit, nicht nur die Suche im Netz selbst. Eine individuelle, authentische Biografie und History anlegen, gewisse Rückverfolgbarkeiten zulassen, natürlich nicht zu viel. Und alles absolut plausibel und glaubwürdig gestalten.«

»Glaubwürdig pervers …?«

»Genau. Glaubwürdig pervers. Und solvent. Sie glauben nicht, wie schwierig es war, innerdienstlich und absolut diskret auf schnellstem Weg eine halbe Million Haushaltsmittel lockerzumachen. Trotz allerkleinstem Dienstweg, nur mein Chef, der Innenminister und der Finanzminister.«

»Ja, meinen Sie im Ernst, das wird im Köfferchen übergeben?«, zweifelte Tom.

Englmar zuckte die Schultern.

»Wir wollen auch für diesen Fall gerüstet sein. Wenn wir plötzlich Kontakt haben, muss alles rasend schnell gehen. Und die Location liegt ja allem Anschein nach nicht irgendwo im Ostblock, sondern im Fränkischen … oder?« Englmar grinste breit.

Als Einziger.

15:10 Uhr – »Café Tambosi«, München, Odeonsplatz

Grandiose Kulisse für das Comeback einer lange Vermissten – der Frühlingssonne. Gefühlte zwanzig Grad, am blauen Himmel nur ein paar zarte weiße Federwölkchen, die hinter den italienischen Barocktürmen der Theatinerkirche Fangen spielten. Die Stuhlreihen vor dem Café, traditionell allesamt Richtung Süden ausgerichtet, waren bis auf den letzten Platz besetzt.

»Münchens größte Sonnenbrillenshow«, grinste Charly. »Trotzdem, mir als Ermittler fehlt einfach so ein richtiger, echter Tatort.«

Er kurbelte die Pfeffermühle über seine Rühreier mit Tomaten und Zwiebeln. »Nur noch dieses Virtuelle, Künstliche, Elektronische! Sobald der Strom ausfällt, können diese Cybercops doch alle heimgehen!«

Fiona wandte ihr Gesicht zur Sonne, die Augen geschlossen, auf den Lippen ein sanftes Lächeln. »Schau dich doch mal um«, sagte sie, ohne selbst die Augen zu öffnen. »Wie viele Zeitungsleser sitzen hier? Keine zehn. Und wie viele schauen auf Smartphone und Tablet? Bestimmt dreimal so viel!«

Charly winkte ab. »Alles nur dressierte Äffchen. Cybercop, wenn ich das schon hör! Ich bin Vollblutermittler …«

»Und deshalb braucht er immer einen richtig blutigen Tatort um sich rum, Fiona«, lästerte Tom. »Du wirst alt, Charly.«

»Alda Leerwaaf'n! Du kennst doch das Gefühl, wenn du frisch am Tatort eintriffst. Du bist ganz bei dir, du bist konzentriert und fokussiert, das Grauen hat keine Chance …«, eine Frau am Nebentisch blickte indigniert von ihrem Aperol auf, Charly ließ sich nicht im Mindesten beirren, »… deine Sinne laufen zur Höchstform auf, du sammelst am Tatort Inspirationen, von denen du bei deiner Ermittlung unwahrscheinlich profitierst!«

»Und des fehlt dir jetzt?«

»Freilich! Die Droge Tatort!«

Er schob sich eine mächtige Gabel Rührei zusammen. »Die Inspiration, der siebte Sinn, das Ermittlernäschen – das geht sonst alles vor die Hunde! Hey, die stellen beim LKA irgendwelche Freaks ein, die Leben und Tod nur noch ausm Computer kennen oder aus ihrem Scheißhandy!«

»Satisfaction«. Sein Handy rockte den kleinen Tisch.

Tom und Fiona platzten laut heraus.

Verärgert checkte Charly das Display. »Bernie Winter … du ald's Zündbläddla … ja, Bernie, was gibt's? Bin grad in einer Besprechung, also mach schnell … Was? Waaas?« Abrupt schob er den Stuhl zurück und drängte sich, mit Handy am Ohr, durch die Stuhlreihe nach außen.

Erstaunt sahen Tom und Fiona ihn schnurstracks Richtung U-Bahn-Rolltreppe laufen.

Tom befielen düstere Vorahnungen – »Er wird sich doch net vorn Zug …« –, als Charly stoppte, aus dem Zeitungskasten eine Bildzeitung riss und sofort aufschlug.

Im Laufschritt kam er zurück, knallte das Boulevardblatt auf den Tisch. »Krieg! Eine astreine Kriegserklärung!«

Cheb: Nürnberger unschuldig im Knast?
(Im Bild: Raoul S. beim Neujahrsempfang der Stadt Nürnberg)
Dubiose Rolle eines Coburger Kommissars.

Sitzt ein bekannter Nürnberger Geschäftsmann in Cheb unschuldig in U-Haft?
Promi-Anwalt Jan-Erik von Hohenlohe-Castell (41): »Ja!« Samstag, 13. April, im tschechischen Cheb: Raoul S. (35), Betreiber der nordbayerischen GOLDEN-CANYON-Casinos, wird auf offener Straße festgenommen. »Nach einem harmlosen Kleinunfall mit Blechschaden.«
Doch in Schefflers Wagen findet die Polizei ein Päckchen Crystal Speed. »Das hat ihm jemand untergejubelt!«, empört sich von Hohenlohe-Castell. Der renommierte Anwalt, frisch zurück von den Stränden Floridas, weiß mehr: »Eine Zeugin hat beobachtet, wie Raoul Scheffler beim Einsteigen in sein Auto von einem Pärchen überfallen wurde. Dabei muss das Crystal ins Auto geraten sein, es gibt keine andere Erklärung.«
Pikant: Bei dem Mann soll es sich um einen Kriminalbeamten aus Coburg handeln, der offenbar in seiner Freizeit im Rotlichtviertel von Cheb unterwegs war. Seine Begleiterin liegt noch im Krankenhaus. »Unglaublich, was hier mit einem unbescholtenen Bürger gemacht wird, mein Mandant muss sofort freikommen!« Von Hohenlohe-Castell, der bereits Anzeige und Dienstaufsichtsbeschwerde erstattet hat: »Wir schalten den Europäischen Gerichtshof für Menschenrechte ein, hier bahnt sich ein Justizskandal an!«

16:52 Uhr – A 9 München – Nürnberg, Ausfahrt Feucht

Fiona fädelte den zivilen BMW auf die Abbiegespur ein.

Burgthann 10 km.

Charly hatte die Idee, Tom war der Auslöser: Sekunden zuvor hatte er auf dem Rücksitz mit großer Geste deklamiert: »Und hier, zur Rechten, meine Damen und Herren, nähern wir uns der Heimat des sagenumwobenen ›Zigeuners‹; nur wenige Kilometer von hier befindet sich das wildromantische Domizil des größten Spielhallenbetreibers von ganz Nordbayern …!«

Charly hatte sofort angebissen. »Da will ich hin! Wir liegen bombig in der Zeit, Kollegen, kurz nach vier erst. Wenn ich schon keinen Tatort erlebe, dann wenigstens den Ort eines Täters …«

»Eines unbescholtenen Geschäftsmannes!«, verbesserte ihn Tom. »Möge dich die heilsame Kraft seines abgeschiedenen Refugiums neu inspirieren und in bisher ungekannte geistige Höhen führen … au!« Ein schmerzhafter Fausthieb Charlys auf den Oberschenkel.

»Schluss jetzt mit der Kinderei«, zischte Fiona. »Sag mir lieber, wo's weitergeht!«

Zwei Minuten später erreichten sie einen geschotterten Wirtschaftsweg. Ein Wanderwegweiser zeigte zum alten Ludwig-Main-Donau-Kanal. Im ersten Gang holperte der BMW über die Schotterpiste.

Tom zeigte sich unbeirrt von Charlys und Fionas Zweifeln an seinem Orientierungssinn. »Des bassd freilich, ich war scho zweimal hier draußen!«

»Wie wohnt Scheffler hier, allein?«

»Fast. Nur so eine Art Hausmeister, ein Rumäne aus der Sippe seiner Mutter lebt noch dort. Scheffler hat außer diesem Landsitz noch ein Apartment in Nürnberg, wo er häufig übernachtet. Hier draußen hat er seine Enduros, einen Jeep und ab und zu ein paar Girls.«

Sie erreichten einen Laubwald. Alte Buchen und Eichen säumten den Weg, die Schotterpiste ging über in einen fein gesplitteten Wirtschaftsweg.

»Was treibt einen Luden aus der City hier in diese Einsamkeit?«

»Familienbesitz. Das Haus war in den Fünfzigern ein Ausflugslokal, später wurde es geschlossen und ist halb verfallen. Sein Vater hat's Anfang der Achtziger erworben. Angeblich beim Würfelspiel … Hier isses!«

Ein zwei Meter hoher Maschendrahtzaun, darüber ein straffer Stacheldraht gespannt. Buschwerk und Gestrüpp gaben endlich den Blick auf eine Hauswand frei: Sandstein. Vergitterte Fenster. Im ersten Stock weißer Putz und schwarzes Fachwerk. Im ersten Gang rollten sie weiter, den Zaun entlang, bis der

Weg schließlich, in Sichtweite des Kanals, parallel zu diesem abbog.

Ein schwarzes schmiedeeisernes Tor, der rechte Flügel einen Spalt offen. Dahinter ein großer, frisch renovierter Fachwerkbau. Daneben, seltsam unpassend, ein fensterloser Flachbau mit Doppelgaragentor und meterhoher Funkantenne.

»Da sind doch mit Sicherheit Kameras … Fahr weiter. Tom, wir steigen aus.«

Sie schwangen sich aus dem BMW, der im Schritttempo weiterrollte, interessiert beäugt von zwei älteren Radfahrern, die aus Richtung Schwarzenbach herankamen.

Ein Hund schlug an, bedrohlich tief und laut grollend.

»Schau dir das an!« Gleich hinter dem Tor, von Schlingknöterich überwachsen, ein kleiner Bretterverschlag. Eine Seite offen, mit Baustahlmatten gesichert. Dahinter zwei riesige schwarze Mischlingshunde, die jetzt komplett verrücktspielten.

Die beiden Radfahrer kamen neugierig näher und stiegen ab.

»Was wollen denn die jetzt?«, zischte Tom.

Der Mann mit windzerzaustem weißem Haarkranz und beigefarbener Rentnertrekkingweste, die stämmige Frau mit fuchsiafarbener Fleecejacke.

»Sind Sie vom Veterinäramt?« Seine blassblauen Augen traten fast aus den Höhlen. Aufgeregt deutete er auf den Mini-Zwinger. »Das ist ein Skandal! Eine Gefahr für die Allgemeinheit!«

»Jeden Tag!«, fiel seine Frau ein. »Jeden Tag fahren wir hier vorbei und jeden Tag das gleiche Theater! Ein Wunder, dass noch nichts passiert ist!«

»Da! Dahinten kommt der Schlawiner, den müssen Sie sich vorknöpfen!«

Eine hagere Gestalt im ausgeblichenen Blaumann kam aus der Doppelgarage und wischte sich die Hände an einem Lappen ab.

»Abhauen, los! Verschwindet! Gibt nix zu gaffen hier!« Seine dünne Stimme kippte über.

Der Rentner lief zu ungeahnter Form auf. »Die Herren sind

vom Veterinäramt! Sie werden Ihr blaues Wunder erleben!« Er zitterte vor Erregung.

»Und die Viecher da werden endlich eingeschläfert, jawohl!«, keifte die Frau.

Charly wechselte einen Blick mit Tom. Ein winziges Nicken. Dann fasste er den aufgebrachten Rentner am Arm und zeigte auf den Radweg Richtung Burgthann.

»Bitte fahren Sie mit Ihrer Frau jetzt sofort weiter. Wir müssten sonst leider die Polizei rufen … wegen Störung einer Amtshandlung …«

Entgeistert schaute ihn der Alte an. Tom redete leise, aber bestimmt auf die Frau ein. Mit sanftem Nachdruck bugsierten sie die beiden mit ihren Hollandrädern auf den Radweg zurück, bis sie mit empörtem Kopfschütteln endlich wieder in die Pedale traten.

»Sie sind vom Veterinäramt?«

Zum zweiten Mal die gleiche Frage, jetzt stellte sie der Hagere im Blaumann, der in seinen uralten ausgetretenen Turnschuhen bis ans Tor geschlurft war. Ungepflegt, schiefe schlechte Zähne, ausweichender Blick. Unablässig wischte er seine ölverschmierten Hände mit krallenartigen Fingernägeln an dem alten Lappen ab.

Entschlossen zwängte sich Charly an ihm vorbei, zeigte mit dem Kinn in Richtung Hundezwinger. »Viel zu klein, das ist ja untragbar!«

Tom zückte sein Handy, begann wortlos von allen Seiten und aus allen erdenklichen Perspektiven Fotos zu schießen.

»Chef ist nicht da.« Unruhig rubbelte der Mann weiter an seinen schwarzen Fingern.

»Keine Ausreden, das spielt überhaupt keine Rolle! Sie sind im Moment der verantwortliche Halter, Sie verstoßen massiv gegen das Tierschutzgesetz!«

Tom sprang ihm sofort zur Seite. »Tierschutzwidrige Hundehaltung ist kein Kavaliersdelikt mehr, die Zeiten sind vorbei, Meister! Bußgeld bis zu fünfundzwanzigtausend Euro ist da möglich!«

»Ruf doch gleich Verstärkung, Tom. Die Polizeihundeführer

sollen sich das mal anschauen, wir müssen das auch sicherheitsrechtlich prüfen lassen.«

Im Gesicht des Hausmeisters begann es, nervös zu zucken. »Das … das können Sie nicht machen, was erlauben Sie sich …«

»Wir können noch ganz anders«, schnitt Charly ihm das Wort ab. »Ich rate Ihnen dringend, unsere Arbeit hier zu unterstützen! Je schwieriger die Sache wird, umso größere Probleme haben Sie hinterher mit Ihrem Chef! Wo steckt er denn gerade?«

»Wer?«

»Na, Ihr Chef. Herr Raoul Daniel Scheffler. Rufen Sie ihn an, er soll sofort vorbeikommen.«

»Geschäftsreise.« Plötzlich wurde der Verwalter einsilbig. »Ausland. Kann ihn nicht erreichen. Er ruft mich an.«

»Soso … das sollen wir Ihnen glauben?« Charly zog die Augenbrauen hoch. »Zeigen Sie uns mal die Papiere. Nicht dass es noch zusätzlichen Stress für Sie und Ihren Chef gibt.« Er zückte sein schwarzes Notizbuch und schritt, leise vor sich hin murmelnd, die Seitenlängen des Zwingers ab, an der Vorderseite sicheren Abstand zu den erneut tobenden Bestien haltend.

»Papiere? Meine?«

»Genau. Und die der Hunde natürlich.« Charly nickte zufrieden.

»Wollen wir doch mal schauen, ob die Impfungen alle passen«, fügte Tom bedeutungsschwanger hinzu.

»Alles in bester Ordnung, sind bei Dr. Hussong in Schwarzenbruck!«

Erleichtert schlurfte der Hagere ins Haus voran, Charly und Tom dicht auf seinen Fersen. Grobe Terrakottafliesen, fachwerkartige Stützbalken als optische Raumteiler.

»Nicht schlecht, Herr Specht«, raunte Tom und zeigte auf die schwarze Ledersitzecke im leichten Antik-Look. »Had mei Schwester auch … Made by Koinor Michelau, feinste fränkische Qualitätsarbeit, ned unter dreitausend, schätz ich …«

»Aber die alten Decken und Arbeitsklamotten draufschmeißen … wenn der Zigeuner wüsst, wie der Alde hier haust …«

Der Alte wühlte bereits in der Schublade eines wuchtigen dunklen Schreibtisches, der mit aufgeklapptem, aber dunklem

Laptop, verstaubtem Telefon und unzähligen Papierstapeln übersät war.

Tom begann ungeniert zu blättern.

»Hier!« Schwarzfleckige Finger streckten stolz zwei Pässe hin. EU-Heimtierausweis, gelbe Schrift auf blauem Grund.

»Aha, sehr interessant! Sie gehen also mit den Hunden ab und zu ins Ausland?« Ohne mit der Wimper zu zucken, schob Tom eine kleine Fläche auf dem überladenen Schreibtisch frei und begann, die Ausweise Seite für Seite abzufotografieren.

Charly zückte wieder sein Notizbuch. »Gute Papiere. Das bessert Ihre Lage ganz erheblich. Wenn Sie mir jetzt noch Ihren Ausweis zeigen …«

*Reinhold Teschler, *06.08.1954 Hermannstadt/Rumänien, Eichhörnchenweg 19, 90559 Burgthann.*

»Und was ist das, Herr Teschler?« Tom schob einen ausgebreiteten Plan zur Seite. Darunter – groß, schwarz und bedrohlich – eine Pistole.

Teschler erstarrte.

»Nie gesehen. Kenn ich nicht.«

»Ihr seid ohne Hausdurchsuchung da rein«, halb ungläubig, halb bewundernd schüttelte Fiona den Kopf, »ich kann's immer noch nicht fassen!«

»Er hat uns doch reingelassen.« Charly lehnte am BMW und zündete sich eine Lucky an. »Schaut euch bloß den Auftrieb da vorn an!« Er zeigte auf Schefflers Hofeinfahrt. »Für Bloß-mal-schnell-am-Haus-Vorbeifahren haben wir ganz schön Staub aufgewirbelt!«

»Zwei echte Amtstierärzte, zwei Polizeihundeführer, ein Streifenwagen«, grinste Tom. »Zwei tierquälerisch untergebrachte Hunde ins Tierheim bringen lassen, eine unsachgemäß aufbewahrte Sportpistole sichergestellt, Bußgeld und Strafanzeige hinterher, vermutlich Widerruf seiner Waffenbesitzkarte, nicht schlecht!«

Charly spürte Fionas Hand in seine Jeansjacke gleiten, einen Wimpernschlag lang dort verharren und mit dem Feuerzeug wieder herauskommen. Genüsslich inhalierte er. »Nur ein kleines Spielchen. Wird die organisierte Kriminalität in Franken natürlich nicht aus den Angeln heben. Aber der Zigeuner weiß jetzt, dass wir auch die kleinste Schwäche gnadenlos ausnutzen.«

17:11 Uhr – irgendwo zwischen Cheb und Nürnberg

Gerappel am Container, die Tür schwang plötzlich auf, schlug krachend an die Blechaußenwand. Grelles Sonnenlicht blendete Ruby, wurde sofort wieder verdeckt von dunklen Gestalten, die sich hereinzwängten.

»Los, raus, ihr kleinen Schlampen!«

Ein Bär mit Sauerkrautbart, strähnigem Haar und einer Riesenwampe. »In zehn Minuten ist Abflug, los, einpacken, raus!«

Benommen richtete sich Ruby auf.

Tief im Rachen spürte sie ein trockenes Kratzen. Sie grunzte, um den Juckreiz zu lindern. Vergeblich.

Neben ihr riss ein Rocker Rosalja hoch, blaffte sie auf Tschechisch an.

Mit leeren Augen starrte sie durch ihn hindurch. Um ihre zertrümmerte Nase herum waren immer noch Reste getrockneten Blutes. Seit ihrer Vergewaltigung vor zwei Tagen – oder waren es schon drei? – hatte sie nichts mehr gegessen, kein Wort mehr gesprochen.

Ruby zwang sich, den Blick wieder loszureißen.

Sie schnappte ihre schwarze Tasche, stopfte wahllos die Dinge hinein, die rings um ihre Matratze lagen ... *bloß nicht auffallen, die brüllen schon wieder wie wilde Stiere* ... den alten Lippenstift ... *gib ihnen ja keinen Grund, dich anzufallen* ... die Tube Kleber-Gel ... das halb zerknüllte Tempo-Päckchen, nur noch eins drin, *das hab ich noch in Coburg gekauft, im Müller in der Spit, letzte Woche erst ... oder letztes Jahr ... in einem anderen Leben ... die Schweine, die Schweine ... jetzt reißen sie Agnesa den BH runter!*

Begeistertes Grölen übertönte angstvolle Mädchenschreie.

... die Schweine, die Schweine ... nur mich haben sie hier drin

noch nie angefasst ... weil ich den Platz ganz hinten in der Ecke hab, kein süßes Engelchen wie Rosalja bin ... und keine Titten wie Agnesa hab ... die Wimperntusche ... und mein kleiner Glücksstein ...

»Au!« Ihr langer Fingernagel blieb an der Strohmatte hängen, die als Fußboden diente. Eingerissen bis aufs Nagelbett; *warum hab ich nur so weiche Nägel ... mach weiter mit Einpacken, fall bloß nicht auf!* Sie zog ihr letztes Tempo wieder heraus und wickelte es stramm um den eingerissenen blutenden Nagel ... *ich schaffe es, ich hab bestimmt Glück, lass mich bitte Glück haben, ich weiß, ich schaffe es ... »kleine Kämpferin«, hat Mama immer gesagt, »mei Ruby lässt sich net unterkriegen, und ich weiß auch, von wem sie das hat ...« Endlich dürfen wir raus aus diesem Loch, nie mehr will ich hier rein ...!*

»Au!« Eine grobe Männerfaust packte ihren Oberarm, zog sie zur Tür. Hinter Rosalja taumelte Ruby hinaus, vorbei an dem fetten, behaarten Männerkörper, unter dem Agnesa nicht mehr zu sehen war, nur noch ihre entsetzten Schmerzensschreie zu hören waren.

Strahlender Sonnenschein.

Geblendet schloss sie die Augen.

»Weiter, weiter, weiter!« Ein Stoß in den Rücken; sie stolperte, konnte sich gerade noch auf den Beinen halten.

»Hier rüber!«

Ein blauer Lieferwagen. Tschechische Aufschrift, völlig verdreckte, nicht mehr lesbare Kennzeichen. Die hintere Ladetür stand offen.

»Los, da rein mit euch!«

Ein dürrer, sehniger Kerl im ärmellosen Shirt zog sie in den Laderaum hoch und schob sie zwischen Bauernschränken, alten Sofas, Kühlschränken und gestapelten Stühlen hindurch bis ganz nach vorne.

Sie stürzte ins Dunkel.

Fiel weich. Matratzen, ein paar Kissen. Modergeruch hing in der Luft.

Die Tür fiel zu.

Ruby spürte, wie Rosalja Körperkontakt suchte und Rücken an Rücken presste.

Regungslos blieben sie sitzen, endlose Minuten. Oder Stunden.

Plötzlich Schreie, Rufen, Weinen; die Tür wurde aufgerissen, Agnesa taumelte herein, hemmungslos schluchzend, plumpste auf die Matratze.

Ruby tastete nach ihr, strich ihr hilflos über den Kopf.

»Es wird gut, Agnesa«, flüsterte sie. »Es wird wieder gut … Sie bringen uns nicht um, wir leben … wir kommen endlich weg von hier …«

21:39 Uhr – Coburg, Kleine Johannisgasse, »Miles and More«

»Sehr schön!« Fionas Blick schweifte durch das kleine Lokal. Gedämpftes Licht vor rustikalem Mauerwerk; ein paar Schwarz-Weiß-Fotografien von Jazz-Größen. Ein sanft geschwungener Tresen mit bequemen Hockern. Intime, fast französisch kleine Tischchen. Und Vaya Con Dios mit »What's a Woman«, das akustische i-Tüpfelchen.

»Gleich strömen hier die Theaterbesucher rein. Gut, dass wir's noch vor denen geschafft haben!« Charly ergriff sein Kristallweizen, stieß sanft an ihr Rotweinglas. »Auf die SOKO!«

»Auf die SOKO.«

»Wobei die Kollegen heute echt was erreicht haben. Übermorgen endlich Termin für die Scheffler-Befragung, ich fahr gleich vormittags nach Cheb. Dann fünfundneunzig Hinweise aus Staffelstein, und die präzisierte Anfrage zur Snuff-Location ist auch an alle Dienststellen raus.«

»Fast so gut wie wir heute«, lächelte sie. »War ein toller Auftritt von euch. Ohne jeden Hausdurchsuchungsbeschluss Schefflers Hütte auf den Kopf gestellt, Respekt … manchmal lohnt sich eben doch spontane Improvisation!«

Er zuckte ungerührt die Achseln. »Musst nur glaubwürdig sein, absolut authentisch bleiben … eben ein Vollblutermittler sein!«

Sein Handy auf dem Tresen blinkte stumm.

»Auslandsnummer … Hey, das ist Cheb, das Klinikum!

Herrmann … ja … ja, genau …« Er riss seinen Blick von Fiona, fokussierte die Whisky-Batterie, glitt über Füllhöhen, Labels und Etiketten, ohne sie richtig wahrzunehmen. Mit angehaltenem Atem lauschte er.

»Mhmm … ja … verstehe … nein … nein, das ist gar nicht gut …« Weg vom walisischen Whisky, weiter zu den wiegenden Hüften und dem wippenden Pferdeschwanz der Bedienung; zurück ins pralle Leben … »Danke für Ihren Rückruf, Schwester. Alles Gute … wir bleiben in Kontakt … mach ich. Ebenfalls. Ciao.«

Er schloss die Augen, kniff sich kurz die Nasenwurzel, bevor er Fiona wieder ansah. »Manuela Sosniok. Ihr Zustand verschlechtert sich.«

»Das ist doch die Mutter … von dieser Ruby?«

»Ja.«

»Liegt da drüben im Koma, ihre Tochter muss grad irgendwo aufn Strich. Und ihr Vater, was ist das bloß für ein Penner? Kennst du den?«

Treffer.

Sag ihr was. Jetzt. Bau Vertrauen auf …

Nein. Die offizielle Wahrheit muss reichen.

»Ein Fernfahrer. Aus Weitramsdorf, hier gleich ums Eck. Sie war nur kurz mit ihm liiert, er is dann ins Rheinland hochgezogen, irgendwo Richtung niederländische Grenze, als Ruby grad ein Jahr war. Matze … der gute Matthias … war wohl nicht der fleißigste Unterhaltszahler.«

Warum auch …

Nachdenklich fuhr sie mit dem Finger den Rand des Weinglases entlang. »Ist manchmal doch besser, wenn man keine Kinder hat … Wie viele hast du denn so?«, zwinkerte sie ihm schelmisch zu.

»Wie viele?« Er musste wider Willen lachen. »Eins.«

Und Timmi.

»Nein, zwei«, verbesserte er sich rasch.

Ruby?

»Vielleicht drei.«

Das regennasse Kopfsteinpflaster der Herrngasse glänzte im Scheinwerferlicht. Charly hielt neben dem Gurken-Alex-Brunnen.

Zweiundzwanzig Uhr siebenundzwanzig.

Ihre Blicke trafen sich.

»Wir werden sie finden«, sagte sie leise. »Du wirst sie finden. Ich halt dir den Rücken frei in der SOKO.«

Hinter ihr das hell erleuchtete Schaufenster *»Waffen-Mai«*. Messer, Dolche, täuschend echte Schreckschusswaffen ... Er kam nicht dazu, Parallelen zu ziehen. Sie senkte den Kopf, kitzelte ihn mit ihrem Blondschopf auf der Stirn. Sanft fuhr ihre Nasenspitze an seiner entlang.

»Schlaf gut, Charly.« Behutsam schob sie seinen Arm weg, strahlte ihn dann plötzlich an. »Also gut!« Blitzschnell drückte sie ihm einen Schmatz auf die stoppelbärtige Wange. »Bis morgen, du ... Vollblutermittler!«

Sie zog den Reißverschluss ihrer Softshelljacke hoch und stieg aus. Winkte ihm mit ihrem Schlüsselbund zu und trabte anmutig durch den Regen zu ihrem Hauseingang beim legendären »Gingers«. Tagsüber Reisebüro, abends exklusive Cocktailbar.

Er drehte das Radio laut.

»It hurts so good«, schrie ihm John Cougar Mellencamp entgegen, *»come on, baby, make it hurt so good ...«* Er schob den ersten Gang ein, gab Gas, schoss kurz und hochtourig durch die menschenleere Theatergasse. *»... sometimes love don't feel like it should, oh baby, you make it hurt so good ...!«*

Wie in Zeitlupe setzte die schwarze Bestie zum Sprung an, voll Gier die Zähne gefletscht, gleich gruben sie sich grausam tief in ihr Opfer, zerrissen zarte weiße Haut, Sehnen, Muskeln, lebenswichtige Adern, Blut, blutiges Fleisch, herausgefetzt, warm und feucht ...

»Nein! Nein!«

Schreiend schreckte Steve auf.

Unter ihm wogte sanft das Wasserbett. Er spürte etwas Warmes auf der Brust. Mina. Etwas Spucke war ihr aus dem Mund gelaufen, direkt auf seine nackte Brust.

Kein Blut.

Er atmete tief durch. Die Beklemmung wich nicht. Jessie, Nadine … es war alles echt …

Nein! Nur abgefuckte Junkies. Über kurz oder lang wären sie eh krepiert.

Er löste sich aus Minas Umarmung, stand auf und tappte im Dunkeln zur Toilette.

Wir müssen raus, dachte er und lauschte seinem Wasserstrahl, wie er in die Schüssel rauschte und nur langsam schwächer wurde.

Wir müssen raus aus diesem blutigen Wahnsinn.

Eine einzige Show nur war ursprünglich geplant gewesen, ein Fake … erdacht vom Hundefreund und Bastards-Sponsor Raoul Scheffler … doch sofort floss Geld, wuchs die Gier … auch bei uns …

Er schüttelte ab. Hämmerte zwei, drei, vier Mal gegen den widerspenstigen Spülknopf.

Muss das Scheißding endlich reparieren … irgendwann demnächst …

Im Kühlschrank lag still und einsam der achtjährige Kanadier.

»Black Velvet Reserve«. Schwarzes Label, goldene Schrift. Nur noch eine Handbreit voll.

Er setzte die Flasche an, nahm einen Mund voll Whisky und ließ ihn zwischen Zunge, Wangen und Gaumen umherschwappen. Die kalte, rauchige Schärfe vertrieb den üblen Nachgeschmack des Alptraums.

Er schluckte. Ein kurzer Huster. Langsam nur kam die ersehnte wohlige Wärme in seinem Magen angekrochen. Die Beklemmung verflüchtigte sich. Endgültig.

Blick nach vorn.

The road is your friend …

Nur noch einen einzigen Film.

Allerhöchstens zwei.

Dann sind wir frei.

Und cruisen viertausend Kilometer Richtung Westen.

Illinois, Mississippi, Kansas, Oklahoma, Texas, New Mexico,

Arizona, Kalifornien … längst konnte er die Route im Schlaf herunterbeten.

Und nur wir zwei …

Er schob sich hinter Mina, zog sie fest an sich heran, presste sein Gesicht in ihr Haar, durch Spray, Parfum und Rauch hindurch in ihre verschwitzte lebendige Wärme.

»Alles wird gut«, raunte er und schloss die Augen, »alles wird gut, Mina …!«

08:15 Uhr – Cheb, Bezirksgefängnis

»Jab punch! … Jab punch! … Und kick! … Und kick!«

Raoul Scheffler keuchte vor Anstrengung. Schweißüberströmt, mit nacktem Oberkörper, in schwarzer Sporthose *»Kickboxen Nürnberg«*, stand er federnd in seiner Zelle; abwechselnd schoss einer seiner bandagierten Füße nach vorn und drosch mit dem Spann seitlich gegen die Matratze, die von von Hohenlohe-Castell gehalten wurde. Auch der Anwalt, mit gelockerter Krawatte und aufgekrempelten Ärmeln, war ins Schwitzen geraten, was ihm sichtlich unangenehm war.

»Jetzt ist's aber wieder gut, Raoul!« Er strich die pechschwarze Haarsträhne aus der feuchten Stirn. »Ich bin dein Anwalt und nicht dein Pratzen- und Matratzenhalter!«

Scheffler schaltete einen Gang höher.

»Du – hörst – auf – wenn – ich – dir's – sa – ge«, im Stakkato jagten die Kicks gegen die Matratze, »erst – dann – is – AUS!«

Schwer atmend stützte er die bandagierten Hände in die Hüften. Hohenlohe ließ die Matratze auf den Boden plumpsen. Staubwölkchen stoben empor.

Scheffler spuckte aus, zielsicher in das drei Meter entfernte Handwaschbecken. Grinsend hob er die Hände: »Okay, okay … 'tschuldige, der U-Haft-Koller!«

Er griff zum Handtuch, wischte sich über die schweißnasse Stirn und setzte sich rittlings auf einen Stuhl. »Also morgen wollen tatsächlich diese kleinen Wichser aus Coburg kommen und mich interviewen? Gib Wernstedt Bescheid.«

»Schon erledigt. Es wird heute noch Bewegung in die Sache kommen.«

»Ich fass es einfach nicht, so ein kleines Coburger Bullenschwein … wir machen Millionengeschäfte, und so ein Provinzwachtmeister pinkelt mir ans Bein, klaut mir die Hunde und meine einzige legale Waffe! Ich hätte ihn gleich mit fertigmachen sollen neulich, diesen erbärmlichen Korinthenkacker … den knöpf ich mir sowieso noch vor, allein schon für den Daumenstoß!«

Er betastete die grünlich gelbe Verfärbung an seinem Auge.

Von Hohenlohe-Castell stand vor dem kleinen Waschspiegel und arrangierte sorgfältig seine Frisur. »Er wird nervös, Raoul. Reine Verzweiflungstat, Reaktion auf unseren BILD-Artikel.«

»Schon klar.« Scheffler schraubte eine kleine Volvic-Flasche auf, trank sie in gierigen Zügen leer. »Aber er stört. Die Geschäfte und mich persönlich. Und zwar ganz gewaltig. Ich will, dass er Ruhe gibt.«

Hohenlohe rückte seine Krawatte millimetergenau zurecht. »Wie stellst du dir das vor?«, fragte er misstrauisch. »Anzeige und Dienstaufsichtsbeschwerde laufen doch schon.«

Scheffler winkte verächtlich ab. »Kokolores! Ich meine privat, rein privat: Jeder hat einen privaten Schwachpunkt!«

»Was ist mit dieser Ruby?«

»Rührt sie nicht an«, fuhr Scheffler auf. »Die Kleine ist mein letzter Trumpf, das hab ich im Urin … kann noch Gold wert sein für uns! Extra wegen ihr hab ich den Container verlegen lassen.« Ein Grinsen stahl sich in sein unrasiertes, immer noch leicht gebräuntes Gesicht. »Nein, Ruby wird vorerst kein Haar gekrümmt. Aber jagt diesem Dorfwachtmeister endlich mal 'n bisschen Angst ein …!«

09:10 Uhr – BKA Berlin, Am Treptower Park

Das Nasenspray schlug sofort an.

Instanyl, Hauptbestandteil Fentanyldihydrogencitrat. Hundertzwanzigmal stärker als Morphin. *Professor Meerbusch sei ge-*

priesen, dachte Nees. Seit Langem wagte er es wieder einmal, sich vorsichtig zu strecken. Weiter … weiter … er stand schon auf den Zehenspitzen, streckte die Arme aus, nach oben, griff hinauf Richtung Zimmerdecke …

Nichts. Kein Schmerz. Sein Magen war wie ausgeschäumt.

Abgestorben.

Tot.

Erfreulich tot.

Ungläubig erleichtert sank er in seinen Sessel. Schmerzfreiheit – das Wertvollste, was mir noch bleibt in diesem Leben, dachte er. Ein Leben, das mich eines gelehrt hat: Vierzig Flaschen Whisky im Leben reichen – für Magenkrebs. Und vierzig Flaschen Whisky plus John Player Special, Camel und hb reichen eben für Magen- und Speiseröhrenkrebs …

Hab ich alles gewusst. Gehört, gelesen – und gewusst. Es hat mich einen Scheißdreck interessiert. Schlimm für die Betroffenen … aber doch niemals für mich …!

Ein paar Regentropfen schlugen an das Bürofenster. Bleiern grau hing der Berliner Himmel draußen über dem Park, in Richtung Spree und Rummelsburger See.

Grau wie der Straßenasphalt der Stadt.

Und wie ein Straßenköter habe ich meine Wochenenden jahrelang gelebt … und geliebt.

Live now, pay later.

Unersättlich war ich, war meine Gier nach Leben, nach prallem Leben, nach immer neuen Frauen … unvergessliche Nächte in der Hotelsuite … mit May, der unrasierten rotblonden Produktionsassistentin, fing es an … dann Sibilla, die stämmige kleine Lettin aus dem Verlagshaus gegenüber, mit ihren viel zu engen schwitzigen Hosen … Caro, die lange dürre Fotojournalistin mit den hungrigen Augen unter ihrem perfekt gestylten Pony … ich brauchte keine Hostessen und Prostituierten, meine Frauen brachte ich immer selber mit … nur die Hotelsuite war am Wochenende immer für mich gebucht und bezahlt.

Und nur, weil ich regelmäßig mein Notizbuch mit den anstehenden Razzien und Durchsuchungen auf dem Tisch liegen gelassen habe und zehn Minuten im wc verschwunden bin … Wernstedt war gerissen genug, nicht alles zu verwerten und alle zu warnen. Nur seine wichtigsten Schäfchen brachte er ins Trockene …

Er zog die oberste Schublade seines olivenholzfarbenen Schreibtisches auf. Ein dunkelgrüner Aktenhefter, prall gefüllt mit Kopien und Ausdrucken. Keine Originale. *»Chronologie«*, längst konnte er sie im Schlaf herunterbeten.

Bundeskriminalamt
Abteilung SO 45/Sonderermittlung »Underdog«
Zeugenschutzprogramm

Erstkontakt
02.07.2013; 14:59 Uhr Anruf
Mitteiler
KHK Berentzen, Frank-Oliver (BKA Meckenheim, Abt. Zentrale Kriminalpolizeiliche Dienste – ZD 36; Az. ZD-36 M 06-2014/tg)
Vorgeschlagener Zeuge
G e e s t, Thorsten Waldemar
*02.05.1981 Eisenhüttenstadt, ledig
wh. Kieferstr. 7, 15526 Bad Saarow
Verifizierung/Authentizität und Plausibilität
Zentrale Aussage des Zeugen (TG) – Tonbandmitschnitt vom 03.07.2013, 11:31 Uhr:
»Mein X-Dog war komplett versaut und mannscharf, aber genau so was suchten die zwei Männer. Mir waren sie aber aus meinem Kundenkreis und dem regionalen Milieu nicht bekannt, und nach Namen fragt man sowieso nicht. Nur mein Bauchgefühl sagte gleich, da stimmt was nicht, die ziehen dich am Ende vielleicht noch in irgendwas mit rein. Also hab ich einen absoluten Mondpreis verlangt. Zwölftausend. Euro. Und das haben die aber ohne Diskussion akzeptiert, am Tag drauf gab's Cash auf die Kralle, und die haben den Hund im Auto gleich mitgenommen. War ein alter schwarzer Toyota Kombi mit Berliner Nummer. Die Män-

ner waren typische Biker, so was riech ich zehn Meter gegen den Wind. Ohne Maschine, ohne Kutte, da laufen die rum wie ein Cowboy ohne Pferd. Der Kleinere der zwei hat mich dann doch immer mehr an jemanden erinnert: Letztes Jahr, es muss im August gewesen sein, war ich mit zwei Kumpels in Fürstenwalde in der neuen großen Spielhalle im Gewerbegebiet. ›GOLDEN CANYON‹ oder so ähnlich. Da hatten ein paar Türken Zoff mit der Security, und der eine Securitymann, dem sah der Kleine verflucht ähnlich …«

Und mir fiel es wie Schuppen von den Augen: ›GOLDEN CANYON‹, die größte Casino-Kette von Ralph Wernstedt … Ich habe es für mich behalten … aus purem Selbsterhaltungstrieb … habe unter Aussparung der Personalie Wernstedt routinemäßig entschieden …

Priorität
AAA – Sofortige Aufnahme ins Zeugenschutzprogramm des BKA (Erstentscheider: KD Holger Nees, 03.07.13/15:05 Uhr)
Zuordnung intern
ZD 36 – Zentrale Kriminalpolizeiliche Dienste, BKA Meckenheim
Führung des Zeugen dort: KRin Fiona Brouwers, 02225-89 13 22
Rastermethodische Zielsuche (RZS)
Softwaregenerierte Zielauswahl: Heilbronn, St. Wendel, Bad Staffelstein
Entscheidung: Bad Staffelstein (27.08.13/09:14 Uhr)
Identität neu
G e r k o w, Thomas Maik
*18.06.1980 Berlin, verwitwet
zuletzt wh. 12559 Berlin, Salvador-Allende-Str. 149/III
jetzt 96231 Bad Staffelstein, Obere Gartenstr. 1a
Vita und Dokumentensatz vollständig:
20.09.13/14:00 Uhr

finales Individual-Screening 20.10.13/05:40 Uhr und
23:55 Uhr, Ergebnis:
Zeuge beherrscht Vita Gerkow mündlich (97%) und
schriftlich (100%).
Aktivierung
Umzug nach 96231 Bad Staffelstein (15.11.13/09:20 Uhr)
Führungsbegleitung
KRin Fiona Brouwers (zur zeitgleichen Abordnung in
Dienstbereich Bayern – PP Oberfranken in Bayreuth –
Polizei Coburg siehe ZSP 2014_07 FB 01)
Besondere Vorkommnisse
Gerkow wird am 13.04.14, 09:19 Uhr, in seiner Wohnung
tot aufgefunden (erdrosselt). Ende des Zeugenschutzprogramms.
Bisherige Führungsbegleiterin, KRin Brouwers, bis
a. W. mit der Aufklärung des Mordes am geschützten
Zeugen Gerkow alias Geest betraut (Dienstort Coburg,
unterstützt durch SOKO Franken)
Leitung der SOKO von beurlaubtem KK Karl-Heinz Herrmann übernommen am 21.04.14.

Nees ließ die Akte sinken. Er griff nach seinem Krypto-Handy »TopSec GSM«.

Ich bin erledigt … aber ich hab noch jemand anderen mit reingerissen … muss endlich reinen Tisch machen, bevor es zu spät ist …

Kurzwahl.

Dreimal kurzes Tuten.

»Diese Nummer ist uns nicht bekannt.«

10:50 Uhr – A 93 Richtung Cheb, Raststätte Bärenholz

Letzte Raststätte vor der Grenze. Instinktiv, aus alter Gewohnheit, setzte Charly den Blinker. Im zweiten Gang rollte der zivile blaue Audi der Coburger Kripo vorbei an deutschen Mittelklasseautos und tschechischen Kombis. Ein slowakisches Wohnmobil mit Kastenaufbau räumte gerade auf einen Schlag anderthalb Stellplätze, direkt gegenüber den WC-Anlagen. Wie bestellt.

Er stieg aus, klemmte sich eine Lucky zwischen die Lippen.

Neben ihm hob ein Vater seine schlafende kleine Tochter, mit verschwitzten Haaren und roten Bäckchen, aus dem Kindersitz. Ihren Plüschbären hielt sie fest umklammert. Plötzlich riss sie verstört die Augen auf: Eine schwere Maschine röhrte bedrohlich dumpf heran, hielt direkt neben dem WC und erstarb gurgelnd.

Ein Kuttenträger aus Hof stieg ab.

Hier war sein Revier, die nächstgelegenen verfeindeten Chapter und ihre Supporter waren in Bamberg und Regensburg.

Auch Scheffler fuhr Motorrad.

Welche Kontakte hatte er zur Rockerkriminalität? Die Website mancher Gangs war offen verlinkt mit Angeboten der Rotlichtszene. Und Drogenhandel und Geldwäsche wurde vielen Gangs ohnehin schon seit Jahren vorgeworfen.

Rocker waren auch Türsteher ... und kannten die Spielhallen des Zigeuners nicht nur von außen ... Der Fragenkatalog für Schefflers Befragung im Bezirksgefängnis in Cheb wurde immer länger. Mal schauen, wie mürbe der Typ ist, dachte Charly. Nach einer Woche U-Haft in einem tschechischen Bau ...

Er inhalierte tief und genoss das würzige Tabakaroma.

Von den umliegenden bewaldeten Höhen blies beständig Wind auf den Parkplatz herab. Für die Jahreszeit eindeutig zu frisch, entschied Charly.

Er blickte auf die Uhr. Kurz vor elf.

Ab vierzehn Uhr Befragung, eine Stunde hatten ihm die tschechischen Kollegen zugebilligt.

Bis halb zwei wäre sogar noch Zeit fürs Krankenhaus.

Zeit für einen Besuch auf der Intensivstation. Einen längst überfälligen Besuch bei Manu. Um ihr im Wachkoma gut zuzureden, vielleicht sogar ihre Hand zu halten.

Und zu beten.

Es war alles, was er für sie tun konnte.

»Es wird gut«, sagte er leise vor sich hin, »es wird gut.«

Die Lucky war abgeraucht. Kein Aschenbecher weit und breit. Er ließ sie auf den Asphalt fallen, trat sie mit seinen grauen Wildlederboots aus.

Punkt elf.

Jetzt Manu aufwecken, dann Scheffler knacken!

»Make my day«, plärrte irgendeine Rockband aus der offenen Tür eines Golf GTI, *»come on, make my day …!«*

11:40 Uhr – Krankenhaus Cheb, K Nemocnici 17, Intensivstation

Still und reglos lag Manuela Sosniok auf ihrem Kissen, inmitten von Kabeln, Schläuchen und Monitoren.

Wie tot, dachte Charly bestürzt. Unwillkürlich suchten seine Augen die grün zuckende Anzeige der Herzfrequenz. Manus Solarienbräune war nach tagelangem Wachkoma zu einem fahlen Gelbton verblasst. Die Falten zwischen Nase und Mundwinkeln waren, im Kunstlicht des halb abgedunkelten Zimmers, ungeschminkt noch tiefer und schärfer zu sehen.

Nur ihre schwarz-silbern lackierten Fingernägel sahen immer noch so aus wie am Sonntag.

Vorsichtig griff Charly nach ihrer Hand. »Hey, Manu«, flüsterte er.

Trocken, fast kühl. Ohne jede Regung, ohne Zucken; schlaff lagen ihre Finger in seiner Hand. Behutsam legte er sie wieder zurück auf die Bettdecke.

Er zückte sein Handy und stöpselte das zuvor eigens desinfizierte Earphone ein. Sanft hob er ihre pechschwarz gefärbte Dauerwelle ein Stück an und schob es ihr ins Ohr.

Der Song war bereits eingestellt. »November Rain«. Play.

Piano und Streicher … die sich viel Zeit ließen … über eine Minute … er hörte es nicht, er wusste es noch: Erst bei einer Minute vierzehn setzte Axl Rose, der Leadsänger von Guns N' Roses, ein: *»When I look into your eyes, I can see a love restrained, but darling when I hold you, don't you know I feel the same?«*

Er kannte, nein, er fühlte jetzt sogar ihren gemeinsamen alten Song, obwohl er ihn gar nicht hören konnte.

Ich hoffe, dir geht es genauso …

»Don't you think you need someone? Everybody needs somebody … You're not the only one!«

Unablässig streichelte er ihre Hand. Erstaunt bemerkte er ein kleines Kruzifix, das sich inmitten der Hightech-Maschinerie behauptet hatte.

Hilf ihr … Lass sie wieder gesund werden …

Und Ruby heil zurückkommen …

Die grüne Ampel sprang auf Gelb. Sofort bremste der Linienbus vor ihm und hielt.

»Wos bist denn du für a Busfahrer«, explodierte Charly, »bei uns würdst du nie a Stell krieg'n!« Laut Navi noch sieben Minuten bis zum Knast.

»Satisfaction«.

Löhleins Dienstapparat. Kein gutes Zeichen.

»Ja, Heinz-Uwe, was gibt's?«

»Dein Termin ist gecancelt, Charly. Brandaktuell, Stein hat jetzt eben angerufen. Sein tschechischer Kollege hat die Befragung verschoben.«

Die Ampel sprang auf Grün.

»Scheiße! Warum denn das jetzt plötzlich?«

»Interne Terminverschiebungen oder so ähnlich.«

»Sauerei! Und das erst nach hundertsechzig Kilometern, zehn Minuten vor der Befragung! Mensch, Heinz, ich bin schon voll fokussiert auf diesen Nürnberger Drecksack, den Herrn Spielhallengeschäftsführer!«

»Weiß ich, weiß ich. Unangenehme Sache, ganz unangenehm!« Löhlein verfiel wieder in seinen Doppelungsmodus.

Morbus Feuerzangenbowle.

»Gut, dann machen wir das anders«, entschied Charly. »Dann fahr ich noch mal zurück ins Krankenhaus. Bin dann gegen sechs wieder im Büro.«

»Wie? Was, erst um sechs? Nein, so spät auf keinen Fall, Charly! Der Chef will dich so schnell wie möglich hier haben. Mach dich gleich auf den Weg.«

»Ich glaub, du spinnst! Ich will … Scheiße!« Wieder bremste

der Bus vor ihm, Charly stieg in die Eisen. »Ey, dann soll er mich anrufen! Ich geh noch mal ins Klinikum, zu Manuela Sosniok, vielleicht erinnerst du dich, die liegt seit Tagen im Wachkoma!« Endlich rechts eine Parklücke vor einem Internetcafé.

»Nein, Charly, der Chef …« Löhlein brach ab, Gebrabbel im Hintergrund.

»Herrmann?« Ritter.

»Ja?«

»Dienstliche Sachzwänge. Topsecret, absolute Priorität. So leid mir's tut, aber Frau Sosniok wird's verkraften. Ich brauch Sie so schnell wie möglich hier. Bitte melden Sie sich gleich, wenn Sie im Haus sind. Fünfzehn Uhr?«

Charly knirschte mit den Zähnen.

»Müsste gehen.«

»Gut, bis gleich! Over.«

Ritter legte auf.

»Arschloch!«

»Herein!«

Ritter saß am Schreibtisch. Keine Spur seines sonstigen motorischen Aktionismus, kein Hin-und-Her-Laufen zwischen Schreibtisch, Fenster und Wandkarte.

Charly setzte sich; mied dabei sorgsam den Freischwinger ganz rechts. Der knarzte bei jeder Bewegung. Ritter hämmerte mit seinen breiten Fingern noch einen kurzen Befehl in die Tasten. Dann schwang er herum.

»Schön, dass Sie da sind, Herrmann!« Sein Blick war noch undurchdringlicher als sonst, fast verkniffen ernst. »Ich musste heute meiner Fürsorgepflicht als Dienstvorgesetzter nachkommen.«

Seltsam gestelzt.

»Soll heißen?«

»Ich habe Sie zurückbeordert, weil der Termin bei Scheffler gecancelt wurde. So weit, so gut. Aber die tschechische Staatsanwaltschaft hat Dr. Stein noch etwas mitgeteilt, was ich Ihnen ganz bewusst erst unter vier Augen mitteilen will. Um Sie vor unüberlegten Schritten zu schützen. Ich kenne Sie schließlich als Vollblutermittler, als fränkischen Super-Cop, wie die BILD damals schrieb … aber auch Sie schießen manchmal übers Ziel hinaus, schaden sich selbst und anderen, wie neulich in Cheb!«

»Wie jetzt … was hat das mit dem tschechischen Staatsanwalt zu tun?«

Ritter räusperte sich. »Die tschechische Staatsanwaltschaft hat Dr. Stein mitgeteilt, dass Raoul Scheffler heute früh aus der U-Haft entlassen wurde.«

Totenstille.

Ruby verschwunden – Manu im Koma – und der Zigeuner wieder frei!

Die Snuff-Ermittlungen der SOKO waren torpediert.

»Das ist doch nicht Ihr Ernst!« Charly schnellte hoch. »Wie kann das sein, was läuft da ab?«

»Bleiben Sie ruhig.« Auch Ritter stand sofort auf. »Scheint mir auch nicht ganz koscher, die Sache. Aber da sind wir nun mal am kürzeren Hebel. Keine Chance, Herrmann!«

Wutentbrannt ließ sich Charly wieder in den Freischwinger plumpsen, ohne Rücksicht auf Verluste. »Das ist lupenreine organisierte Kriminalität – ein Poussierer, der in seinen Spielhallen Geld wäscht und nebenbei dealt und Snuff-Videos dreht!«

»Beweise, Herrmann! Wo sind die Beweise?«

»Sie geben mir doch gar keine Chance, Beweise zu finden!« Er sprang auf, rieb sich den völlig verspannten Nacken. »Dreihundertzwanzig Kilometer nutzlose Autofahrt – und dann ist ausgerechnet der Mann auf freiem Fuß, der unser Verbindungsglied ist zwischen Crystal, Snuff und Ruby Sosniok!«

»Ruby Sosniok, ganz genau. Womit wir beim nächsten Thema wären … setzen Sie sich doch bitte wieder.« Eine ärgerliche Handbewegung.

Charly blieb stur. »Danke, die Fahrt war lang genug.«

Ritter schlug eine schmale Aktenheftung auf.

Sieht nach Personalakte aus …

»Ruby und Manuela Sosniok. Ihr Privatausflug nach Cheb. Die Schlägerei mit dem Zigeuner.«

»Der jetzt wieder frei herumläuft!«

Erneut ein kurzes trockenes Räuspern. »Andere Baustelle, Herrmann. Switchen Sie um, betrachten Sie Ihren Ausflug mal rein beamtenrechtlich.«

»Beamtenrechtlich?«

»Disziplinarrechtlich.«

»Dis-zi-pli-nar-rechtlich?«

Ritter konzentrierte sich, leicht angespannt, auf das Schreiben in seinen Händen. »Das PP München, unsere Disziplinarbehörde, teilt heute Folgendes mit: ›Aufgrund der o. g. Vorfälle in Cheb am 13.04.2014 leiten wir nach Artikel 19 Absatz 1 des Bayerischen Disziplinargesetzes ein disziplinarrechtliches Ermittlungsverfahren gegen KK Karl-Heinz Herrmann ein. Ihm wird zur Last gelegt, sich am Sonntag, 13.04.2014, in Cheb, Za Mostní branou 14, gegenüber Herrn Raoul Daniel Scheffler, *01.10.1980 in Nürnberg, fälschlicherweise als Polizeibeamter im Dienst ausgegeben zu haben und diesen unmotiviert angegriffen und mit einem Daumenstoß ins Auge vorsätzlich verletzt zu haben …‹« Ritter sah auf. »Sparen wir uns den Rest. Das ist kein Pappenstiel, Herrmann. Wenn Sie meinen Rat hören wollen, nehmen Sie ein paar Tage frei. Kollege Scherzer fängt das auf und hat sicher absolutes Verständnis. Mit Frau Brouwers und ihren BKA-Verbindungen haben wir kongeniale Unterstützung …«

»Das könnte Ihnen so passen!«, schrie Charly. »Dass ich mich jetzt feige in die Büsche schlage, wegen ein paar Sesselfurzern im Präsidium! Niemals! Keinen Tag und schon gar nicht jetzt!«

Wütend feuerte Charly den Autoschlüssel auf seine Schreibtischunterlage. »Der Zigeuner ist frei, und ich krieg eine Diszi an den Hals!«, brüllte er in den leeren Raum. »Ich fass es nicht! Ihr Arschlöcher!«

Sein Blick fiel auf die Eingangspost. Umläufe, Gewerkschaftszeitung, ein DIN-A5-Umschlag: *Persönlich/z. Hd. H. KOK Karl-Heinz Herrmann.*

Mit dem Zündschlüssel schlitzte er den Umschlag auf.

Ein Foto fiel heraus.

Der Polizeichef hob schon beim ersten Klingeln ab. »Ritter.«

»Herrmann hier. Ich mache es.«

»Was machen Sie?«

»Urlaub.«

Verblüffte Stille. »Wie lange?«

Charly starrte das Foto an.

Ruby.

Erbrochenes lief ihr über Kinn, Hals und Brust. Auf einen schwarzen BH hinab, der ihr zwei Nummern zu groß war.

»Sechs Wochen, Chef.« Seine Stimme kratzte. »Alles – ab jetzt sofort!«

2. Buch

20:25 Uhr – Coburg, Herrngasse

Fiona spähte aus der Tür; barfuß, nur mit einem langen schwarzen Shirt. »Hey, Charly … was willst du denn jetzt noch?« Sie fuhr sich durch ihren blonden Wuschelkopf. »Na gut, komm rein.«

»Haben uns vorhin leider verpasst«, presste er mit schmalen Lippen heraus. »Gibt Neues.« Ohne sich zu bücken, streifte er seine italienischen Slipper ab und folgte ihr auf Strümpfen über den Teppichboden in den großen Wohnraum.

»Was trinkst du?«

Er ignorierte ihre Frage und bestieg einen der zwei verchromten, ledergepolsterten Barhocker. »Ich bin raus, Fiona. Ab sofort. Sechs Wochen.«

Sie schob sich auf den anderen Hocker. Ein schwaches, leicht fruchtiges Parfumaroma streifte ihn. »Was heißt das?«

»Ich war bei Ritter. Hat grünes Licht gegeben, will dich gleich morgen früh persönlich informieren. Ich dachte, ich sag's dir besser gleich.« Er fabrizierte ein schiefes Grinsen. »Du und Tom, ihr übernehmt solange als Doppelspitze die SOKO-Leitung.«

Er kramte in seiner Jackentasche und hielt ihr das Foto vor die Nase. »Vorhin in meiner Eingangspost. Ruby.«

Ungläubig wanderte ihr Blick vom Foto wieder zu ihm.

Gesprenkelte Katzenaugen.

»Entsetzlich«, sagte sie leise. »Was hast du vor?«

Er lachte bitter. »Oh, das ist längst noch nicht alles! Irgendein korruptes Arschloch in der tschechischen Justiz hat das Verfahren gegen Scheffler eingestellt. Der Zigeuner ist seit heute wieder frei … natürlich spurlos abgetaucht … aber ich krieg jetzt wegen ihm eine Diszi an den Hals!«

Ihre Hand schob sich sanft über seine. »Sechs Wochen?«

Er nickte stumm.

Sie rutschte vom Hocker, lief quer durch den Raum. Vor dem CD-Regal blieb sie stehen. Scheinbar planlos klapperte sie darin herum. »Bossa nova … oder lieber Schweizer Rock?«

»Schweizer Rock?« Er grinste schwach. »Ach halt, freilich … Krokus?«

»Nee, Gotthard.« Sie zog den Silberling aus einem anthrazitfarbenen Cover und legte ihn mit ihren künstlichen Fingernägeln vorsichtig ein. Er betrachtete ihre schlanken weißen Füße. Ein kleiner runder Leberfleck saß, nicht ganz mittig, auf ihrem Knöchel.

Fast. Beinahe.

Passt irgendwie zu ihr … und zu uns …

Klaviereröffnung.

Er verzog das Gesicht. »Das soll Rock sein?«

»Schon mal was von Rock-Balladen gehört? Rock-Hymnen?« Ihre warme Hand stützte sich kurz auf seinen Oberschenkel, als Fiona wieder ihren Hocker bestieg. »Und das ist wirklich schon alles fix?«

»Klar.«

Gedankenverloren drehte sie einen silbernen Ring an ihrem Mittelfinger. »Verstehe … ist wirklich *too much*. Selbst für Profis.«

Er antwortete nicht. Sein Blick verlor sich im XXL-Kunstdruck an der Wand, im chaotischen Gekritzel von Jackson Pollock.

Kein Anfang. Kein Ende. Kein Sinn.

»Aber wir könnten uns trotzdem gegenseitig helfen«, sagte sie zögerlich. »Voneinander profitieren. Ich will, nein, ich möchte«, verbesserte sie sich schnell, »dass wir in … Kontakt bleiben.«

Impulsiv streckte er den Finger aus, fuhr ihr über den Handrücken.

»Why not.«

Ihre Blicke trafen sich; überrascht, fast ungläubig, dann schlagartig erkennend … Sie wich als Erste aus.

»Komm gleich wieder.« Fiona rutschte vom Hocker, wollte rasch an ihm vorbei, spontan hielt er sie auf.

»Ich mag Frauen, die gleich wiederkommen«, sagte er leise.

»Aber jetzt bleibst du erst mal da.« Er zog sie an sich, spürte, halb ungläubig, wie ihr Widerstand sofort erlahmte. »Ich brauch dich …«, flüsterte er ihr ins Ohr. Sie roch nach einer Frucht, nach irgendeinem Duschgel, das er einst gekannt hatte.

In einem früheren Leben.

Ihre Lippen waren weich und wurden frech, sie schnurrte leise, als er ihre Zungenspitze fand. Im Stehen schob er die Hände unter ihr Shirt, streifte es hinauf; begierig, ihre nackte weiße Haut zu sehen … und zu spüren …

»Warte.« Der Rest ging in Gemurmel unter, weil sie es sich hastig über den Kopf zog. Charly ergriff die Chance mit beiden Händen, zog die vorübergehend Erblindete zielsicher in Richtung Schlafzimmer.

»… let me find my piece of heaven«, röhrte voller Inbrunst Steve Lee, der legendäre Schweizer Leadsänger von Gotthard, der bei Las Vegas von einer Harley-Davidson erschlagen worden war, *»let me find my way back home!«*

20:31 Uhr – Orientalisch-russischer Hamam, Berlin

»Danke, Layla.« Lächelnd erhob sich Ralph Wernstedt von dem beheizten Marmorpodest, ließ sein Pestemal fallen und schlüpfte in einen hier eher unüblichen silbergrauen Bademantel mit RW-Monogramm, den ihm die glutäugige Schönheit bereithielt. »Kleine Telefonpause. Ich nehme die Flight Lounge, wie immer.«

Layla geleitete ihn in einen schallgedämmten kleinen Raum, der einer Diamond First Class Suite der Etihad Airways aus Abu Dhabi nachempfunden war.

Ovale »Fenster« umrahmten LED-Bildschirme, die einen täuschend echten Ausblick auf eine Tragfläche vor blauem Himmel mit Zirruswölkchen freigaben.

Er schloss die innen gepolsterte Kabinentür und ließ sich entspannt auf eine sandfarbene italienische Ledercouch nieder, befühlte instinktiv die Prägung *»Poltrona Frau«*.

Kurzwahl Nürnberg.

»Scheffler.«

»Ralph Wernstedt hier. Hallo, Raoul.«

»Hallo … hallo, Ralph.« Scheffler klang überrascht. »Bin seit gestern wieder draußen, Ralph … danke für deine tatkräftige Unterstützung …«

Wernstedt strich sich über das frisch rasierte Kinn. »Keine Ursache. Wir brauchen schließlich die besten Leute … an den richtigen Stellen.«

»Ganz besonders jetzt.«

»Du sagst es, Raoul. Bin hier gerade abhörsicher in der Lounge im türkisch-russischen Orientbad. Halbjährliches Exekutivtreffen, geschlossene Gesellschaft, strengstens abgeriegelt, du weißt, was ich meine. Zu deiner Info, Raoul. Ganz klare Zielvorgabe hier: Expansion – Umsätze steigern – Profit maximieren, so weit alles wie gehabt. Aber, und dabei sind sich alle einig, Crystal bleibt Wachstumsmarkt Nummer eins, hier müssen wir intensiv dranbleiben, Stichwort Monopolisierung der Vertriebsstrukturen. Die Vietnamesen brauchen uns nicht zu interessieren, darum kümmern sich die russischen und georgischen Kollegen, Armenier nicht zu vergessen. Wir müssen den Ameisenhandel unterbinden, den privaten Kleinhandel plattmachen. Und genau das ist es, was du mit deinen Hilfstruppen umsetzen kannst und musst … zusätzlich zur GOLDEN CANYON-Wäscherei!«

»Genau so läuft's, Ralph!« Scheffler selbstgefällig, keine Spur mehr von Unsicherheit. »Alles bestens, alles im Griff!«

Stille.

Wernstedt ballte stumm die Faust. »Ich war noch nicht fertig, Raoul!«

»'tschuldige.«

»Das waren bisher rein strategische Zielvorgaben. Jetzt kommt erst die Schwachstellenanalyse!«

»Wie …«

Wernstedt fuhr sofort dazwischen. »Hast du deinen Laden im Griff, Raoul? Hör mir zu! Punkt eins: Wir mussten deine Freilassung erkaufen, teuer und umständlich. Seit der Hoeneß-Geschichte ist die Schweiz verbrannt. Selbst tschechische Bezirksstaatsanwälte und kleine Richter gehen da auf Nummer sicher, wollen Cayman Islands. Punkt zwei: Deine Leute sind schwach, gefährlich schwach! Die Rhein-Main-Connection droht, zu den Albanern zu wechseln, sie haben sich massiv beschwert, bei Czermov persönlich!«

»Beim Boss? Über mich und meine Leute …«

»Shut up!«, zischte Wernstedt. »Ihr habt beim Nachttransport letzte Woche versucht zu bescheißen! Stoff für zwanzigtausend geklaut! Diese blutigen Amateure gefährden alles, setzen unseren wirtschaftlichen Erfolg und unsere Seriosität aufs Spiel! Ich erwarte, nein«, er verfiel in bedrohliches Flüstern, »das gesamte Gremium erwartet knallharte Konsequenzen – und zwar von dir, lieber Raoul! Knöpf dir deine Dilettanten vor, Rhein-Main ist der Crystal-Markt, der am schnellsten wächst! Wenn du nicht sofort durchgreifst, lieber Raoul …«, er machte eine bedeutungsschwangere Pause, »… dann bist du schneller wieder weg vom Fenster, als du ›Speed‹ sagen kannst!«

»Stoff geklaut?«, knurrte Scheffler. »Letzte Woche? Wieso weiß ich davon nichts?«

»Genau das ist dein Problem!«, explodierte Wernstedt. »Du hast deinen Laden nicht im Griff, und das ist keinem hier entgangen; sitzt wie ein kleiner Kirmes-Schläger tagelang in U-Haft! Du bist kein Hobby-Poussierer mehr, Raoul, du bist Prokurist in einer hoch professionellen Wachstumsbranche!«

»Verstehe, Ralph … verstehe! Alles klar.«

»Das hoffe ich für dich! Kümmere dich endlich um den nächsten Kurzfilm, Details mail ich dir gleich. US-Serbe sucht 'ne Kroatin, Gebot Standard sechshundert Mille, sechshundertfünfzig bei Lieferung bis Ende nächster Woche …!«

21:40 Uhr – Gasthof »Alte Mühle«, Bad Staffelstein-Horsdorf

Mina kletterte vom Hintersitz der Harley und hopste vergnügt auf der Stelle. Sie strahlte Steve an, drehte sich wie ein kleines Mädchen im Kreis.

»Hey, was ist das denn?« Erstaunt zeigte er auf ihren Rückenaufnäher. »Seh ich ja jetzt erst!«

Ihr Backpatch *»Property of Black Bastards«*, den nur Frauen und feste Freundinnen der Bastards tragen durften, war, mit Nähmaschine, groß und deutlich sichtbar, ergänzt worden: *»Property of Black Bastards' President Steve«*, stand auf Minas inoffizieller Kutte.

»Dazu hast du keine Erlaubnis, dafür musst du erst fragen!«

»Genau, das muss der Präsident erst erlauben!« Ungestüm warf sie sich ihm an den Hals. Spontan erwiderte er ihren Druck, dann hörte er ein Auto auf den Parkplatz einbiegen und schob sie sanft von sich.

»Komm, wir gehn rein!«

Hinter der Tür zur Gaststube war gerade schallendes Gelächter zu hören.

Steve öffnete und trat ein, dicht gefolgt von Mina.

Das Gelächter am Stammtisch verebbte, alle Augen richteten sich auf ihn: schwarze Sonnenbrille, Lederkombi, Stiefel. Betont langsam schritt er über den alten Holzfußboden, steuerte einen freien Tisch in der Ecke an. Er genoss die Aufmerksamkeit, die plötzlich in der Luft lag; die Mischung aus instinktivem Unbehagen und verstohlener Neugier.

Ihr traurigen Bausparer …

Er nahm die schwarze Brille ab. Mehr war nicht nötig. Sofort wichen die neugierigen Blicke wieder aus, unterbrochene Tischgespräche wurden, etwas leiser, wieder aufgenommen.

Er zwinkerte Mina zu. »Hunger, Lady?«

Sie lachte kehlig. »Immer, Boss … mein großer Rockerboss …« Sie griff nach seiner Hand, drückte sie und lächelte … lächelte … lächelte … lächelte. Ihre Pupillen waren unnatürlich groß.

Scheißdroge, ich darf ihr die Selbstbedienung nicht mehr länger erlauben!

»Brauchen Sie die Karte?« Die Bedienung, ein scheues braunäugiges Reh.

Steve winkte ab. »Später. Erst mal zwei Dunkle.«

»Jawohl.« Erleichtert zog sie wieder ab.

Mina begann draufloszuplappern. Belangloses Zeug. Sie war high und happy. *SFFH*, dachte er. *Stoned forever, forever happy.*

Pausenlos drückte und streichelte sie seine Hand.

Er genoss es.

Hätte mich früher gewaltig gestört, dachte er. *So öffentlich.*

Früher – als es noch darum ging, sich zu behaupten, sich seinen Platz zu erkämpfen. Nach der abgebrochenen Lehre, als Gerüstbauer beim Ermler in Coburg. Dann endlich die gebrauchte 400er Honda … rumhängen mit den anderen, sich nicht mehr herumkommandieren lassen, nix mehr gefallen lassen … Stärke zeigen … Die ersten Schubsereien, vor der »Silberspindel« in Ketschendorf, die erste Schlägerei, mit blutigen Nasen und Platzwunden, auf der Straße vor dem »Disco-Stadl« in Ebensfeld … und immer der Drang, die Sehnsucht nach grenzenloser Freiheit, Weite, Kraft, Unendlichkeit …

Highway-Feeling!

Zusammen mit den anderen, die genauso fühlten und den gleichen Traum träumten …

Und dann kamen die Black Bastards. Fast über Nacht hatten sie, aus dem Großraum Nürnberg-Fürth-Erlangen heraus, auch hier Fuß gefasst. Als angeblicher Supporter-Club einer US-Gang … ein geschickt gestreutes Gerücht, das ihnen viel Respekt verschafft hatte und, nach diversen Türstehereien, Security-Jobs und Spezialaufträgen für Raoul Scheffler und GOLDEN CANYON, eines Tages in echten Support mündete … mit ihm, dem früheren Gerüstbauer Steffen »Steve« Heublein, als Präsidenten des Charters »Upper Franconia«.

»Zwaa Dunkla … zum Wohl!«

Am Nebentisch plötzlich erregtes Flüstern und Zischen. Ein älteres Ehepaar geriet sich in die Haare.

»Du fährst!«

»Nein, du fährst!«

»Nein, ich trink noch eins!«

»Nein, du bestellst jetzt keins mehr!«

Steve ließ einen satten Landbier-Rülpser fahren.

Schlagartiges Diskussionsende, empört-angewiderte Blicke der beiden. Am Stammtisch klopften und grölten ein paar Jugendliche in Bayerntrikots.

Sein Handy blinkte.

»Rocco, was gibt's?«

Rocco zögerte. »Jaa … nur zur Info, Steve. Der Zigeuner hat grad angerufen. Wollte wissen, wo du grad bist.«

»Komisch. Er hat doch meine Handynummer.«

»Keine Ahnung. War kurz angebunden, richtig genervt. Dachte mir, ich geb dir lieber Bescheid.«

»Danke, Bruder. *Ride black.*«

»Ride free.«

Er starrte durch das Sprossenfenster hinaus.

Am Nachthimmel waren Sterne zu erkennen. Auf dem Parkplatz rangierten ein Opel und ein BMW umständlich aneinander vorbei. Scheinwerferlicht streifte seine Harley.

»Schau doch mal, immer mehr Sterne, ist das nicht wunderschön?«, plapperte Mina. »Bin langsam müde. Will auf mein Wasserbettchen, will mit dir kuscheln!«

Steve nickte. »Zahlen!«

Ohne die Rechnung abzuwarten, fingerte er einen Zwanziger aus der Kutte und schob ihn der überraschten Bedienung auf ihr volles Gläsertablett. »Stimmt so!«

Mina hakte sich bei ihm unter, als sie die Gaststube verließen.

»Hey, was 'n das für ein Arschloch?«

Die Harley war eingeparkt. Blockiert von einem quer stehenden VW-Bus mit abgedunkelten Scheiben. »Sieht doch aus wie der vom GOLDEN-CANYON-Casino!«

»Genau das isser auch.« Aus dem Halbdunkel löste sich eine Gestalt und schlenderte direkt auf sie zu. Eine Hand in der Lederjacke, die andere schnippte eine glimmende Kippe weg.

Raoul Scheffler.

»Schön, dass ich euch alle beide hier treffe.«

»Was gibt's, Raoul?«, fragte Steve mürrisch. Mina krallte sich in seinen Unterarm.

Scheffler riss blitzschnell die Seitentür des Bullis auf, in seiner Rechten schimmerte etwas.

Ein mattschwarzer Pistolenlauf.

»Los, rein mit euch!«

»Das kannst du nicht machen!«, brüllte Steve heiser. Wie ein Wahnsinniger rüttelte er an den Handschellen, mit denen ihn der Zigeuner spontan an die Heizungsrohre gefesselt hatte. »Mina gehört mir, sie geht dich einen Scheißdreck an!«

Scheffler wedelte lächelnd mit dem Pass vor Steves Nase. »Eine Frau gehört immer dem, der ihren Pass hat. Weißt du ganz genau, Big Steve. Mach mal deine Augen zu – dann siehste das, was dir gehört!«

Steve keuchte, starrte ihn aus blutunterlaufenen Augen an. »Was hast du vor, du Sau, wo ist sie jetzt?«

Scheffler betrachtete den Pass. »Mina Dragosevic, Kroatin. Ein wertvolles Dokument …« Er schaute auf. »Du machst Fehler, schwere Fehler, lieber Steve. Deine Affenliebe zu dieser kleinen Balkanschlampe. Kostet uns fast die Rhein-Main-Line, einen riesigen Wachstumsmarkt. Banker, Manager, Zeitarbeiter; Crystal ist das neue Koks! Und die Rhein-Main-Connection will aber Konsequenzen von uns sehen, verstehst du? Vertrauensbildende Maßnahmen! Nur darum geht es jetzt. Und zu deiner eigenen Sicherheit will ich dich ein paar Stunden hier unten behalten; glaub mir, es ist besser so. Mein Instinkt sagt mir, du bist lernfähig. Ehrgeizig und lernfähig.«

Scheffler ging in die Hocke, auf Augenhöhe. »Und glaub mir eins, Junge: Lernfähigkeit kann einem das Leben retten – zumindest dir, zumindest heute Nacht!«

23:38 Uhr – Nähe Autobahndreieck Bayreuth-Kulmbach

»I'd hold you, I'd need you, I get down on my knees for you …«, Jon Bon Jovi schrie sich die Seele wund, *»… I'd tell you that I'd never leave you and love you till the end of time, if you were in these arms tonight …«*

Charly verschränkte die Arme hinter der Kopfstütze und lächelte.

Was für eine Nacht …

Bernie schien Gedanken zu lesen; ein breites Grinsen von der Seite, dann schrie er über das Gitarrengewitter hinweg: »Gut drauf, Alter? Haste dir was eingepfiffen?«

Charly lachte. »SMS zwo!«

»Hä?«

»Sex mit Superfrau. Zwei Stunden.«

Bernies Grinsen wurde noch breiter. Er reckte den Daumen hoch. »Dein Glückstag heute?«

»Wird sich zeigen jetzt. Hoffe, du hast nicht zu viel versprochen.«

»Wie lang kennen wir uns, Charly? Zweiundzwanzig Jahre?«

»Vierundzwanzig.«

»Na also.« Bernie schaltete herunter und bog in ein Gewerbegebiet ab. *Bindlach.* »Hast mich vor zwei Stunden erst angerufen, nach einem Kontakt zu Scheffler gefragt, und jetzt stell ich dir gleich einen alten Bekannten vor.«

Im Scheinwerferlicht ein paar Lederjackenträger und ihre Minirockfreundinnen vor einer Disco. Bernie raste weiter. »Wenn einer den Zigeuner ans Messer liefern kann, dann er.«

»Und warum sollte er das ausgerechnet für uns tun?«

»Ganz einfach.« Bernie bremste den schweren Mustang ab und rollte schließlich auf einen kleinen Parkplatz.

Rote Klinkerwand, schreiend bunte Neonreklame.

EROTIC EXOTIC – TABLE DANCE.

»Weil er mir einen Gefallen schuldet. Einen echten Gefallen. Und weil der Zigeuner sein Todfeind ist.«

»Und wir ihm Arbeit abnehmen können? Verstehe …«

Massive Eingangstür, Holz in Stahlrahmen. Ein kaugummikauender Bodybuilder in weißem Hemd und schwarzer Hose. Bernie nickte ihm kurz zu.

»Ist Henry da?«

Wortlos schob der Hüne einen dunklen Plüschvorhang ein Stück zur Seite, reckte das Kinn in Richtung Tresen. Zehn

Meter Bar schlängelten sich an der Seitenwand des schummrigen Raums entlang.

An der chromblitzenden Stange, im grellen Scheinwerferlicht, wechselten gerade die Frauen. Eine kurzhaarige Blondine stöckelte von der Bühne, eine traurig dreinblickende Mulattin begann mit ihren routinierten Turnübungen.

»Ride on my sweet thing!«, kreischte Mick Jagger. *Absoluter Tiefstpunkt eines großen Rockstars*, dachte Charly. *Passt wie die Faust aufs Auge.*

»Bisschen ungünstiges Licht für die Orangenhaut«, lachte Bernie. »Kein Wunder, dass hier tote Hose ist.«

Ein Tisch verschwitzter, rotgesichtiger Junggesellen, die eine Scheidung feierten: Auf ihren schwarzen Sweatshirts zwei durchgestrichene Eheringe und *»20. Mai, ich war dabei – Udos Independence Day!«*.

Am Tresen nur ein älterer, unrasierter Brillenträger in Arbeitshose und schmuddeligem Pullover; vor sich ein Bier, auf dem sich auch das allerletzte Schaummolekül längst verflüchtigt hatte.

»Hi, Jungs, was zu trinken?« Der Rotschopf im Ledermini hatte leichten Überbiss und ein riesiges Nasenpiercing.

»Ist Henry da?«

Sie musterte beide misstrauisch. »Wer seid ihr denn … was wollt ihr?«

Bernie beugte sich über den Tresen, flüsterte ihr etwas ins Ohr. Sie nickte langsam und verschwand nach hinten. Bernie zwinkerte Charly zu.

Mick Jagger war endlich fertig, wurde nahtlos abgelöst von Queen, »Under Pressure«. Die Mulattin bewegte sich immer lustloser.

Miss Nasenpiercing kam zurück. Hinter ihr ein schmächtiger Typ im Maßanzug und offenen weißen Hemd mit akkurat gestutztem Bart. »Bernie Winter? Ich fass es nicht!«

»Henry Katz, der Mann aus dem nördlichen Südostwestfalen! Habe die Ehre, Alder!« Lachend klatschten sie sich ab. »Mein Freund Charly, selbe Branche. Wir brauchen dringend deine Hilfe, Henry!«

»Kommt rein.« Er klappte den Durchgang hoch, drehte sich kurz zur Rothaarigen: »Drei Midnighter!« Er sang leise die Bassline mit, »dum-babaa-baba-dum-ba«, Charly roch seinen schlechten Raucheratem. Sie folgten ihm in ein winziges Büro.

Kalter Rauch.

Ein Schreibtisch mit Laptop, zwei Stühle, in der Ecke ein großer alter Tresor. An der Wand ein Jahresplaner voll bunter Markierungen und Bleistiftnamen: »Anoushka → Stuttgart«, »Nancy ← Nürnberg«, »Ampang → Cheb«.

Henry lümmelte sich in seinen Chefsessel und steckte sich eine Chesterfield an. »Also, was gibt's?« Er kniff die Augen zusammen, nahm die Fluppe erst gar nicht aus dem Mund. »Euch geht's doch nicht ums Geschäft, ihr sucht doch sicher jemanden, hab ich recht?« Er nahm Charly ins Visier. »Was machst du eigentlich genau? Bist du 'n Privatschnüffler?«

Wer zuerst wegschaut, verliert.

Die Nasenwurzel ist die Zwölf.

Charly gönnte ihm den Anflug eines Lächelns. »Trifft's ganz gut. Aber anders, als du denkst.«

»Soll heißen?«

»Ich brauch den Zigeuner.«

Schlagartig verfinsterte sich sein Gesicht. »Dieses Riesen-Arschloch?« Er nahm die Chesterfield aus dem Mund, beugte sich nach vorn. »Ohne mich, Freunde! Nie mehr will ich mit dem was zu tun haben, nie mehr im Leben! Ist das klar? Und jetzt schafft eure Ärsche hier raus!«

Die Rothaarige huschte herein, stellte ein Tablett mit drei dampfenden Kaffeetassen ab, die »Midnighter«, und verschwand wieder. Süßlicher Nuttendiesel hing jetzt in der verräucherten Luft.

Bernie ergriff die Chance beim Schopf. »Du bist der Einzige, dem wir vertrauen können, Henry. Ich kenne dich, wir waren nicht immer einer Meinung. Aber du bist 'n Profi bis zur Arschkerbe, und vor allen Dingen, du bist absolut sauber, was Schefflers Connections angeht.«

»Schleim mir nicht die Hütte voll, Bernie!«

»Kein Schleim, Kollege. Weiß noch genau, dass der Drecksack dich als engsten Geschäftspartner damals eiskalt ausgebootet und fast ruiniert hat. Aber«, er hob den Finger, »denk auch dran, wie ich dich rausgehauen habe. ›Trocadero‹, sag ich nur … Der Kaffee ist genial, Henry … Midnighter?«

»Mit Rémy und Baileys«, sagte Henry mürrisch.

Charly fuhr sich über das unrasierte Kinn. »Henry, lass mich kurz erklären, was Sache ist. Ich bin kein bezahlter Auftragsschnüffler. Ich suche selbst, auf eigene Faust und auf eigene Rechnung. Polizeilich ist alles ausgereizt. Der Zigeuner ist abgetaucht. Ich muss ihn finden und persönlich sprechen. So schnell wie möglich.«

»Womit wir wieder auf Anfang sind.« Henry nippte an seinem Midnighter. »Worum geht's?«

»Er hat sie angefixt – und schickt sie höchstwahrscheinlich auf den Strich.«

»Wen?«

Charly kramte ein Foto aus seiner Jacke, knallte es flach auf den Tisch.

Ruby. Entsetzt, verschmiert, in übergroßen Dessous.

»Meine Tochter.«

00:10 Uhr – irgendwo zwischen Cheb und Nürnberg

»Nein!«, brüllte Steve heiser. »Nein!«

Wie ein Wahnsinniger rüttelte er an den Handschellen, mit denen er an den rostigen Stahlträger in der Fabrikhalle gekettet war. Die Handgelenke rot geschürft und aufgeschwollen, seine rotblonden Haare klebten verschwitzt im Gesicht.

»Lass Mina los, lass Mina los, lass sie …!« Seine Stimme kippte.

Zwei Maskierte führten Mina herein. Die vollbusige kleine Kroatin, nur mit einem schwarzen Bikini bekleidet, tobte, schrie, versuchte, um sich zu treten, stolperte in ihren hochhackigen Pumps, wurde weitergeschleift.

»Mina, Mina!«

Steves Brüllen ging unter in ohrenbetäubendem Rock,

der plötzlich aus den Boxen hämmerte: aus den Boxen eines schmutzig grauen Range Rover Evoque mit dunklen Scheiben. Dimitrij, in der Rechten schon den Panasonic-Camcorder, schob mit der anderen Hand noch schnell den Lautstärkeregler nach oben.

»Fight! For your life! Fight like you never did before ...!«

Mina verstummte.

Wie gelähmt starrte sie auf das stacheldrahtbewehrte Viereck aus Metallgittern, auf das die Maskierten mit ihr zusteuerten, sie hineinstießen. Sie sah und hörte Steve nicht, seine unmenschlichen Schreie wurden von Dimitrijs Rockgewitter übertönt.

Sie sah nur noch die beiden riesigen schwarzen Hunde, die lautlos auf sie zuschossen. Zähnefletschend setzte der erste zum Sprung an.

»... fight, fight, fight! Fight – for – your – life ...!«

»Scheffler, immer wieder Raoul Daniel Scheffler, dieses Schwein, dieses Schwein!« Henry griff erneut nach dem Ruby-Schnappschuss, musterte ihn und schnippte ihn wieder zurück. Griff nach dem Rémy Martin XO Excellence und schenkte großzügig in die drei leeren Kaffeetassen auf dem Tisch. »Es stimmt, ich habe geschworen, dass mir dieses Aas nie mehr unter die Augen kommen soll. Hat mich verarscht nach Strich und Faden. Mich, seinen engsten Geschäftspartner ... gnadenlos abgezockt und fast ans Messer geliefert.«

Er unterdrückte ein kurzes Aufstoßen. »Dass ich aus der Sache rausgekommen bin, verdanke ich dir!« Er zeigte mit seiner Rémy-Tasse auf Bernie. »Ich komm mit meinen kleinen Etablissements hier und in Coburg gut über die Runden. Kein Gejammer, niemals! Soll der Zigeuner ruhig weiter sein großes Rad drehen; Spielhallen, Drogengelder, alles Scheiße! Er muss den Berlinern und den Russen in den Hintern kriechen, ich nicht, ich bin ...« Er kam ins Stocken.

Bernie sprang hilfreich zur Seite: »... ein ehrbarer Kaufmann!«

»... des heimischen ... Kleingewerbes!«

Die Tassen von Bernie und Henry klirrten aneinander.

»I wanna sex you up«, drang es aus dem Barraum herauf. Charly steckte nachdenklich eine Lucky zwischen die Lippen. Nahm sie wieder heraus.

»Du musst dir definitiv nicht selbst die Finger dreckig machen, Henry. Wir wollen allein an Scheffler ran. Wo finden wir ihn auf die Schnelle?«

Henry nickte. »Macht ihn fertig«, stieß er plötzlich hervor, »fickt ihn! Hol deine Tochter raus und macht ihn so richtig fertig!« Er riss sich das Hemd aus der Hose, zerrte es hoch zur Brust: Eine rote Narbe zog sich vom Nabel bis zum rechten Rippenbogen. »Das war seine letzte Drohung damals. Nur damit ihr wirklich wisst, mit wem ihr's zu tun bekommt!«

»Das war der Zigeuner?«

»Sein Mann fürs Grobe.« Er kippte Rémy in die Tasse nach. »Gursky. Jo Gursky. Fahrer, Bodyguard und für die Sauereien zuständig. War früher Kickboxer und Türsteher in Berliner Clubs; ein Schläger mit ein bisschen mehr Grips in der Birne als die anderen.«

Er schob das weiße Hemd wieder sorgfältig zurück in die Hose seines Maßanzugs. »Stark und schlau, solche Leute sind rar, die machen schnell Karriere in unserer Branche. Und Jo Gursky ist eben für die großen Bosse unterwegs und erledigt ganz besondere Aufträge, wie diesen hier.«

Charly kritzelte *»Jo Gursky?«* und klappte sein schäbig abgewetztes Notizbuch wieder zu. »Danke, Henry.« Er steckte die Lucky wieder zwischen die Lippen und zündete sie jetzt an. »Ich will Ruby. Verlass dich drauf, dass ich alles tue, um dabei auch Scheffler mit hochgehen zu lassen.«

Er blies Rauch zur Zimmerdecke. »Wie komme ich an ihn ran, Henry? Wie sehen seine Connections aus, wie finde ich ihn möglichst schnell?« Seine Stimme begann leicht zu kratzen. »Wo bringt er sein … Frischfleisch hin?«

»Ey, spinnst du?« Schlaftrunken fuhr sich Fiona durch den blonden Wuschelkopf. »Gleich halb vier Uhr morgens!«

Charly zog sie wortlos an sich. Ihr Widerstand währte nur kurz, wich zärtlichem Anschmiegen, Umarmen, Drücken …

Er hob sie hoch, drehte sich, kickte mit ihrem Po die Tür ins Schloss.

»Hey, lass mich runter!«

»Keine Chance, Baby ... bist so wunderbar warm und weich und schön ... so atemberaubend schön!« Er trug sie weiter bis ins Schlafzimmer, aus dem er erst wenige Stunden zuvor gekommen war, versuchte, sich dabei die Adidas abzustreifen, geriet ins Stolpern, schaffte es gerade noch mit ihr aufs Bett.

»Zieh dir sofort deine Jeans aus«, wisperte sie und knabberte an seinem Ohrläppchen, »so kommst du mir nicht in mein Bett!« Warme Fingerspitzen glitten in seinen Hosenbund, von innen und außen machte sie sich an den Knöpfen zu schaffen.

Schräg gegenüber schimmerten im Straßenlicht das regennasse Satteldach und der mächtige Renaissancegiebel des Zeughauses ... seine Gier wuchs und bäumte sich auf, als sie ihm in den Slip griff.

Nackte weiße Brüste fielen aus ihrem klaffenden Morgenmantel, große blasse Nippel zogen ihn magisch an. Sie stöhnte auf, ohne aber ihren Griff zu lockern ... Seine Zunge wanderte höher, seitlich an ihrem Hals entlang ... Sie schnurrte, als er seine Zungenspitze über ihre Ohrmuschel tanzen ließ. Ihr Griff löste sich, war nicht mehr vonnöten, planlos fuhr sie über sein raspelkurzes Haar, ungestüm riss er an ihrem Slip, geschickt half sie nach, gierig rieben sich ihre Unterleiber aneinander, seine Lust wuchs ins Unermessliche; ihre Fersen kletterten auf seine Waden, er setzte an, hörte sie erwartungsvoll keuchen, drang in sie ein, tief hinein in traumhaft feuchte heiße Unendlichkeit; verschmolz mit ihr, um endlich wieder zu sich selbst zu finden ...

... ohne Scheffler, ohne Ruby, ohne Snuff ...

Ich lebe ...! Ich liebe ...! HIER UND JETZT ...!

Sechs Uhr früh.

»Guten Morgen, liebe Hörer in Coburg, Lichtenfels, Kronach, einen guten Start in den Tag wünscht Radio 1 ...«

Charly rieb sich den Nacken. Genüsslich verfolgte er, wie aus Fionas Hightech-Kaffeeautomat ein doppelter Espresso schoss.

Aus dem Schlafzimmer kamen leise Schritte. Sie presste sich an seinen Rücken, rieb schnurrend ihr Kinn auf seiner Schulter. »Latte?«

Grinsend reichte er ihr die Tasse. »Latte war gestern. Jetzt Doppio spezial. Zum Aufwachen.«

Sie riss einen Zuckerstick auf und ließ das weiße Pulver in ihr Tässchen rieseln. »Apropos heut Nacht … wie war's mit Bernie? Habt ihr was erreicht?«

»Yep!« Der nächste doppelte Espresso, sorgfältig wartete er den allerletzten Tropfen ab. »Waren bei Schefflers Ex-Partner Henry Katz, einem versoffenen Alt-Luden in Bayreuth. Trinkt Rémy Excellence aus der Kaffeetasse. Scheffler hat ihn ausgebootet und fast umgebracht. Jetzt hält er sich mit zwei Tabledance-Schuppen über Wasser und trauert den alten Zeiten nach. Für den ist das wie ein Sechser im Lotto, dass wir ausgerechnet seinen Todfeind aus dem Verkehr ziehen wollen.«

»Henry Katz? Nie gehört.« Fiona schüttelte den Kopf.

»Ach ja, noch was … recherchiert unbedingt mal Gursky, Jo Gursky. Mit ›ky‹. Joachim Gursky aus Köln …« Er brach ab.

Tag eins meiner De-facto-Suspendierung. Meines Zwangsurlaubs.

Mit dem Espresso in der Hand trat er ans Fenster.

Wolkenverhangen, grau. Vom Giebel des Zeughauses stob ein Taubenschwarm auf, drehte aufgeregt einen Kreis, entschwand in Richtung Marktplatz.

»Geblitzt wird heute auf der B 4 in Höhe Niederfüllbach in beiden Rich–«

Fiona schaltete aus und kam langsam neben ihn ans Fenster. »Lass uns beide weiter dranbleiben«, sagte sie leise. »Ich hasse Sentimentalitäten …«

Er spürte, wie ihr Finger, fast schüchtern, in seine Hand kroch. Wortlos drückte er zu, ließ sie nicht mehr los.

»Aber es tut … nein«, verbesserte sie sich, »nein, du! Du … tust mir echt … wahnsinnig gut!«

Ihr Kuss schmeckte nach Odol und Espresso, ihre Lippen waren unendlich sanft und zärtlich.

Der kleine Keller stank nach altem Schweiß und Urin.

»Mach ihn los.«

Raoul Scheffler zeigte mit dem Kinn kurz auf die Gestalt, die reglos auf dem alten Feldbett lag. Stiefel, Motorradkluft, Black Bastards. Die rotblonde Mähne fiel in ein stoppelbärtiges Gesicht, eine Strähne klebte im halb geöffneten Mund. Die geröteten Augen stierten ins Leere.

Schefflers Begleiter schloss die eiserne Acht auf, mit der Steves linke Hand am Bettgestell hing.

»War nur zu deiner Sicherheit, Big Steve ... wusste gar nicht, dass dir die Kleine so ans Herz gewachsen war. Schau mich an! Muss ich mir Sorgen machen ... Bruder?«

Scheffler griff in den Ausschnitt seines Poloshirts, zog ihn tief nach unten. Über seinem Herzen trug er ein schwarzes Tattoo.

Nomads 22.

Der Code für die Nomads, die sagenumwobene mobile Taskforce der Black Bastards.

»Dein Bruder hat nicht immer recht, aber er ist ... was ist er?«

Steve glotzte mit offenem Mund.

»... er ist immer dein Bruder«, krächzte er dann, kaum noch verständlich.

Ein Hustenanfall überkam ihn. Er tastete nach der Whiskyflasche neben dem Bett. Leer. Er ließ sie wieder fallen, klappernd rollte sie unter das Bett. Er fiel zurück auf das Kissen. »Scheißescheißescheiße ...«

Scheffler kramte etwas aus seiner Brusttasche. »Ganz normal. Du bist unter extremer Belastung ... hier, nimm was, Bruder. Du läufst im roten Drehzahlbereich.« Er warf ihm ein kleines Tütchen zu.

»Speed?«

»Nur ein bisschen. Damit du wieder auf die Beine kommst. Bist schließlich kein Hobby-Biker mehr. Du bist ein knallharter Geschäftsmann, Steve. Im Big Business.« Er ging in die Hocke, auf Augenhöhe mit Steve.

»Hey, du bist mein bester Mann! Mein wichtigster! Und jetzt machst du so richtig Kohle. Gib Gas, Bruder! Schau nach vorn und gib Gas! Ruh dich jetzt noch einen Tag aus hier, dann ist auch dein Moped da, und wir besprechen, wie's weitergeht!«

Der Nächste, der mir aus der Hand fressen wird, dachte Scheffler.

Crystal Meth sei Dank.

Zufrieden schloss er die Tür. Er ging ans Waschbecken, drehte Kalt auf und befeuchtete einen Handtuchzipfel. Dann schob er sein Poloshirt hoch und rubbelte sich, leise pfeifend, das schwarze »Nomads 22« wieder von der Brust.

09:17 Uhr – SOKO Franken, Lageraum

»So ein Mist«, fluchte Scherzer, »über neunhundert Hinweise abgearbeitet und immer noch keine heiße Spur dabei! Was sollen wir den Pressefuzzis heut erzählen, Quax?«

Der Pressesprecher nuschelte etwas Unverständliches, während seine Finger über sein iPad jagten.

Der schlaksige Erlanger ließ nicht locker. »Früher gab's Pressekonferenzen erst dann, wenn wir etwas Neues wussten … also was soll dieser Termin heute?«

»Nicht meine Idee«, wehrte Quax ab, »kommt vom Chef! Der Druck steigt aber auch von Stunde zu Stunde. Das Präsidium ist stinksauer, dass der SOKO-Chef plötzlich weg ist. Charly hat ja doch einen gewissen Berühmtheitsgrad. Und aus dem bayerischen Innenministerium ruft ständig der Herr Staatssekretär an.«

»Vöhringer? Der ›Gerd‹?«

»Der Gerd, der Duzfreund von unserem Alten.«

»Was will der denn?«

»Na, was alle Politiker wollen«, gähnte Quax ungeniert. »Im Wahlkampf sowieso. Tolle Presse, positive Schlagzeilen. Der Minister will jetzt mit seinem tschechischen Kollegen zusammentreffen. Großes Bohei an der Grenze, super Zusammenarbeit, grandiose Bilanz Nordbayern–Tschechien.«

»Schon klar. Da passt's natürlich nicht ins Bild, wenn ausgerechnet die SOKO Franken nix liefern kann …«

»… und es vielleicht nur noch eine Frage der Zeit ist, bis es rauskommt!«

»Was?«

»Dass es sich um einen spektakulären Auftragsmord im Dunstkreis von Drogen, Snuff und Rotlichtmilieu handelt … und selbst das BKA involviert ist! Tja, da bleibt dem Alten doch gar nix anderes übrig, als mitzuspielen.«

»Und den Aktionismus auf die Spitze zu treiben, genau! Und wir saugen uns jetzt schnell was aus den Fingern, so ein Blödsinn, Quax! Zwei Mann fallen mir heut Vormittag komplett aus, weil sie Munition für die PK zusammenstellen müssen … ah, Frau Kriminalrätin, meine Verehrung!«

»Sitzen bleiben.« Fiona wehrte Scherzers Kratzfuß cool ab. »Tom, ich hab da einen interessanten Namen.«

»Zeig her … Jo Gursky, sagt mir spontan jetzt nix … woher hast du den?«

Sie zwinkerte ihm zu. »Von unserem neuen Undercover-Agenten …«

»Wow! Der liefert schon am ersten Urlaubstag konkrete Namen ab, nicht schlecht, Herr Specht … Check den auch mal mit im KAN ab, Schnauzer!«

13:23 Uhr – Nünberg, Frauentormauer

»Danke«, grunzte Scheffler. »Bist dein Geld wirklich wert. Manchmal.«

Er legte auf. Nachdenklich kratzte er sich die breite Brust. Nachrasieren war angesagt. Charly Herrmann ermittelte also auf eigene Faust jetzt. *Das macht ihn noch unberechenbarer*, dachte er. *Er wird noch gefährlicher. Wird keine Ruhe geben. Selbst wenn ich Ruby rauslasse.*

Angewidert betrachtete er die Blümchentapete.

Retro-Schrott aus den Neunzigern, eine Renovierung war überfällig. Wie bestellt rauschte plötzlich noch eine laute WC-Spülung hinter der dünnen Wand.

»*Fuck!* Was ist das für eine Bruchbude!«

Eine Woche untertauchen, hieß die lästige Devise. Mindestens. Perfekte Gelegenheit also, das neu erstandene Etablissement hier unter die Lupe zu nehmen.

In der Bar im Erdgeschoss wurde die Musik eingeschaltet. Dumpf wummerten die Bässe. »... *this is the rhythm of the night, allright, all night* ...« Warum liefen in allen Strip-Schuppen der westlichen Hemisphäre die gleichen Songs? Unsäglicher Dance-Pop der Achtziger und Neunziger, in erbarmungsloser Endlosschleife ...

Mürrisch wischte er über sein Tablet.

Lamborghini Huracán.

Sechshundert PS, in 3,2 Sekunden auf hundert km/h.

201.705 Euro.

Oder zwei Kilo Crystal.

Eine Polizeisirene – ganz nah, gleich ums Eck! Er stand auf, spähte durch einen Spalt des vergilbten Vorhangs. Gegenüber, im Eingang des GOLDEN CANYON, stand Hong, der alte Vietnamese, mit Eimer und Wischmopp. Mit ausdrucksloser Miene starrte er dem Bullen-BMW hinterher, der jetzt die Straße hinaufschoss in Richtung Hauptbahnhof.

Lamborghini Huracán ... Zwei Kilo Crystal Meth ... Zeit für einen neuen Kick!

Er ging an den wackligen kleinen Schreibtisch, drückte im Vorbeigehen sicherheitshalber kurz die Türklinke. Immer noch verschlossen. Befriedigt setzte er sich. Aus der Brusttasche fingerte er ein silbernes Zigarettenetui. Vorsichtig schob er mit dem Fingernagel einen verborgenen, kaum sichtbaren Knopf zurück.

Jetzt ließ sich der Deckel anheben.

Keine Zigaretten. Nur ein silbernes Metallröhrchen. Und daneben ein kleines weißes Vermögen: zwei, drei Teelöffel feinstes medizinisches Kokain, verschwenderisch offen ausgebreitet.

Behutsam zog er eine Rasierklinge hervor, die von zwei kleinen Federn unter dem Deckel eingeklemmt wurde. Geschickt schob er das feine weiße Pulver erst zusammen und zerhackte dann einen kleinen Teil davon wieder.

Zu zwei strahlend weißen Linien.

Er atmete tief durch.

Dann senkte er den Kopf, setzte das Röhrchen an und sniefte mit fließenden Bewegungen, erst links, dann rechts, die beiden Linien hoch.

»Aahhh!« Er legte den Kopf in den Nacken, lächelte entspannt und ließ es geschehen …

Metallisch kühle Frische breitete sich aus … schoss durch Nase und Rachen … Geruch und Geschmack vermischten sich, untrennbar, unauflöslich … ein irrsinniger Kick, hinauf bis unter die Schädeldecke … in wunderbar endlose Weite, in Leichtigkeit und völlige Klarheit …!

Ein paar Tage noch in diesem Versteck hier … um in aller Ruhe die Weichen zu stellen … Rhein-Main zu sichern … das GOLDEN-CANYON-Imperium zu erweitern … letzte Hindernisse zu beseitigen … notfalls zu eliminieren … wie im Knast in Cheb.

Sein Grinsen wurde immer breiter.

Auch von Steve droht keine Gefahr mehr, der Junge is voll auf Speed, ein Workaholic, macht einfach alles für seine tägliche Gratisration … gratis, das Zauberwort … GRATIS-GRATIS-GRATIS, es schien sich in die Hirnrinde hineinzubrennen … *mit Gratisproben neue Kunden ködern … am besten junge, unbedarfte … Jugendliche, wir müssen in die Partys und Discos rein … unsere Türsteher aktivieren … ködern sie mit Gratisrationen … schon eine Dosis reicht doch häufig aus, gerade bei jungen Erstkonsumenten … ein wahres Feuerwerk an Ideen und Farben brennt jetzt ab … und ködern, ködern muss ich auch diese lästige Schmeißfliege Charly Herrmann … ihn unauffällig aus dem Verkehr ziehen … aber der nimmt keine Gratisration als Köder an … der schnappt erst zu bei Ruby!*

14:00 Uhr – Polizei Coburg, Presseraum

Wie üblich bei Pressekonferenzen zu laufenden Mordermittlungen ein völlig überfüllter Raum. Siebzig Journalisten, Radio 1, Bayerischer Rundfunk, TV Oberfranken. Die Luft stand, trotz offener Tür und gekippter Fenster. Braasch, der Dicke vom Tageblatt, fächelte mit einem Flyer des Weißen Rings seinem hochroten Kopf Luft zu.

Knappe, sachliche Begrüßung durch Ritter, eingerahmt von Oberstaatsanwalt Dr. Stein und Fiona.

Die Quadratur des Kreises begann:

Noch keine konkreten Ergebnisse? »Ermittlungen auf Hochtouren, dreitausend Hinweise.«

Keine heiße Spur? »Nur aus ermittlungstaktischen Gründen noch keine Details.«

Immer noch keine Verdächtigen? »Kein Anhaltspunkt für Beziehungstat, mit rein hypothetischer Ausnahme der Tötungsart Erdrosseln, da bei Opfer-Täter-Beziehungen der direkte Kontakt des Erwürgens meist vermieden wird.«

Insgesamt wie immer »erstklassige, reibungslose Zusammenarbeit der SOKO Franken mit ihrer Sondergenehmigung des bayerischen Innenministeriums«.

Dank ihrer jahrelangen BKA-Erfahrung, mit den ganz speziellen politischen Abhängigkeiten innerhalb einer Bundesbehörde, bereitete Fiona das regionale politische Minenfeld keine Schwierigkeiten. Ritter und Stein entspannten zusehends.

Die Fragerunde war trotz des Andrangs eher zäh, fast müde. Drückende Schwüle und leise Enttäuschung über ausgebliebene Sensationen forderten ihren Tribut.

Schließlich ein junger Praktikant von Franken TV, hohe Stirn und wuchtige Brille. Unruhig knetete er im Stehen seine Finger. Vermutlich seine erste PK.

»Ben Weiler. Eine Frage bitte, Frau Brouwers.«

»Bitte sehr.«

»Wir haben bei einer spontanen Blitzrecherche in der Staffelsteiner Obermaintherme erfahren, dass Thorsten Geest erst letzte Woche zwei junge Frauen in der Sauna belästigt haben soll. Ermitteln Sie auch in dieser Richtung?« Seine Bäckchen glühten vor Stolz.

Fionas Blick traf Quax.

Nie gehört … was für eine einmalige Chance, die Presse vom OK-Verdacht fernzuhalten … »Underdog« ist immer noch topsecret …

Lächelnd nickte sie Weiler zu.

»Natürlich. Gerade das gehört zu den sehr ernst zu nehmenden Hinweisen, denen wir momentan intensiv nachgehen … ich kann mir durchaus vorstellen, dass wir Ihnen dazu schon sehr bald, in einigen Tagen, Näheres mitteilen können …«

17:14 Uhr – Bayreuth/PP Oberfranken, KPI/Z, Aktuelles Lagebild OrgKriminalität

(Auszug) […] ernst zu nehmende Hinweise, dass es seit Kurzem immer öfter zu gezielten Gratisabgaben von Crystal Meth an Schüler und Jugendliche kommt. In einschlägig bekannten Diskotheken und Szenelokalen, nicht nur im bisherigen Schwerpunkt, dem Raum Bayreuth-Hof-Marktredwitz, sondern zunehmend auch entlang der A73 Coburg–Lichtenfels–Bad Staffelstein–Bamberg werden Gratisrationen offenbar gezielt dazu eingesetzt, um neue Kunden zu gewinnen: Aufgrund des bekannt hohen Suchtpotenzials kann Crystal Meth schon nach einer Einnahme abhängig machen […]

08:15 Uhr – Bayreuth, Richard-Wagner-Gymnasium, Klasse 10a

»Jenny, was war mit dir los?«

Oberstudienrat Gräbner musterte stirnrunzelnd Jennifer Popp: lange blonde Haare, schlank, bildhübsch. Wieder musste er an »Reifeprüfung«, den »Tatort« mit Nastassja Kinski denken. Schnell konzentrierte er sich auf das Blatt in seiner Hand. »Vierte Extemporale aus der Mathematik«.

Ein einziger, lausiger Punkt. Von fünfzehn möglichen. Note Sechs.

»Du hattest doch keine Probleme mehr mit dem Stoff, Jenny. Hast dich zuletzt raufgearbeitet auf eine gute Vier. Liebeskummer?« Der Oberstudienrat erlaubte sich ein kumpelhaftes Augenzwinkern.

»Weiß nicht … keine Ahnung«, hauchte sie und starrte wie gelähmt auf die rote Sechs. Ihre Mundwinkel begannen zu zucken, Tränen stiegen in die Augen. Sie sprang auf, stürzte zur Tür, riss sie auf, ignorierte die erschrockenen Rufe, nur raus, raus aus diesem Alptraum!

Der Toilettenraum war still und leer – zum Glück. Sie knallte die WC-Tür zu und verriegelte sie. Ein wahrer Weinkrampf schüttelte sie, ließ keinen klaren Gedanken mehr zu.

Ich war doch so gut drauf seit meinem Geburtstag letzten Freitag, das tollste Wochenende meines Lebens … richtig geschwebt … stundenlang durchgetanzt im »Halifax« … auf dem Parkplatz, im Auto hat mir Rico das Tütchen gezeigt … wir haben es uns geteilt … und ich bin nur noch geflogen, geflogen, geflogen … früh um fünf erst heimgekommen, Kopfhörer drauf … in meinem Zimmer weitergetanzt bis zum Frühstück, alle haben gelacht, weil ich so gut drauf war … hab pausenlos gelabert, die dachten, ich bin verknallt und angetörnt. »Hast du Sex gehabt?«, wollte Papa wissen. »Vielleicht … vielleicht auch nicht … keine Ahnung«, hab ich ihn angestrahlt und nur ein einziges Mal vom Frühstücksbrötchen gebissen, ein winziger Schluck Kaffee dazu, den ganzen Tag nicht mehr, kein Essen, kein Trinken, nur Leben, fettes, geiles, echtes Leben! Kein Schlaf nötig, drei Tage lang … alles lief doch von allein, alles im Griff, fast nur gelacht im Unterricht … Bis dann der Dienstag kam, bleiern grau, ich war so unendlich schwer und müde … und Mathe-Gräbner kommt mit einer Ex, so kurz noch vor der wichtigsten Schulaufgabe des Jahres … am Tag davor hätt ich das doch aus dem Ärmel geschüttelt, ganz locker … und jetzt … Physik-Fünfer steht eh schon fest, aber in Mathe muss ich nächste Woche was reißen … einen Zweier …

»Hallo, Jenny? Bist du da drin?«

»Ja … ja … ich komm gleich!«

08:20 Uhr – Marktredwitz

»Was, ist heut Freitag? Nein, Berufsschule fängt heut später an. Die ersten zwei Stunden fallen aus.«

Albert Grigorjev stützte sich in seinem Bett auf und sah seiner Mutter nach, wie sie grummelnd in der Küche verschwand. Sie würde ihm auch heute wieder glauben. So wie sie schon seit Wochen Unterrichtsausfall und Stundenplanänderungen geschluckt hatte.

Wie lange war es jetzt her, dass er mit Boris und Marc nach Cheb gefahren war …? Erst jetzt spürte er, wie seine Brust brannte.

Er schlug die Bettdecke zurück, stand auf und lief barfuß durch den miefigen Flur ins Bad. Vor dem fleckigen Allibert schob er das Shirt seines uralten, viel zu kleinen Kinderschlafanzugs hoch und erschrak.

Die schwarze dreiköpfige Schlange auf seiner Brust war riesig, viel größer, als er es in Erinnerung hatte … die Haut tief gerötet und gereizt …

Warum merk ich das jetzt erst? Ist doch schon drei Tage her … in der Stammdisco »Flash«, die geilen Weiber aus Wunsiedel, der Security-Typ mit seinem Geburtstagstütchen … »Nur ein Näschen zur Feier des Tages, für echte Männer …«

Sein Kopf dröhnte.

Albert presste die Hände gegen die Schläfen und versuchte sich krampfhaft zu erinnern: das heimliche, aufregende Gesniefe auf der Toilette, der geile Flash im Kopf, das Gefühl, als ob verklebte Hirnwindungen plötzlich aufplatzten … alles weit … und frei … und easy!

Die coolen Ansagen gingen plötzlich leicht und locker über die Lippen. Alles hab ich mich getraut, geflirtet und getanzt wie noch nie … irgendwann dann zu Boris in die Wohnung … aber wir haben nicht geschlafen … haben topfit durchgemacht … dann die Wette, dass ich mich nicht traue, mich von André tätowieren zu lassen.

Fünfzig Euro, wieder zurück in die Stammdisco, die zweite Nacht am Stück abgefeiert, null Problem! Dabei gab's gar kein Tütchen mehr …

Trotzdem war alles immer noch so geil und easy …

Und jetzt erwache ich in einer anderen Welt.

Die Brust juckte und brannte, der Kopf dröhnte, die Berufsschule nervte, Mutter rief irgendetwas aus der Küche.

Albert schlich zurück, legte sich vorsichtig auf die Seite,

stöpselte sich Musik ins Ohr und zog die Bettdecke über seinen Kopf. Dumpf dröhnten Beats und Bässe, die Synthies blubberten auf Hochtouren, Mutter und Schule versanken in einer anderen Welt.

09:02 Uhr – Rödental, Thieracher Hütte

»Und jetzt Nachrichten aus Bayern und der Region: In Schwandorf haben der bayerische Innenminister und sein tschechischer Amtskollege heute die grenzübergreifende polizeiliche Zusammenarbeit als europäisches Erfolgsmodell gelobt. Vor allem der Kampf gegen Drogen wie Crystal werde professionell und erfolgreich geführt. Allein die bayerische Polizei habe 2013 über sechsunddreißig Kilo der illegalen Droge sichergestellt. Dies zeige die Leistungsfähigkeit und Schlagkraft der Polizei im Grenzgebiet …«

Bernie verschluckte sich vor Lachen und begann zu husten. Sofort ließ Charly die flache Hand zwischen seine Schulterblätter niedersausen.

»So ein Gesülze«, keuchte Bernie und wischte sich einen Leberwurstrest aus dem Mundwinkel. »Sechsunddreißig Kilo von wie viel Tonnen insgesamt?«

»Lesch sagt, die Tschechen selbst rechnen mit mindestens fünf Tonnen Jahresproduktion aus privaten Crystal-Küchen.« Charly zupfte mit bloßen Fingern die letzten Scheiben Mailänder Salami aus dem Cellophan und legte sie auf sein Butterbrötchen. »Und das war 2013, also bevor die organisierte Kriminalität im ganz großen Stil eingestiegen ist, bevor Rocker angeheuert und Richter bestochen wurden. Lass das mal so professionell weiterlaufen, wie es die Russen und Albaner gerade mit den Tschechen anleiern.«

»Vergiss nicht unsere deutschen Freunde.« Bernie öffnete ein kleines Beck's. »Auch noch eines?«

»Später, eins reicht erst mal.« Charly winkte mit vollem Mund ab. »Die deutsche Seite konzentriert sich stärker auf die finanziellen Transaktionen, wenn ich die letzten Lagebilder zur OK richtig in Erinnerung habe. Denk an die Waschsalons, die in den letzten Jahren auch bei uns wie Pilze aus dem Boden schießen!«

»Geld-Waschsalons?«

»Spielhallen, genau. Nicht alle, aber immer mehr. Aber um diese Geldwäsche einzudämmen, brauchst du eben viel mehr Steuerfahnder und Betriebsprüfer.«

»Vergiss es.« Bernie erleichterte sich durch zartes Aufstoßen. »Bei uns in Bayern? Wo des Finanzministers größte Sorge das Faschingskostüm für Veitshöchheim ist?«

»Genau! Geht nur noch um den schnellen, oberflächlichen Schein-Erfolg. Am Pressefoto mit ein paar sichergestellten Drogenkilos geilen sich Reporter und Politiker auf. Der Polizeikarriere hilft's, die OK lacht sich ins Fäustchen!«

»Die spielen uns irgendwo fünf oder zehn Kilo in die Hände ... damit gleichzeitig ein paar Kilometer weiter zwei Tonnen ungestört den Besitzer wechseln!«

»Du brauchst Strukturermittlungen, um der OK wirklich wehzutun. Aber die sind langfristig, sehr langfristig. Und bringen eben keinen kurzfristig vorzeigbaren Erfolg ...«

»... und kosten wahnsinnig viel Geld!«

Bernies Handy vibrierte. »Ja, Henry? Wart mal, ich stelle laut.«

»So, jetzt sperrt mal die Lauscher auf, Kollegen, ich sag's nur einmal. Aus sicherer Quelle. Eure Zielperson hat Coburg, Lichtenfels und Kronach übernommen. Erfahrungsgemäß gibt's Antrittsbesuche, das lässt er sich nicht nehmen.«

»GOLDEN CANYON?«

»Ja, an der Südzufahrt. Früher MERKUR.«

»Noch früher Möbel-Stammberger«, grinste Bernie. »Was weißt du über seine Antrittsbesuche? Wie laufen die ab?«

Henry grunzte. »Seine Marotte war immer, am ersten Wochenende nach Übernahme reinzuschneien, am liebsten Freitagabend, so gegen neun. Erst als Gast reinschnuppern, dann ins Büro marschieren.«

11:17 Uhr – Schwandorf, Verbindungsstelle bayerisch-tschechische Polizei

Polizeirat Martin Dachlauer war einen guten Kopf kleiner. *Immer wieder unglaublich, dass der die Mindestgröße eins fünfundsechzig für die Einstellung in den bayerischen Polizeidienst geschafft hat*, dachte Charly amüsiert.

»Servus, Charly!« Selbst im Büro trug Dachlauer die Uniformjacke zugeknöpft, die Krawatte saß perfekt wie bei einem Standesbeamten.

»Servus, Martin! Dass du mal zum Uniformträger wirst … kein Mensch sieht dir noch an, dass du fünfzehn Jahre bei der Kripo warst!«

Dachlauer lächelte geschmeichelt. »Ja, die Zeit der schleichenden Verwahrlosung ist definitiv vorbei! Setz dich doch!« Sie ließen sich am Eck des weißen Konferenztisches nieder.

»Fünfzehn Jahre Kripo Nürnberg … Wahnsinn, wie die Zeit vergeht … die Autobahnmorde auf dem Frankenschnellweg … die Nürnberger Leiche an der Rödentaler ICE-Brücke … aber du bist nicht gekommen, um über alte Zeiten zu plaudern, richtig? Siehst auch etwas mitgenommen aus, wenn ich ehrlich sein soll.« Sein Blick glitt über Charly: rotes Poloshirt, Jeans, weiße Adidas.

Charly revanchierte sich mit einem ungenierten Griff in die Dose Studentenfutter. »Immer noch der Gesundheitsfreak, Martin? Auf Lehrgang damals warst du doch Vegetarier, der einzige von siebzehn.«

»Veganer, bitte!« Martins Lächeln wirkte leicht verkniffen. »Bekommt mir ausgezeichnet. Blut- und Leberwerte wie aus dem Lehrbuch, kann ich dir wärmstens empfehlen.«

Die Nüsse schmeckten muffig. Charly schluckte schnell hinunter. »Gutes Stichwort, Martin. Empfehlung … oder Ratschlag, genau deswegen komme ich zu dir.«

»Jetzt bin ich aber gespannt.«

»Ihr seid an der Front hier im Grenzgebiet. Ich bin jetzt an einer Sache dran, in die auch BKA und LKA involviert sind. Topsecret. Frag mich nicht zu viel, Martin. Ich sammle gerade Hintergrundwissen.«

»Worüber genau?«

»Milieufragen: Wie ist die aktuelle Lage entlang der Grenze, hier im Dreieck Nürnberg–Schwandorf–Cheb? Habt ihr einen Einblick in die aktuellen Strukturen? Organisation, Vertriebswege, Nachschub?«

Dachlauer hob eine Augenbraue. »Interessant. Geht also in Richtung OK, auch BKA und LKA sagst du …?«

Charly beließ es bei einem schwachen Lächeln.

Dachlauer lehnte sich in seinem riesigen Chefsessel zurück und formte die Fingerspitzen zum Dach. »Du weißt, dass wir hier andere Schwerpunkte haben. Offiziell.« Charly nickte. »Aber wir kriegen natürlich trotzdem viel mehr aus der Szene mit als ihr im Hinterland. Viel mehr, als unsere Kapazitäten in München glauben. Und glaub mir, Charly«, er senkte seine Stimme zum Flüsterton, »willst du wirklich wissen, was Sache ist? Es ist noch genauso beschissen wie vor zwanzig Jahren. Nimm nur mal die Ausgangslage: Allein Cheb, nur zehn Kilometer hinter der Grenze, hat fünfunddreißigtausend Einwohner, aber hundert Puffs.«

»Was?«

»Stell dir vor, Coburg mit seinen zweiundvierzigtausend hätte hundertzwanzig Puffs und rund um die Uhr Grenzverkehr! In Cheb sind acht von zehn Freiern Deutsche. Und immer mehr wollen jung, jünger, am jüngsten. Ich sag dir, da gibt's Familien, die vermieten ihre kleinen Kinder, da werden Babys ins deutsche Auto gereicht!«

»Hör auf!«

»Ja, das wollt ihr nicht hören«, hämte Dachlauer, »ihr Weicheier hinter der Front, genau so sieht's hier aus!«

»Und die tschechischen Kollegen?«

Dachlauer winkte müde ab. »Vergiss es! Alt oder geschmiert. Oder beides. Ein paar Ausnahmen gibt's natürlich auch hier.«

»Die sitzen aber alle bei euch.«

Dachlauer überhörte Charlys Ironie. »Wenn's zu viel wird, packen die Tschechen manchmal wahllos ein paar Nutten vom Straßenstrich ins Auto und fahren sie einfach ein paar Kilometer in die tiefste Pampa.«

»Und dann?«

»Nichts. Nur aussetzen und heimlaufen lassen. In ihren Stöckelschuhen.«

»Wo kommen die Frauen alle her, Martin? Dieses Riesenangebot, das sind doch nicht nur Einheimische?«

»Ganzer Ostblock, Charly. Rumäninnen, Bulgarinnen, Moldawierinnen, alles dabei. Durchorganisiert wie schon seit Jahren bei uns. Alle vier Wochen Standortwechsel. Neue Stadt, neuer Puff.«

»Erschwert polizeiliche Ermittlungen …«

»… und belebt das Geschäft, sorgt ständig für neues … Frischfleisch.«

Die Faust im Magen. Längst vergessen, jahrelang ruhig, kommt sie wieder zurück?

Er räusperte sich. »Dieser Frauenstrom, von Ost nach West … geht da auch was in umgekehrter Richtung?«

Dachlauer lachte. »So naiv kenn ich dich gar nicht. Dachte, du bist grad an einer OK-Sache dran? Klar sind die international vernetzt. Du findest in Cheb auch Schwarze oder Asiatinnen.«

»Deutsche?«

»Auch. Aber nicht allzu viele, keine professionellen. Meistens jugendliche Ausreißerinnen, Junkies, die hier leichter und billiger an die weißen Steine kommen wollen.«

»Hast du … hast du Adressen?« Charly versuchte, möglichst belanglos zu klingen.

»Auf wen oder was willst du raus, Charly? Dein Privatfight neulich in Cheb – was läuft da wirklich ab? Warum kommt ihr nicht offiziell zu uns, was soll deine billige Schimanski-Nummer?«

»Weil diese Nummer undercover laufen muss.« Charly zwang sich zur Ruhe. Er riss sein Kaugummipäckchen auf und schob sich einen in den Mund. »BKA, LKA, SOKO … und ich als Underdog! Das ist mein härtester Fall, Martin! Diese Crystal-Scheiße ist untrennbar verbunden mit Zwangsprostitution, Menschenhandel und allen möglichen Sauereien! Und der Sumpf wird immer größer!«

»Die Lagebilder zur OK …«

»… sind nur die Spitze des Eisbergs, das weißt du genauso gut wie ich!«

»Crystal ist billig, Crystal wirkt sofort, ohne Crystal läuft nichts mehr. Die ködern die Girls auf dem flachen Land und ziehen sie ins Milieu.«

»Also gut.« Charly zeigte mit dem Finger auf Dachlauer. »Du hast meinen Privatfight angesprochen – Raoul Scheffler! Was weißt du über ihn? Wo hat er seine Finger drin, wen beliefert er mit … Frischfleisch?«

»Überall und nirgends. Die Kollegen bei der OK und bei der Droge haben ihn schon lang im Visier.«

»›Love Paradise‹ … wo hängt Scheffler noch drin?«

Dachlauer lachte. »›Sexyland‹, ›Taboo‹, ›Love Lagoon‹, etliche Automatenklitschen … willst du eine Liste?«

Charly starrte ihn regungslos an.

Dann ein Geistesblitz. »TKÜ! Du sagst, alle haben ihn im Visier. Da läuft doch mit Sicherheit eine Telekommunikationsüberwachung!«

»Treffer«, murmelte Dachlauer. Er schob die Unterlippe vor. »Aber denk jetzt bloß nicht, dass ich dir aus alter Freundschaft die Telefonüberwachungsprotokolle …«

Charly schnitt ihm das Wort ab. »Martin, du hast auch eine Tochter, oder? Wie alt?«

»Komm mir jetzt nicht mit der Emo-Tour«, wehrte Dachlauer ab.

»Ich präsentiere dir Fakten, knallharte Fakten! Hier – Ruby Sosniok, Coburg, einundzwanzig! Von Scheffler, vom Zigeuner höchstpersönlich, poussiert und weggebracht! Und jetzt komm du mir nicht mit irgendeinem Scheiß-Datenschutz!«

Dachlauer sank förmlich in seiner Uniform zusammen.

Er schob Charlys Foto weg und stierte ins Leere. Endlich erwachte er wieder zum Leben und begann wortlos auf seine Tastatur einzuhämmern. »Hier.« Er zeigte auf den Bildschirm, der jetzt das Protokoll eines Telefonmitschnitts anzeigte, und stand auf. »Bin gleich wieder da.«

21:31 Uhr – Coburg, am Südkreisel

Der Regen trommelte aufs Autodach. Charly klopfte die Asche von der Kippe. Nachdenklich beobachtete er, wie die Tropfen an der Scheibe aufplatzten, sich unruhig ihren Weg suchten und doch alle nur ein Ziel kannten, unaufhaltsam, immer tiefer, immer weiter nach unten …

Sein Blick auf den Parkplatz verschwamm.

Er drehte kurz am Wischerhebel und ließ den filigranen Scheibenwischer einmal hin- und zurückwandern: Klarer Blick wieder auf die sechs Autos, die immer noch vor dem GOLDEN-CANYON-Spielcenter standen, Coburgs größter Spielhalle.

Dachlauers TKÜ-Protokoll hatte Harrys Ankündigung bestätigt:

»… ja, Coburg und Lichtenfels sind fix. Einmal MERKUR, einmal NOVOLINO, beide ab nächstem Ersten GOLDEN CANYON. Sag dem Boss, ich werd mir am Freitag mal 'nen kleinen Überblick verschaffen … ja, wie immer, so zwischen neun und zehn …«

Zweiundzwanzig Uhr elf. Wieder ließ er den Wischer kreisen. Immer noch dieselben Autos auf dem Parkplatz, seit über einer Stunde. Vier Coburger Nummern, einmal Haßberge, einmal Sonneberg. Zwei Golf, ein Ford, ein Mitsubishi, ein Opel, ein Škoda.

Kein Maserati. Keine fremde Nummer.

Er inhalierte tief und blickte wieder aufs Handy. Wenn der Zigeuner nur die Reihenfolge seiner Termine gedreht hätte, dann hätte sich längst Bernie melden müssen, der in Lichtenfels auf dem LIF-E-Parkplatz vor dem NOVOLINO stand.

»Mist!«

Er drückte die Kippe in den halb vollen Aschenbecher, steckte das Handy ein und stieg aus.

Teppichboden, warmes Licht, Radiomusik. Ein paar staubige Dekopalmen.

Bequeme Ledersessel standen vor den unzähligen blinkenden

oder leise piepsenden Automaten. Ein Spielcenter wie tausend andere.

Charly schob sich auf einen Hocker an der Bar. »Ein Bier.«

»Kommt sofort!«

Ein strahlendes Lächeln des blonden, dauergewellten Girls hinter dem Tresen. *Höchstens neunzehn*, dachte er. *Eine der üblichen Vierhundert-Euro-Kräfte. Haben keine Ahnung, was hinter den Kulissen läuft. Wer sie wirklich bezahlt. Dass sie im GOLDEN CANYON Teil einer riesigen Maschine sind, Teil der OK. Die Gelder aus Drogenhandel und Zwangsprostitution wäscht. Auch hier.*

»Dein Bier.«

Er nickte kurz.

Schräg gegenüber saß eine Frau am Automaten. Faltig, stark geschminkt, sehr dünn. Trotz des Schummerlichts behielt sie eine Sonnenbrille auf. Maskenhaft starr war ihr Gesicht auf das bunte, blitzende Display gerichtet. Nur der knochige rechte Daumen durchbrach ihre körperliche Starre und drückte offenbar planlos, intuitiv, immer und immer wieder einen roten Knopf.

Zwei Geräte weiter, ein unrasiertes Schwergewicht in Jogginghose, verwaschenem Sweatshirt und Schlappen. Vor sich einen großen Plastikbecher mit seinem Münzgeld. Jetzt drehte er sich um, als ob er Charlys Blick in seinem Rücken gespürt hätte. Ein Babyface, keine fünfundzwanzig. Ungesunde Blässe, kleine Schweinsäuglein. »Billi, mach mer noch amoll an Kaffee!«

»Kommt sofort!« Die Standardantwort der kleinen Blonden.

Für Stammkunden gab's Kaffee umsonst. Und besonders guten Stammkunden wurden schon mal Taxifahrten spendiert – Abholung von zu Hause, Rückfahrt nach getaner Arbeit.

Ein tiefer Zug an seinem Warsteiner.

Zweihundertvierzig Quadratmeter, ganze fünf Spieler. Wo blieb Scheffler?

Ein Kichern drang an sein Ohr, zwischen den letzten Akkorden von »Sweet Home Alabama« und dem Verkehrs-Jingle.

Erst jetzt fiel ihm das ungleiche Pärchen auf, das hinter ihm am umgebauten Tresen Platz genommen hatte.

Ein Girl, Anfang zwanzig, schmächtig, zart, wie Ruby … Ihr weißblonder »Billy-Idol-Gedächtnis-Punk« kontrastierte perfekt zu ihrem schwarzen Modeschmuck an Hals und Ohren. Neben ihr ein stadtbekannter Pleite-Gastronom. »Je mehr der in den Sand setzt, umso schneller werden seine Autos«, hatte Schnauzer geätzt, »wahrscheinlich Fluchtautos!« Erst gestern war er, zur Erheiterung der Kollegen, in einem BMW Alpina B4 ausgerechnet auf der B 4 geblitzt worden. Hunderteinundsechzig statt hundert Kilometer pro Stunde – zwei Monate Lappen futsch, zwei Punkte in Flensburg, vierhundertvierzig Euro Vergnügungssteuer.

Jetzt fläzte er in viel zu engen schwarzen Jeans hier an der Bar. Ein schwarz-weiß gemustertes, weit aufgeknöpftes Partyhemd kaschierte nur notdürftig seinen Bauchansatz. Ungeniert bequatschte er das Girl, das hingebungsvoll an seiner Cola nippte.

Widerlich. Deine eigenen Kinder sind schon älter.

Im Durchgang zum Büro lehnte der kleine dicke Schäfer. Schefflers Vorgänger und mutmaßlicher Strohmann quasselte ohne Punkt und Komma in sein iPhone. *Ein Wichtigtuer vor dem Herrn*, dachte Charly. *Einer wie du wäre früher Staubsaugervertreter geworden.*

Mit dem zweiten tiefen Zug leerte er sein Pils.

Zweiundzwanzig Uhr einunddreißig. Wo blieb der Zigeuner?

»'ne gute Pritsche macht sechzehn Kerle am Tag«, so hieß vor Jahren der Standardspruch von Luden-Lothar, der Sonneberger Rotlichtgröße, die entscheidend beigetragen hatte zu Bernies abruptem Abschied von der Polizei. Sechzehn Männer, seit wie vielen Tagen war Ruby jetzt … *STOPP!*

Schluss mit den Horrorphantasien. Sein Mund war wie ausgetrocknet. Er hob das leere Pilsglas. »Noch eins!«

»Kommt sofort!«

Wieder ein geschmeicheltes Kichern.

Der Pleitier war dem Girl auf die Pelle gerückt – Fuß am

Barhocker, Hand am Rücken, Mund am Ohr. Höchste Flirtfrequenz. Fünfzig Jahre manipulierten zwanzig Jahre.

Vorsätzlich, mit triebhafter Freude.

Sonnenverbrutzelte Krähenfüße gegen zarte Schneewittchenhaut. Jacketkronen gegen jugendlich strahlendes Weiß. Eine behaarte Pranke, die immer wieder über den Rücken strich oder den mädchenhaft grazilen nackten Arm tätschelte.

Wie viele Stunden seit Rubys Verschwinden, wer wird jetzt gerade zugeritten, ist das am Ende die Nächste?

»Aus!«, brüllte er.

Erschrocken fuhren die beiden zusammen.

»Lass die Griffel von der Kleinen! Du Witzfigur, du … Mickymaus!«

Der Alt-Gigolo plusterte sich sofort auf. »Ey, haben sie dir was ins Bier getan? Du hast doch einen an der Waffel!« Ein kurzer Wink zu Schäfer. »Zeig doch bitte dem Penner, wo die Tür ist … hey!«

Charly sprang auf, riss ihn von dem verblüfften Girl weg. »Du Sack, du nasser … wer ist hier der Penner? … Hier, ich zeig Typen wie dir, wo die Tür ist … ey!«

Zwei schwarz gekleidete Schränke tauchten wie aus dem Nichts auf und nahmen Charly sofort in die Mitte.

Scheiße! Völlig überdreht, im roten Bereich … komm runter!

Die Securitymänner verströmten unerträglichen Schweißgeruch.

Charly hob die Hände. »Kein Problem, Jungs, keiner macht Schwierigkeiten, jeder kommt alleine klar!«

Die beiden blieben stur wie Panzer, wichen keinen Millimeter. Als lebende Wand, ohne Charly mit den Händen zu berühren, schoben sie ihn langsam Richtung Ausgang.

Charly erkannte am Hals des Größeren ein Tattoo. Eine schwarze »22«.

»Hausverbot!«, brüllte Schäfer aus den Kulissen.

Charly reckte stumm den Mittelfinger und trat hinaus.

Schäfer griff bereits zum Handy. »Hallo, Raoul …?«

23:13 Uhr – Cheb, alte Fahrradfabrik, Hintergebäude

»Aauuhhh!«

Agnesa heulte auf vor Schmerz. Ruby verkroch sich tief unter die schmuddelige alte Decke, linste nur noch durch einen winzigen Spalt.

Zwei Kuttenträger in Lederkluft und Bikerstiefeln.

Dieselben wie gestern, als sie Rosalja abholten und alkoholgeschwängerte Kommandos auf Tschechisch – oder Russisch? – bellten. »Komm! Schnell, schnell! Tasche!« Rosalja blieb keine Zeit zum Abschied, nicht einmal für eine stumme Umarmung. Nie werd ich ihren letzten Blick vergessen. Den sie uns über die Schulter zuwarf, bevor die Tür zuschlug. So furchtbar verzweifelt … Agnesa und ich sind uns in die Arme gefallen, haben uns aneinandergeklammert und nur noch geheult.

Und jetzt bin nur noch ich hier drin übrig!

Schluchzend rollte sie sich zusammen. Allein in diesem feuchten Loch.

Vor ihren Augen verschwamm der schwarze Schimmelfleck, der sich aus der Ecke über die halbe Wand ausbreitete und schon bis zum vergitterten Fenster reichte.

Draußen flammte Licht auf.

Ruby schoss hoch.

Vorsichtig kroch sie ans Fenster, schob den Kopf hoch und versuchte, durch jahrzehntealten Dreck etwas zu erkennen.

Agnesa war nicht mehr zu sehen.

Ein Kastenwagen stand im Hof, daneben ein schweres Motorrad.

Der Biker verstaute sorgfältig etwas in seiner Innentasche. Dann klatschte er sich mit dem Fahrer des Kastenwagens ab. Mit dumpfem Bollern startete die Maschine und rollte aus dem Hof hinaus, gefolgt vom Lieferwagen.

Einsam und verlassen lag der Hof im fahlen Schimmer der alten Kugelleuchte am Hauseck.

Ruby sackte zusammen, drückte die Stirn gegen die kühle Scheibe – und schreckte wieder hoch!

In der finstersten Ecke des Hofes ein Geräusch, wie eine

Autotür, erst jetzt erkannte sie die schemenhaften Umrisse eines flachen dunklen Wagens.

Ein Mann war ausgestiegen.

Er kam direkt auf sie zu.

»Hab Mist gebaut«, sagte Charly. »Richtigen Bockmist.«

Fionas Fingernägel strichen sanft über seinen Bauch. Er schloss die Augen. Öffnete sie wieder. Ergriff ihre Hand. Hielt sie fest.

Mit der Nasenspitze kitzelte sie in seinem Brusthaar. Küsste ihn sanft auf beide Brustwarzen. »Du musst trotzdem weitermachen«, sagte sie leise. »Das ist Rubys einzige Chance.«

Aus der Theatergasse drang Gegröle und Gelächter herauf. Spätheimkehrer aus der »KostBar«.

Die »KostBar«, in der ich damals mit Bernie das Samba-Festival eingeläutet habe – in der Nacht, als Jasmin Keller im Hofgarten erstochen wurde. Die »KostBar« – keine zweihundert Meter vom Landestheater, in dem die Primaballerina Kim LaYoung brutal ermordet wurde. Und jetzt liege ich im Bett einer Kollegin – keine hundert Meter von der »KostBar« entfernt.

Ohne SOKO, ohne Waffe.

Als Außenseiter – der ich doch immer so gern sein wollte.

Als echter Underdog.

Ruby hielt den Atem an.

Mit weit aufgerissenen Augen starrte sie auf die Tür.

Ein Schlüssel drehte sich.

Mit hässlichem Knarren schwang die Tür auf und schlug an die Wand, wo der Putz schon tief abgeblättert war.

Kein Rocker. Ein Mann in kurzem, dunklem Mantel mit langem gelockten Haar.

»Raoul?«

Sie sprang ihn an, klammerte sich an ihn wie eine Ertrinkende. Tränen der Erleichterung schossen hervor und liefen ihr über das schmale Gesicht.

»Endlich hast du mich gefunden, endlich! Ich will hier raus, ich pack noch ganz schnell die Tasche, warte!«

Eifrig machte sie kehrt, wischte sich mit dem Handrücken über die Augen und stolperte dabei fast über die Matratze. Hektisch begann sie, ihre wenigen Utensilien in die Tasche zu stopfen.

Sie merkte nicht, dass Scheffler hinter sich zuschloss.

Regungslos schaute er auf sie hinab, die Hände in den Manteltaschen vergraben. »Wir müssen erst etwas klären, Ruby.«

Irritiert blickte sie hoch. »Was klären?«

Er kickte einen leeren Pizzakarton zur Seite und lehnte sich mit verschränkten Armen an das schmale Fensterbrett. »Was hast du mit diesem Coburger Bullen zu tun?«

Ihre Kinnlade fiel herab, mit offenem Mund starrte sie ihn an. »Ich? Hab schon ewig nix mehr mit Bullen zu tun gehabt. Hab ihnen neulich sogar im Steinweg das Auto zerkratzt!«

»Red keinen Unsinn«, blaffte er sie an. »Wer ist Charly Herrmann?«

Ruby erstarrte.

»Was hat dieser Typ mit dir zu tun? Los, spuck's endlich aus!«

Sie presste ihre Tasche fest an sich. »Das sag ich dir, wenn wir wieder in Coburg sind«, flüsterte sie.

»Hast du Tampons in den Ohren?«

Er riss ihr die Tasche weg und schleuderte sie gegen die Wand. Schminkutensilien klapperten durch den ganzen Raum.

Geschockt starrte sie ihn an. »Bitte … bitte … in Coburg … nach Coburg …«

Blitzartig packte er sie an den Schultern, wirbelte sie herum und drehte ihr den Arm auf den Rücken. Ruby schrie auf.

Er zog ihren Kopf zu sich heran. Schnupperte. Schminke, Schweiß, Billigparfüm – zu viel Angst, zu wenig Hygiene.

»So muss eine kleine Wildkatze riechen«, flüsterte er. »Das macht manche Freier erst so richtig geil … du wirst Stammkunden haben, Ruby … viele Stammkunden.« Er verdrehte ihren Arm noch ein Stück. »Aber wenn du nicht sofort sagst, wer Charly Herrmann ist, spreng ich dir die Schulter!«

»Vater …«, stieß sie heraus.

»Wie?« Verblüfft lockerte er den Griff etwas.

»Er ist vielleicht mein Vater«, presste sie hervor. »Behauptet meine Mutter manchmal.«

»Deine Mutter? Hat mit dem Bullen was gehabt?« Er ließ los und stieß sie auf die Matratze zurück. »Jetzt wird mir einiges klar.«

Ruby weinte hemmungslos. »Bitte, Raoul, bitte … bring mich zurück!«

Grinsend betrachtete er sie. »Wieso zurück? Ich hab noch so viel vor mit dir.«

»Nein, nein, nein«, schluchzte sie. »Will nicht vergewaltigt werden.«

Scheffler lachte. »Wer redet denn von vergewaltigen.« Er griff in die Innentasche seines Mantels und warf ihr etwas zu. »Hier, gönn dir wieder mal was richtig Gutes! Allerfeinster Stoff, nur für dich allein.«

Er ging in die Hocke, auf Augenhöhe zu ihrem verheulten blassroten Gesichtchen, in dem die schwarze Wimperntusche kreuz und quer verlief.

»Keiner wird dich vergewaltigen, Kleine. Nein, aber du wirst auf Knien um Sex betteln, nur um deine nächste Dosis zu bekommen. Bald schon, sehr bald …«

08:49 Uhr – SOKO Franken

Das vierte Zuckerstück plumpste in Toms Kaffeetasse; ungläubig beäugt von der dunkelhaarigen KK-Anwärterin Kristin Rödiger. Tom Scherzers legendärer Vier-Stück-Zucker-Kaffee.

Genießerisch rührte der Erlanger in seiner großen schwarzen Tasse mit dem blauen Logo *»Scottish Police Federation«*. »Schwarz und süß, liebe Kristin … ein Traum! Und jetzt maan ich fei ausnahmsweis ned dich, sondern den Kaffee! Was hasdn da für mich? Sieht nach KAN aus …«

»Genau«, sagte sie hastig. »KAN-Info für Jo Gursky. Mit schönen Grüßen vom Kollegen Schnauzer.«

Er überflog den Computerausdruck und rührte dabei immer weiter in seiner Kaffeetasse.

»Hör zu, Heinz-Uwe … Gursky, Joachim Max, 31.5.1984, Köln … Zwo zwo bis zwo vier fünf Anzeigen wegen Körperverletzung und Nötigung, jeweils als Türsteher verschiedener Berliner Clubs. Zwo fünf unerlaubtes Führen einer Waffe. Nur Geldstrafen, einmal vier Monate auf Bewährung. Und nach zwo fünf reißt's plötzlich ab, war der im Ausland? Zwo elf dann zwei Ermittlungsverfahren in Hamburg und Dresden, Anfangsverdacht Paragraf 261 StGB, Beihilfe zur Geldwäsche, beide Verfahren eingestellt … mmhmm.« Er ließ das Blatt sinken und leckte seinen Kaffeelöffel ab.

»Das ist alles?«, fragte Löhlein leicht genervt. »Das ist die Top-Info, die uns Charly so brandheiß angekündigt hat? Da hat sich doch nur ein versoffener Lude wichtiggemacht!«

Tom runzelte die Stirn. »Kristin, bring's zu Glenk rüber, er soll's mit seinem Personenregister vom Marathonwochenende abgleichen. Nur zur Sicherheit.«

»Okay.« Sie schlüpfte zur Tür hinaus und prallte dabei fast mit Ritter zusammen.

»Moorgen!«

Energiegeladen federte der Polizeidirektor in den Raum. »Gut, dass Sie beide hier sind. Kleine Info unter sechs Augen. Kollege Herrmann muss völlig neben der Spur laufen. Ist gestern Abend im Spielcenter am Südkreisel völlig ausgerastet. Hat jetzt Hausverbot.«

»Wer sagt das?«, fragte Tom misstrauisch.

»Der Geschäftsführer, ein gewisser Schäfer. Hat sich gerade telefonisch bei mir beschwert; ein Kollege, der grundlos andere Gäste anpöbelt und unmotiviert herumschreit, sei kein Aushängeschild für uns …« Ritters Blick sprang zwischen Tom und Löhlein hin und her. »Wissen Sie etwas aus erster Hand? Haben Sie Kontakt zu ihm?«

»Nein«, brummte Tom.

»Ob sich das nicht in seinem laufenden Disziplinarverfahren auswirkt?«, unkte Löhlein. »Gibt's da nicht so eine Art Sozialprognose?«

»Ssschtt!«, zischte Ritter verärgert. »Topsecret, Kollege, ich muss doch sehr bitten!«

Löhleins Bäckchen glühten sofort.

Kristin Rödiger rettete ihn. Aufgeregt schoss sie herein, reichte Tom einen neuen Ausdruck. »Hier, der Helmut Glenk hat ihn gefunden.«

»Wen?«, wollte Ritter sofort wissen.

»Jo Gursky. War am Marathonwochenende im »Landhotel Augustin« in Schwabthal. Ortsteil von Bad Staffelstein.«

10:10 Uhr – Maritim-Hotel Nürnberg, Frauentorgraben 11, Restaurant »Nürnberger Stuben«

Wernstedt muss einen kompletten Kleiderschrank in seinem Bentley haben, dachte Scheffler. Wie aus dem Ei gepellt, im royalblauen Anzug mit hellblauem Hemd und saphirfarbener Krawatte, war der Berliner Spielhallenmagnat zum Business Breakfast vorgefahren. Auch die Lesebrille, bronzefarben mit rötlicher Edelholzeinlage, trug ein dezentes kleines Bentley-Logo.

Konzentriert überflog Wernstedt Schefflers Geschäftsbericht. »Gar nicht so übel, lieber Raoul. Ganz passabler … Bilanzentwurf. Wobei ich die fiktiven Spieleinnahmen nicht zu gleichmäßig verteilen würde. Richtwert Einwohnerzahl, damit wird jeder Vergleich sofort plausibel. Einen Espresso macchiato, bitte!«

Scheffler kratzte ein paar Fruchtfleischreste aus seinem O-Saft-Glas. »Unsere Gratisaktion läuft hervorragend an. Kundenstamm in den bisher beworbenen Discos und Lokalen in vierzehn Tagen fast verdoppelt. Momentan gibt's nur ein Problem.«

Wernstedt hob sofort den Kopf. »Ich höre?«

»Gibt immer noch diesen Coburger Bullen, der sich für Charles Bronson hält. Störfeuer in Cheb neulich, du weißt ja Bescheid. Schwierigkeiten jetzt in Coburg, der Typ beißt sich richtig tief privat rein.«

»Privat? Gefährlich, sehr gefährlich! Lieber drei offizielle polizeiliche Ermittlungen am Hals als einen privaten Bullterrier. Die offiziellen kannst du immer irgendwie regeln. Mit guten Anwälten, ein bisschen Schmiergeld, ein paar versteckten Drohungen und spätestens vor Gericht mit einem guten Deal. Im Interesse der Prozessökonomie, heißt das dann.« Er grinste kurz, dann nahm er die Brille ab und wurde sofort wieder ernst. »Was treibt diesen Bullen an?«

Scheffler angelte mit der Gabel ein Lachsschinkenröllchen. Er ließ sich Zeit mit der Antwort. »Er sucht nach seiner unehelichen Tochter.« Geschickt schnitt er die Spitze des Röllchens ab. »Die ich gerade in Cheb anlernen lasse.«

Wernstedt schloss die Augen. Atmete tief durch.

»Jou dom stuk kak«, murmelte er. Unwahrscheinlich, dass Scheffler Afrikaans verstand.

»Ist aber kein neues Problem, nur eine letzte Altlast. Die einzige, Ralph, das weißt du.«

»Ich verhandle gerade in Tschechien über hundertzwanzig neue Lizenzen, ich kann keinen Klotz am Bein gebrauchen! Wie heißt dein fränkischer Charles Bronson gleich noch mal?«

»Herrmann. Charly Herrmann.«

»Und seine Göre?«

»Ruby Sosniok.«

Wernstedt konnte sich nicht beruhigen und schüttelte immer noch stumm den Kopf. »Lös das Problem. Und lös es ohne Aufsehen. Lautlos. Die hohe Kunst der Problemlösung.« Er drapierte sein Besteck auf den Teller. »Bist du dazu in der Lage, Raoul?«

Scheffler lehnte sich zurück. »Genau das ist mein Plan. Und Ruby ist der Köder. Der Köder, auf den er gierig ist und an dem er sich verschlucken wird.«

Wernstedt setzte die Bentley-Brille wieder auf und schien sich auf die Zahlenreihen zu konzentrieren. »Ich will keinerlei Aufsehen, damit das klar ist«, sagte er leise. »Wir lassen uns nicht von Medien bloßstellen oder jagen. Nutze umgekehrt die Medien, um den Typen zu verbrennen. Erhöhe den Druck auf ihn. Du weißt, wer hier die besten PR-Kontakte hat.«

»Jan-Erik …«

»… von Hohenlohe-Castell!«

13:15 Uhr – Coburg, Brandensteinsebene, Fliegerklause

»Ey, die machen erst um drei Uhr auf!« Missmutig drehte sich Fiona wieder um und versuchte, die Finger in die Taschen ihrer schwarzen Jeans zu schieben.

Geht nur ein Stück weit, dachte Charly belustigt. *Knalleng das Teil, sogar für Fiona zu eng.*

»Was machen wir jetzt?«

»Improvisieren, was sonst. Sind schließlich bei der Polizei.«

»Hier?«

»Hier sind wir zu hundert Prozent ungestört. Definitiv der sicherste Platz für ein Vier-Augen-Gespräch in der Mittagspause. Ist übrigens Coburgs höchstgelegener Biergarten.« Er wischte mit einer flüchtigen Handbewegung Birkenblüten vom Tisch und setzte sich darauf, stellte den Fuß auf die Bank.

Freier Blick über das Plateau der Brandensteinsebene. Über das kurz gemähte Gras und die leere Startbahn des Verkehrslandeplatzes; weit hinaus über Felder, Wiesen und Wälder des Coburger Landes.

»Dort drüben siehst du den Staffelberg.«

Fiona zündete sich eine Pall Mall an. »Brauchst mich nicht an Bad Staffelstein zu erinnern«, sagte sie genervt. »Wir haben Tag und Nacht kein anderes Thema.«

»Ich weiß.«

Er spürte ein seltsames Gefühl aufsteigen; eine neidische Sehnsucht nach Fionas aktuellem SOKO-Stress. Sehnsucht nach optimaler Informationslage, jederzeitigem Datenzugriff und auch nach der viel geschmähten dienstlichen Routine. Selbst Heinz-Uwe Löhleins gelegentliche Sesselfurzereien: Waren sie nicht immer ein hilfreiches Ventil, hatten sie ihn nicht immer wieder vorangetrieben zu unkonventionellen, kreativen kriminalistischen Höchstleistungen?

Wie leicht und angenehm war es doch gewesen, sich im

Dienst, auf sicherem beamtenrechtlichem Boden, als kämpferischer Außenseiter zu gebärden und am Image des coolen Desperados zu basteln.

Jetzt galt es plötzlich, alleine über den Abgrund zu balancieren, ohne Netz und doppelten Boden … Ängstliches Verharren war lebensgefährlich, jeder falsche Schritt tödlich …

Fiona schob ihm eine fertige Pall Mall zwischen die Lippen.

Gierig inhalierte er, spürte die altvertraute Mischung aus Belebung und Entspannung.

Er strich über ihren Rücken, fasste sie sanft im Nacken und zog sie an sich heran. Sie legte den Kopf an seine Schulter und stieß ein Rauchwölkchen aus, hinüber zur Veste, auf deren Höhe sie standen.

Wortloses Vertrauen, Zuneigung, Wärme.

Ein Stück Heimat der besonderen Art, dachte er.

Sie stellte ihren Absatz auf seinen Fuß, drückte spielerisch gegen seine Zehen. »Weißt du, wo ich letztes Jahr um diese Zeit war? Mit einer Freundin? An der Algarve. ›Vale do Lobo Resort‹. Ein Traum«, seufzte sie. »Wo warst du eigentlich im Urlaub?«

Er runzelte die Stirn.

Letzten Sommer … Valeries Umzug samt Wohnungsrenovierung. Zählt nicht. Vorletzten Sommer … die Generalüberholung des Spider. Zählt nicht. Was zur Hölle war im Sommer vor drei Jahren? … Die MTB-Tour am Ammersee, mit Sven und Alex! Einschließlich der grandiosen »Triple-A-Aktion«: das legendäre exzessive »Andechser Absturz-Arrangement«, mit nachfolgendem Hausverbot im »Landhotel Kramerhof« …

»Dießen am Ammersee. Kleine Radtour mit zwei Kumpels.« *Andechs statt Algarve*, fügte er im Stillen hinzu.

»Ist doch sicher auch ganz nett.«

Während er noch misstrauisch nachspürte, ob leiser Spott bei ihr mitschwang, wechselte sie schon wieder das Thema. »Um zwei wird Gursky befragt. Tom nimmt ihn sich persönlich vor.«

Schlagartig war Charly hellwach.

»Er war in Schwabthal im ›Augustin‹«, kam sie ihm zuvor.

»Habt ihr irgendwelche Erkenntnisse? Wo isser angestellt, was macht er offiziell?«

Zärtlich rieb sie ihren Kopf an seiner Schulter. »Gemeldet ist er in Köln, Lütticher Straße. Kein Telefon, kein Auto zugelassen.«

»Klingt schon mal professionell. Da gibt's nur eins, ich würde ...«

»Hey«, lachte sie ihn an, »du bist schon wie mein alter neuer Chef, egal wie schnell wir den ersten Schritt machen, da will er schon Details zum dritten, vierten, fünften Schritt.«

»Weitblick nennt man das. Kennzeichen jedes guten Kriminalisten. Meinst du diesen Nees?«

Sie nickte. »Burkhard Nees. Referatsleiter Schwere und Organisierte Kriminalität.«

»Und? Irgendwelche Ähnlichkeiten mit mir?«

Weiter hinten ein leises Summen. Das weiß lackierte Stahltor eines Hangars fuhr langsam auf.

»Nein.« Sie fuhr über seinen Dreitagebart. »Er ist immer glatt rasiert, egal wie kurz seine Nacht war. Er ist nämlich auch kein ... Kostverächter.«

»Interessant.«

Der Hangar stand jetzt offen. Der Firmenjet der Brose-Gruppe rollte langsam heraus. »Hat er es auch bei dir versucht?«

Abrupt zog sie die Hand von seinem Kinn zurück. »Geht dich einen Scheißdreck an. Ich hab ihm einiges zu verdanken ... aber mit wem ich ins Bett gehe, entscheide ich ganz allein!«

Ihre Hand fuhr in seinen Schritt, er zuckte zusammen. Frech funkelte sie ihn an.

Gesprenkelte Katzenaugen, dahinter die Veste und ein wolkenlos blauer Himmel.

Was für ein Kitsch, dachte er flüchtig, *und was für eine Frau!*

Und riss sie im nächsten Moment an sich.

Er sah gerade noch, dass auch sie die Augen schloss, dann versank er selbst in der betäubenden Süße ihres leidenschaftlichen Kusses.

»So, Herr Gursky, auf diese Frage haben Sie sicher gewartet: Wo waren Sie am vorletzten Sonntag zwischen neun und elf Uhr dreißig?«

Jo Gursky lächelte schwach.

Nur mit dem Mund, dachte Tom.

Deine Augen sind eiskalt und wachsam. Die sparsame Mimik eines erfahrenen Kampfsportlers.

Oder eines Auftragskillers.

»Zwischen neun und elf Uhr dreißig? Irgendwo zwischen Bad Staffelstein und dem Staffelberg, glaube ich. Kann ich nicht genauer lokalisieren.«

»Das ist schlecht, Herr Gursky, das ist ganz schlecht.«

Gursky zuckte mit den breiten, muskulösen Schultern, die sich unter seinem dunkelblauen Knopfleistenshirt abzeichneten. Völlig entspannt saß er auf seinem Stuhl und faltete die Hände, mit extrem kurz geschnittenen Fingernägeln, locker vor dem Bauch.

»Was sagt Ihnen der Name Thorsten Geest?«

Kurzes, verständnisloses Kopfschütteln. »Nie gehört.«

»Thomas Gerkow?«

»Wer soll das sein?«

Tom lehnte sich zurück, deutete ein spöttisches Grinsen an. »Aber einen kennen Sie doch bestimmt – Raoul Scheffler!«

Gurskys Miene blieb völlig unbewegt. Mit dem Zeigefinger kratzte er sich kurz am Unterarm. Eine weißliche Narbe, vielleicht zwei auf fünf Zentimeter. Ein weggelasertes Tattoo höchstwahrscheinlich.

»Wenn Sie Raoul Scheffler aus Nürnberg meinen ... ja, den kenne ich.«

»Privat?«

»Beruflich nur. Ich mache doch Innenausstattung und Deko für Spielcenter.«

»Wann hatten Sie zuletzt Kontakt mit ihm?«

Gurskys Blick wanderte leicht genervt zur Decke. Und wieder zurück. »Muss vor fünf, sechs Wochen gewesen sein.

Er rief mich an wegen zweier neuer Filialen, die ich GOLDEN-CANYON-mäßig pimpen soll.«

»Welche Filialen sind das?«

»Coburg und Lichtenfels.«

»Haben Sie die Aufträge angenommen?«

Kurzes Zögern. »Ich … prüfe noch.« Gursky klang jetzt leicht gereizt.

Gut so.

Tom blätterte scheinbar interessiert in der dicken Akte. Zweihundert Fake-Seiten, künstlich verdickt noch durch einen Pseudo-Foto-Teil. Ein kleiner Psycho-Trick für Befragungen und Verhöre bei dürftigen Beweislagen.

»Ich sehe hier in Ihrer Akte, dass die Kollegen in Dresden und Hamburg zwo elf gegen Sie ermittelt haben. Verdacht der Beihilfe zur Geldwäsche. Gemeinsam mit einem gewissen Raoul Daniel Scheffler.«

»Alte Kamellen. Längst eingestellt.«

»Stimmt, Herr Gursky.« Tom lehnte sich zurück, nahm ihn wieder ins Visier. »Heute interessieren uns Ihre aktuellen Aufträge und Termine. Kommen wir zurück auf letzten Sonntag: Zwischen neun und elf Uhr dreißig waren Sie also irgendwo zwischen Bad Staffelstein und Staffelberg. Da gibt's doch sicher Zeugen?«

Ein breites Grinsen erreichte jetzt auch Gurskys wässrig blaue Augen.

»Natürlich, Herr Kommissar. Zweitausend Stück. Wenn Sie auf ›Obermain-marathon.de‹ klicken, können Sie bequem die Namen ausdrucken. Als Marathon-Ergebnisliste. Ich steh auch mit drauf. Auf Platz 435. Mit vier Stunden fünfundfünfzig …«

14:04 Uhr – Berlin-Zehlendorf, Golfclub Wannsee, Sonnenterrasse

»Diane, meine Liebe, ist das dein Ernst?«

Ralph Wernstedt schob seine Sonnenbrille hoch und zeigte amüsiert auf die Tagesempfehlungen des Clubrestaurants. »Roter und weißer Presssack mit Zwiebelvinaigrette und

Röstkartöffelchen? Was sind denn das für exotische Gaumenkitzel?«

Diane lachte. »Du weißt doch, dass Paul, unser Chef, aus Franken stammt. Und Presssack ist eine urfränkische Wurstspezialität. Etwas ganz Deftiges.«

Wernstedt rümpfte zweifelnd die Nase. »Lieber nicht. Ein andermal vielleicht. Bring mir einen kleinen Teller von den Steinpilz-Tortellini in Basilikumbutter mit Kirschtomaten.«

»Gerne. Zu trinken?«

»Eine Flasche Perrier ... oh, Herr Senator, Tag, lieber Klaus«, kurzes Shakehands mit einem selbstgefälligen Brille-mit-Schnurrbart-Träger, »'tschuldigung, liebe Diane, ein Perrier und ein paar Eiswürfel extra!« Bedauernd hob er seinen verkrüppelten Zeigefinger.

»Gerne, Ralph. Ach nee, dieser Ladies' Table, Katja Riemann winkt schon wieder ...« Murmelnd entfernte sie sich.

Sein Handy vibrierte. Joan, die Assistentin.

»Hallo, Joan, was gibt's, meine Liebe?« Ein fröhliches Winken für die vorbeiflanierende Vera Thormählen-Anklam, Stiftungsbeirätin der Berlinale.

»Burkhard Nees, sagst du? Lässt sich nicht länger vertrösten, dritter Anruf schon ...« Seine Miene verdüsterte sich. »Nein, keine Ausweichmanöver mehr.« Er blickte auf die große Uhr über dem Eingang zum Clubrestaurant. »Sag ihm, Terrasse Golfclub. Tisch vier. Ich erwarte ihn. *Bye-bye, my dear.*«

Nees, immer wieder Burkhard Nees. *Eine Altlast*, dachte er. *Ich brauche ihn nicht mehr. Aber er weiß zu viel. Auch wenn er mehr ahnt, als er weiß. Aber egal, er hat jetzt ein feuchtes Höschen wegen der Snuff-Geschichte.*

Abfällig musterte er die zwei kichernden Blondinen, die völlig overstyled an seinem Tisch vorübergingen, ohne ihn eines Blickes zu würdigen ... Snuff, eine ebenso zufällige wie geniale Geschäftsidee. Früher wurden unbotmäßige Damen des Milieus, kriminelle Schlampen also, eigenhändig von ihrem Luden eliminiert. Ihr Ableben schlug mit Verlust und Risiko zu Buche. Snuff dagegen war eine klassische Win-win-Situation.

Die Bestrafung, die finale Problemlösung dieser ausgesuchten Einzelfälle, brachte sechsstellige Summen in die Kasse. Und die Luden selbst behielten saubere Hände, dank dieser Bastards, dank der Männer fürs Grobe …

»Perrier und Eiswürfel.«

»Danke.«

Geziertes Gelächter wieder an Katja Riemanns Ladies' Table. Diane hatte alles unter Kontrolle.

Er schob seinen Krüppelfinger tief in die Eiswürfel. Die eisige Feuchte betäubte sofort den ziehenden Schmerz, der ihn seit dem Aufstehen quälte.

Sein Blick glitt über die gut gefüllte Terrasse hinaus, verlor sich im tiefen satten Grün des Golfrasens.

Was für ein wohltuender Kontrast zur ausgedörrten, sonnenverbrannten Erde in Südafrika, auf der sich der Rhodesian Ridgeback Jingo damals in seinen Finger verbissen hatte. 1987, auf der Großwildsafari; einen Löwen und einen Elefantenbullen hatte er bereits sauber erlegt … um dann am selben Tag, durch einen Hund, fast noch einen Finger zu verlieren. Er hatte die Amputation verweigert, zwei Nächte mit zweiundvierzig Grad Fieber überlebt … doch die kleine Schwarze, die auf Jingo nicht aufgepasst hatte, erhielt ihre gerechte Strafe … er sah Dicks Machete in der Sonne blitzen … den blutigen kleinen schwarzen Daumen im Sand …

Vom Rand des Parkplatzes näherte sich eine nur allzu bekannte Gestalt. Langsam und etwas verkrampft schlenderte sie heran.

Burkhard Nees, Referatsleiter des BKA.

Sein heller Sommeranzug war ihm zwei Nummern zu groß, das Gesicht blass und eingefallen. *Du bist todkrank*, dachte Wernstedt. *Das Problem löst sich biologisch. Doch du lässt nicht locker, du wirst bis zuletzt nerven, vielleicht hast du doch noch etwas in petto … aber was?*

Es gibt keine verräterischen Telefonate. Kein Video. Schon gar nichts Schriftliches von mir. Und wer würde der Aussage eines todkranken, korrupten Einzelnen Glauben schenken? Du könntest uns höchstens vorübergehende Unannehmlichkeiten bescheren,

Befragung und vielleicht Durchsuchung … aber da gibt es nichts zu finden …

Kein Grund also, dich noch schnell zu eliminieren.

Er hob die Linke zum Gruß.

»Tag, Burkhard! Leider kann ich dir nicht die Rechte geben.« Entschuldigend wies er auf das Eiswürfelschälchen. »Setz dich, mein Lieber!«

Nees lächelte schwach. »Danke.«

»Schön, dass es heute endlich klappt, Burkhard!«

Er rührte in den Eiswürfeln, die zusehends wärmer wurden. »Ich habe viel nachgedacht über unsere letzten Gespräche. Wenn man unsere kurzen Begegnungen überhaupt so nennen kann. Auf jeden Fall, eines ist mir völlig klar geworden – du hast recht!«

Langsam zog er seinen Finger aus den Eiswürfeln. »Diese … diese unsägliche Geschichte wird nicht mehr vorkommen. Grausam, pervers, völlig entartet. *Game over!*«

Nees starrte ihn hohläugig an.

Er öffnete den Mund, schien sich eines Bessern zu besinnen, schloss ihn kurz und öffnete ihn dann doch wieder. »Wie viele Leichen sind noch im Keller, Ralph? In diesem ganz speziellen Film-Keller?«

Gelächter am Ladies' Table.

Jetzt den Sack zumachen, dachte Wernstedt. »Keine, null Komma null! Drei Fälle sind drei zu viel. Habe dafür gesorgt, dass das auch so bleiben wird. Schwamm drüber!« Er beugte sich vor, senkte seine Stimme zu bedeutungsschwangerem Flüstern herab. »Ich habe noch eine gute Nachricht für dich. Eigentlich dürfte ich gar nicht darüber sprechen.«

Nees schnippte einen Weißbrotkrümel vom Tisch. »Bin ganz Ohr.«

»Habe letzte Woche mit Benninghoff geredet.«

»Dem Wirtschaftssenator?«

Wernstedt nickte. »Und enger Freund des Regierenden, wie du weißt, ganz wichtig. Er begrüßt meinen Vorschlag. Er meint, du hast gute Chancen, sehr gute Chancen sogar. Nach dreißig Jahren herausragender Arbeit am BKA …«

Nees schob misstrauisch die buschigen Augenbrauen zusammen. »Chancen worauf?«

Wernstedt lächelte. Er genoss den Moment.

»Dass du im Herbst das Bundesverdienstkreuz bekommst.«

18:09 Uhr – Coburg, Radweg Lützelbuch-Seidmannsdorf

»Gursky hat ein wasserdichtes Alibi, Charly!«

Tom Scherzer versuchte keuchend Schritt zu halten mit Charly, der schleichend und unbarmherzig das Tempo verschärfte. Schulter an Schulter rannten sie aus dem beschaulichen Seidmannsdorf hinaus und bogen am Ortsrand links ab auf einen sanft ansteigenden Flurbereinigungsweg.

»Was ist er für ein Typ?«

»Eiskalt, abgezockt. Passt voll ins Raster.«

»Vier Stunden fünfundfünfzig hat er beim Marathon gebraucht? Anfängerzeit«, knurrte Charly, »hopp jetzt, zweiten Gang nei, rauf aufn Berg! Aber bass auf die Hundescheiße auf, Coburgs beschissenster Weg is des!«

»Ned so schnell … wo nimmst du auf amoll die Energie her …?«

»Ich zeig's ihm, ich zeig's ihm, ich krieg den Scheiß-Zigeuner … Hallo.« Ein freundlicher Gruß für zwei ältere Spaziergängerinnen mit Hut und ohne Hund. Tom fand schnaufend wieder Anschluss. Über Wiesen und Felder ging der Blick hinüber Richtung Ketschendorf und Eckardtsberg.

»Scheffler ist doch viel zu clever, so schnell kommt der nicht ins Merkur, äh, GOLDEN CANYON.«

»Bass auf, scho wieder zwei Scheißhaufen … aber ich komm zu ihm, das garantiere ich dir … und ich hol Ruby raus!«

Der holprige Asphaltweg näherte sich dem Waldrand, wo er wieder flacher wurde, die Atmung beruhigte sich etwas.

»Los, bis zum Schild noch!«

Charly zog den Endspurt an, in seinem Nacken Tom, der offenbar die zweite Luft bekam. *Alles oder nichts … für Ruby … für Manu.* Tom hechelnd, aber gnadenlos … jetzt schon auf gleicher

Höhe … *und gegen Scheffler … gegen Ritter … für MICH!* Dort vorn das Schild … *der letzte, der allerletzte Turbo … Kopf vor!*

Fotofinish.

»Mir wardd'n aufs Zielfoto«, japste Tom.

Charly stützte die Hände auf die Knie und pumpte. »Nix gibt's … ich war einen Schritt schneller!«

»Aber auch bloß, weil du jetzt Zeit zum Trainieren hast.«

»Denkst du … das war das pure Scheffler-Adrenalin!« Er wischte sich mit dem Handrücken über den Mund, spürte das stakkatoartige Hämmern seines Herzschlags, die übersäuerten Muskeln, den ausgedörrten Mund … *Ich bin stärker! … stärker als die Gegner, stärker als der Schmerz!*

Er roch das Tannenharz und den feuchten Waldboden. Erinnerungen stiegen auf, längst vergessene Glücksmomente aus fernen Kindheitstagen …

»Alles klar, Chef? Geht's widder?« Tom grinste breit.

Zurück … zurück zum Fall.

»Der Sauerstoff pusht mich! Das ist die reinste Droge … wenn der Schmerz langsam nachlässt, wenn du merkst, wie das frische Blut ins Hirn schießt …«

Er tippte Tom mit dem Finger auf die Brust. »Ich sag dir eins: Googelt mal Gurskys Marathonzeiten der letzten ein, zwei Jahre. Ich scheiß doch auf dieses Marathon-Alibi. Das kann kein Zufall sein, wenn dieser Typ nach Bad Staffelstein kommt und hier den Obermain-Marathon läuft, während gleichzeitig der wichtigste Belastungszeuge umgebracht wird!«

Tom stützte sich gegen einen Baum und dehnte vorsichtig seine Wade. »Was helfen uns da alte Wettkampfzeiten, Charly …?«

»Es ist auf jeden Fall ein Indiz«, sagte Charly störrisch. »Und für einen Auftragskiller das perfekte Alibi. Wenn er normal dreieinhalb oder vier Stunden läuft, dann hat er bei vier Stunden fünfundfünfzig genügend Zeit für einen kleinen Hausbesuch am Streckenrand. Humpelt als Umgeknickter von der Strecke, das fällt bei zweitausend Läufern nur ein paar Sekunden lang auf!«

»Und dann?«

»Er ist Profi. Dietrich oder Nachschlüssel … oder klingelt hilfesuchend. Dauert doch nur ein paar Minuten, dann ist er wieder zurück auf der Strecke und arbeitet weiter an seinem Alibi!«

»Das ist genial … du bist absolut krank!«

Charly grinste. »Das ist Sauerstoff! Und so wie ihr an Gursky dranbleibt, bleib ich an Scheffler dran. Henry spürt ihn grad auf für uns, der ist richtig heiß jetzt.«

Über ihren Köpfen sang eine Lerche. Unermüdlich, betörend schön und fröhlich.

Weiter oben, in Richtung Eckardtsberg, drehte ein Raubvogel einsam seine Kreise.

20:41 Uhr – Cheb, alte Fahrradfabrik, Hintergebäude

Ruby presste ihre heiße Stirn an die Fensterscheibe. Kühles hartes Glas, direkt dahinter das halb verrostete Gitter.

»Ich hasse dich, du Scheißgitter, ja, ich hasse dich, du Scheißgitter«, flüsterte sie und fing urplötzlich zu schreien an: »Ich hasse dich, du verficktes tschechisches Scheißgitter!«

Sie ließ sich rückwärts auf die Matratze plumpsen. Sie spürte, wie ihr Herz raste und ihre Wangen immer heißer wurden.

Noch nie hab ich so viel Kristall hochgeschnieft. Meine Nase blutet immer noch. Wahnsinn, wie viel Raoul mir dagelassen hat … und jetzt ist alles weg … Nein, alles ist aufgeräumt … in meinen Kopf … in meine Welt … in meine Galaxis … und du Scheißgitter, du kleines verficktes Scheißgitter willst mich aufhalten, mich, die kleine Löwin Ruby Sosniok …?

Sie breitete ihre dünnen weißen Arme aus und lächelte verklärt die Glühbirne an, die nackt von der Decke baumelte.

Ich glühe! Wer braucht dich, du dumme kleine Birne …? Sie kicherte, erst leise, dann immer lauter und schriller … *du Birne, du dummdummdumme Birne, schaukel dich doch blöd da oben, du hast dich ja längst aufgehängt … Aufgehängt!* Lachtränen rannen über ihre Wangen, sie strampelte vor Vergnügen, rollte prustend zur Seite, beruhigte sich nur langsam wieder.

Meine Galaxis … niemand hält mich auf … nothing's gonna stop me now …

Urplötzlich schoss sie hoch und krabbelte auf allen vieren quer durch den kleinen Raum, hinüber zu einem alten Holzstuhl.

Regungslos verharrte sie vor ihm. Glotzte ihn an, hypnotisierte ihn regelrecht.

Wer bist du? … Ich weiß es … ich kenne dich … du bist mein Traumschiff … gemeinsam gleiten wir durch die Galaxis … Sie zog die Stuhllehne zu sich heran, lehnte zärtlich ihre Wange dagegen und schloss die Augen.

Um sie im nächsten Moment erschrocken wieder aufzureißen.

Ein Motorrad röhrte in den Hof.

Schutzsuchend klammerte sich Ruby an ihren hölzernen Freund.

Der Motor erstarb. Der Seitenständer klackte. Schritte auf dem Asphalt.

Ein Schlüssel drehte sich.

Pures Adrenalin schoss wie Brandbeschleuniger durch ihren drogenbefeuerten Körper.

Die Tür ging auf.

Ein langhaariger Biker trug eine McDonald's-Tüte in der Hand.

Wir starten durch!

Wie ein Rammbock, mit den Stuhlbeinen voran, schoss sie auf den Bastard zu, prallte mit voller Wucht gegen seine Schienbeine.

Mit einem überraschten Aufschrei stürzte er, über Stuhl und Ruby hinweg, zu Boden.

Ruby sprang auf, durch die offene Tür, explodierte hinaus, hinaus in die Abendkühle der tschechischen Kleinstadt, *hinaus … in die unendliche Galaxie der Freiheit …*!

22:12 Uhr – Coburg, Herrngasse

»Ja, Henry?« Charly richtete sich vom Kopfkissen auf. Mit rechts presste er das Handy ans Ohr, mit links hielt er Fionas Hand fest, die sanft sein Schamhaar kraulte.

»Gute Nachricht …« Die Leitung rauschte und knackte.

»Wo bist du, Henry? Versteh dich nur ganz schlecht.«

Aus weiter Ferne, ganz blechern: »Autobahn … Funklo…«

»Fahr raus!«

Fionas freie Hand tastete sich jetzt an der Innenseite seines Oberschenkels entlang. »Hör auf … nein, nicht du, Henry!« Er löste sich von Fiona und setzte sich auf die Bettkante. »Ja, jetzt bist du klar und deutlich, schieß los!«

»Kontakt ist hergestellt, Charly. Wir sind dran an dem Sack.«

Fiona auch.

Er fegte ihre Hand aus der Gefahrenzone und stand auf. »Wie hast du das geschafft?«

»Bisschen umgehört unter den Kollegen. Und rausbekommen, dass ein Kumpel von ganz früher jetzt öfter was für Scheffler fährt.«

»Interessant.« Charly trat ans Fenster.

»Ja, ich hatte den Typen die letzten Jahre etwas aus den Augen verloren. Höchste Zeit also, mal wieder bei ihm anzuklopfen.«

»Was habt ihr ausgemacht?«

»Treff mich morgen Abend mit ihm auf ein Bierchen.«

»Und dann?«

»Wissen wir mehr. Bin mir sicher, dass wir jetzt an Scheffler rankommen, das hab ich einfach im Urin«, lachte er. »Mann, das törnt mich so richtig an … wenn ich mir das vorstelle, seine Hackfresse, wenn er plötzlich dich und Bernie sieht!« Er gluckste vor Vergnügen.

»Wollen ja erst mal nur wissen, wo Ruby ist«, sagte Charly vorsichtig.

»Sowieso. Und brecht ihm dabei das Genick. Kleiner Kollateralschaden.«

»Wie verbleiben wir?«

»Ich meld mich nach dem kleinen Meeting wieder.«
»Wie heißt der Typ?«
»Kennste nicht. Oder vielleicht doch, könnte aus deiner Ecke stammen. Heublein.«
»Gibt's viele.«
»Steffen. Alias Steve. *See you*, Charly!« Er legte auf.
Charly ließ das Handy sinken. Unten ratterte ein Taxi über das Kopfsteinpflaster der Herrngasse.
Er spürte ihre Nippel an seinem Rücken, dann presste sie sich warm und fest mit dem ganzen Körper an ihn. Ihre Lippen spazierten über seine Schulter, ihre Wange schob sich sanft an seinen Hals.
Tränenfeucht.
Irritiert drehte er sich um, hob ihr Kinn an und sah in verschwommene Katzenaugen.
»Hey … was ist los?«
Sie fuhr sich über die Augen und schüttelte stumm den Kopf.
»Hey, irgendwas muss doch sein …«
Scheiß-Déjà-vu.
Warum musste in jeder Beziehung über kurz oder lang dieser rätselhafte Moment kommen: unerklärliche Tränen auf der einen, hilflose Verwirrung auf der anderen Seite? Probleme mussten doch klar benannt und ausgesprochen werden.
»Du bist doch auch Polizistin«, hörte er sich sagen.
»Eben.«
»Wie … eben?«
»Polizistin … und Frau.«
Sie setzte sich auf die Bettkante und zündete sich eine Pall Mall an.
»Entschuldige, was ist das jetzt für eine Nummer? Du weißt genau, es gibt nur gute und schlechte Polizisten. Sonst nix.«
Sie schwieg.
Charly versuchte, den Ablauf ihres gemeinsamen Abends zu rekonstruieren: Feierabendpizza im »Maccaroni«; Lambrusco und zwei Kristallweizen. Völlig unauffällig. Auf dem Heimweg im Biergarten »Josiasgarten« hängen geblieben, bei Thomas, einem Alfa-Spider-Kollegen, und seiner Frau. Zwei Radler,

auch hier keine besonderen Vorkommnisse. Weiter in Fionas Wohnung. Gemeinsame Dusche, gemeinsamer Sex …

STOPP! Zwischen Dusche und Doppelbett ein Anruf, Fiona war mit dem Telefon in der Küche verschwunden, er hatte den ersten Song der Gotthard-CD, »Heaven«, alleine hören müssen, bis sie endlich ins Bett kam und sich wie eine Tigerin auf ihn stürzte …

Er tastete kurz nach der Bisswunde an seiner Schulter. »Wer hat eigentlich vorhin angerufen?«

»Kollegin nur. Aus Berlin.«

Nackt und tief in Gedanken versunken saß sie mit übergeschlagenen Beinen auf dem Bettrand und rauchte.

Ihr Anblick erregte ihn. Prüfend schaute er an sich hinab.

Wachsendes Interesse.

Er versuchte, es zu ignorieren. »Was war so wichtig?«

Sie ließ sich Zeit, drückte sorgfältig ihre Kippe aus. »Nees geht es sehr schlecht. Hört jetzt aus gesundheitlichen Gründen auf. Angeblich überall Metastasen.«

»Scheiße.«

Nees, immer wieder Nees. Hatte er wirklich solchen Einfluss auf sie genommen? Sie wischte sich kurz über die Augen, stand auf und tappte zu ihm herüber, lief ihm in die Arme.

»Halt mich fest«, wisperte sie, »ich will dich nicht verlieren. Lass dich nicht privat mit dem Milieu ein … du bist nicht im Dienst, du bist kein Polizist, du bist schutzlos!« Ihre Nägel krallten sich in seinen Trizeps, die feuchten Katzenaugen begannen wieder zu schimmern und zu funkeln. »Kümmer dich nicht selbst um Scheffler, gib den Kollegen Henrys Tipp … und halt mich fest, ganz fest!«

Ihr Schamhaar kitzelte ihn, als sie sich an ihn klammerte. »Komm mit ins Bett … ich will dich, ich brauch dich so …!«

23:51 Uhr – Cheb, Sládkova 159/1, Handelskammer

»Herzlichen Dank, Frau Ministerin! Ein großartiger Abend, ein krönender Abschluss für langwierige Verhandlungen, gerade im Bereich der Spielkonzessionen!« Ralph Wernstedt hob mit routiniertem Lächeln sein Glas.

Jana Hrdličková, stellvertretende Wirtschaftsministerin, warf ihren Kopf zurück und stimmte das kehlige kleine Lachen an, für das sie bekannt war. Ihre Akoya-Perlenohrringe schimmerten im Licht des Kronleuchters. »Waren sehr gute Verhandlungen, Herr Wernstedt! Hundertzwanzig Lizenzen für GOLDEN CANYON hier in der Region.«

»Natürlich, wenn auch nicht ganz billig … aber ein faires Gesamtpaket«, beeilte er sich anzufügen. »Mit professionell und sauber geführten GOLDEN-CANYON-Spielhallen verbessern Sie das Freizeitangebot, schaffen Arbeitsplätze und erzielen zusätzliche Steuereinnahmen.«

Jana Hrdličková tastete kurz nach ihrer kunstvoll gestylten Hochsteckfrisur, bevor sie wieder lachte. »Sie sind, wie sagt man, Herr Wernstedt, allzeit bereit?«

Über ihr an der Wand prangte in großen Lettern, braun auf beige, der Wahlspruch der Tschechischen Republik.

Pravda vítězí – Die Wahrheit siegt.

Er unterdrückte seine wachsende Gereiztheit und ignorierte ihr provozierend zur Schau getragenes Dekolleté. »Jederzeit! Fair und konstruktiv, Frau Minister.« Er stellte sein leeres Glas auf dem Tablett des gut gebauten Kellners ab und deutete lächelndes Bedauern an.

»Sie gestatten, dass ich mich zurückziehe, Frau Minister? Morgen früh warten schon wieder Termine in Berlin.«

»Selbstverständlich, lieber Herr Wernstedt!«

Ein formvollendeter Handkuss, ein zuckersüßes Dankeslächeln, dann entschwebte die stellvertretende Wirtschaftsministerin.

Geschafft.

Aufatmend nestelte Wernstedt das Namensschild vom Revers und schlüpfte durch die kleine Seitentür ins Treppenhaus. Nichts wie raus. Viel zu viel Repräsentation in letzter Zeit, zu wenig Action. Die Seitentür führte direkt auf den Parkplatz hinaus.

Es hatte geregnet. Von den großen alten Bäumen tropfte es

noch herab. In tiefen Zügen atmete er die wohltuend frische Nachtluft ein, bevor er endlich hinter dem Lederlenkrad seines Bentley Mulsanne Platz nahm. Andächtig wie immer lauschte er dem satten schweren Ploppen, mit dem die Fahrertür ins Schloss fiel.

Null Uhr eins. Keine Anrufe.

Schnell noch auf E-Paper, die BILD von morgen früh, seit sechzig Sekunden online.

Perverses Tötungsvideo. Fränkischer Polizist (49) taucht unter!

Wernstedt erstarrte.

Wie in Trance drückte er den Narbenfinger auf »Weiterlesen«.

… vor wenigen Stunden anonym unserer Redaktion zugespielt: Er zeigt die grausame Tötung einer jungen Frau, die von einem Kampfhund regelrecht zerfleischt wird. BILD hat sofort das Bundeskriminalamt eingeschaltet, da die Polizei von dem anonymen Informanten schwer belastet wird. So soll der Coburger Kommissar Charly H. (49), Ex-Chef der SOKO Franken, im vertraulichen Kreis geäußert haben, es sei auch für ihn »kein Problem, ein Filmchen zu bestellen, für 500.000 Dollar binnen einer Woche lieferbar«. H. besaß noch 2012 Kultstatus als ›fränkischer Super-Cop‹, der Nik the Ripper und den Ballerina-Mörder zur Strecke brachte. Jetzt wurde er vor wenigen Tagen erst über Nacht als SOKO-Franken-Chef abgelöst, angeblich aus gesundheitlichen Gründen. Der Coburger ist seither spurlos untergetaucht. BILD bleibt für Sie dran, wir berichten weiter.

Ein verpixeltes Snuff-Foto, oben rechts eingeklinkt ein Porträt.

Grausames Tötungsvideo! Welche Rolle spielt der untergetauchte Polizist (oben rechts)?

Wernstedt drückte »E-Paper schließen«. Wie aus weiter Ferne nur hörte er das Lachen und Geplapper gut gelaunter Gäste, die jetzt aus der Handelskammer strömten und ein Taxi oder eine der Luxuslimousinen rund um seinen Bentley bestiegen.

Scheffler, du Vollidiot! Wegen einer Privatfehde mit einem Provinzbullen entfachst du einen Flächenbrand! Bringst Snuff an die Öffentlichkeit! Gefährdest deinen eigenen lukrativen kleinen Geschäftszweig ... und entlarvst gleichzeitig mich vor meinem unberechenbaren Alt-Informanten Nees als Lügner ...!

00:05 Uhr – irgendwo bei Cheb

»Bin ich denn von Schwachköpfen umzingelt?«, tobte Raoul Scheffler. »Du fährst Harley, willst ein Bastard sein und lässt dich von der dürren kleinen Pritsche übern Haufen rennen! Was bist du für eine Luftpumpe!« Wutentbrannt schleuderte er seinen Whisky ins Gesicht seines Gegenübers.

Der stämmige Bastard verzog keine Miene. Stumm wischte er sich über die Augen.

»Tropf mir nicht meinen Teppichboden voll! Gib ihm ein Handtuch, Steve – ach was, hau einfach ab und bring mir diesen Fratz wieder, persönlich und unversehrt, ist das klar? Abflug, Kamerad!«

Mit dumpfen schweren Schritten marschierte der Biker hinaus.

Steve nestelte nervös an dem Handtuch, das jetzt nicht mehr zum Einsatz kam. »Boss, das war einer von Jerzys Leuten ...«

»Und Jerzys Leute werden von uns teuer bezahlt!« Scheffler ließ sich in seinen Sessel plumpsen. »Wir reißen uns den Arsch auf, Jan-Erik schaltet sogar die BILD ein, um Rubys Alten an den Haken zu kriegen, und dann tanzt uns die kleine Schlampe auf der Nase rum!« Er zückte sein Telefon. »Ist was?«

Steve knetete unablässig das Handtuch. »Bin jetzt vier Tage auf den Beinen, Boss ...« Er ließ das Handtuch plötzlich fallen, presste beide Hände gegen seinen Unterkiefer und stöhnte leise.

»Hör auf mit dem Gesichtsfasching!«

»Ich brauch was, Chef«, wimmerte Steve wehleidig, »ich brauch ganz dringend was!«

»Du wirst zu teuer, Junge! Das kann kein Mensch bezahlen, was du ständig wegschnupfst!«

»Bring Top-Leistung, Boss, Top-Leistung … vier Tage rund um die Uhr!«

Scheffler ergriff eine Stahlrute, die hinter ihm lag, und zeigte mit ihr auf Steves Brust. »Du arbeitest wirklich engagiert und verbissen, aber das ist noch keine Top-Leistung … Bruder«, fügte er verächtlich an. »Top-Leistung ist was ganz Besonderes, was Exklusives … hast du was ganz Exklusives für mich?«

Steve stoppte abrupt seine Kiefermassage und glotzte wie hypnotisiert auf das weiße Päckchen, das plötzlich auf Schefflers Hand lag.

»Ja«, sagte er heiser, »klar!«

Raoul Scheffler lachte und steckte das Tütchen wieder ein. »Hehehe … würd ich auch sagen an deiner Stelle …« Er winkte gebieterisch. »Los, Abflug jetzt … ab in die Falle! Schlafen statt sniefen!«

Steve kratzte sich hektisch am Kopf. Seine Kiefer mahlten. »Ich weiß wirklich was … da hat sich einer nach dir erkundigt und für dich interessiert!«

Schefflers Stahlrute bohrte sich schmerzhaft zwischen seine Rippen, er wich zurück. »… ein alter Bekannter, ewig nicht mehr gesehen, will mich treffen und fragt aber nach dir. Angeblich kennt er dich.«

»Wer?«

»Henry … Henry Katz.«

01:04 Uhr – Cheb

»Aahh, jaaahh!«

Endlich. Das tat mal wieder so richtig gut. Langsam verrauchte Wernstedts Wut auf den unberechenbaren Scheffler.

»Scheiß-Zigeuner … raus mit dir!«

Er wischte erst sich mit dem Kleenex ab, dann fuhr er damit dem lockenköpfigen Jungen über den Mund und stieß ihn aus dem Bentley wieder hinaus auf den dunklen Parkplatz.

06:50 Uhr – Coburg, Café Feiler am Theaterplatz

»Guten Morgen, bitte schön?«

Die kleine Rothaarige strahlte vergnügt trotz der frühen Stunde. *Scheint auch gut geschlafen zu haben*, dachte Charly und zwinkerte ihr ungeniert zu. Oder waren ihre Pupillen doch etwas größer als sonst?

Sein Lächeln erstarb. *Du siehst Gespenster.*

»Mach mir einen großen Schwarzen bitte … ich nehm ihn mit raus!«

Er genoss es, wieder einmal allein und ungestört in der Morgenkühle mit seinem heißen Kaffee am Tisch zu stehen. Zu sehen und zu spüren, wie Coburg langsam erwachte.

Vor ihm der Bus-Rendezvous-Platz; einst heftig umstritten, dreieinhalb Millionen teuer, jetzt ein beliebter und viel frequentierter Platz der Innenstadt. Umgeben vom Ensemble aus der Caféмeile, dem Biergarten »Josiasgarten« mit seinen großen alten Bäumen, dem Bürglaß-Schlösschen und dem Landestheater.

Weiter unten, am Gemüsemarkt, brummte eine kleine orangefarbene Straßenkehrmaschine des CEB die Georgengasse herauf, wendete, scheuchte dort wie jeden Morgen einen Pulk Straßentauben auf und brummte auf der anderen Straßenseite wieder hinunter.

Der schwarze Kaffee erreichte langsam Trinktemperatur. Genüsslich schlürfte er die belebende bittere Wärme.

»Servus!«

Ein Stadtbusfahrer, Charly fiel sein Name nicht gleich ein. Überrascht blieb er bei ihm stehen, die im Café aufgefüllte Thermosflasche in der Linken, die Bildzeitung in der Rechten. »Du hier? Ich denke, du bist spurlos untergetaucht?«

»Wer sagt das?«

Frank hieß der Busfahrer, fiel ihm im selben Moment ein. Frank stellte seine Thermosflasche auf Charlys Stehtisch und legte die BILD daneben.

»Hier, schwarz auf weiß!«

Perverses Tötungsvideo. Fränkischer Polizist (49) taucht unter!

Charly erstarrte. »Das gibt's doch nicht …«

Achtlos stellte er den Kaffee ab und vertiefte sich in den Artikel.

»Wos stimmt denn dou jetzt?«, fragte Frank neugierig.

»Nix!«

Auflage 254.000.

Sein Magen flatterte, wie die aufgescheuchten Straßentauben.

Wo war die Coolness, die Abgebrühtheit? Hing sie wirklich an Dienstmarke und Dienstwaffe?

Auflage 254.000.

Kritik, auch zugespitzt und provozierend, war er gewohnt. Doch keine falschen Verdächtigungen.

Keinen Rufmord.

»Dei Bus fährt gleich! Vergiss dei Drecksblättla net!«

Charly ließ den völlig Verdutzten stehen und ging auf seltsam weichen Knien zurück ins Café. Wortlos griff er nach dem Leseexemplar, faltete und steckte es ein.

Keinen Cent für Medienterroristen.

»Satisfaction«.

Schnell ging er wieder hinaus, zum Tisch, auf dem einsam und verloren sein Kaffeebecher stand.

»Ja, Tom?«

»Moin, Chef. Wo bist du grad? Muss dich dringend sprechen.«

»›Café Feiler‹, Theaterplatz.«

»Ach ja, seh dich schon.«

Ein schwarzer Fiat 500 Abarth mit Erlanger Nummer bog aus der Grafengasse ein und parkte mitten in der Auffahrt zum »Josiasgarten«. Tom Scherzer schälte sich hinter dem Steuer hervor und trabte gewohnt schlaksig über den Bus-Rendevous-Platz auf ihn zu. Sie klatschten sich ab.

»Hab's an der Aral-Tankstelle grad entdeckt«, sagte er leise. »Wer steckt bloß dahinter?«

Charly schob sich schweigend eine Lucky zwischen die Lippen.

»Da dreht doch einer ein ganz großes Rad, wenn er sogar Snuff publik macht!«

»Nur um dir zu schaden?«

Charly schüttelte den Kopf. »Ergibt keinen Sinn. Ich bin doch schon aus dem Verkehr gezogen.«

»Was hast du vor?«

Er inhalierte tief, wartete auf die beruhigende, befreiende Wirkung des Nikotins. Vergeblich. »Muss das klarstellen, kann ich mir unmöglich bieten lassen. Kleine Presseerklärung vielleicht?«

Ein Stadtbus rollte heran. Linie 1 nach Niederfüllbach, gefolgt von Linie 3 nach Dörfles-Esbach. Schlagartig belebte sich der Theaterplatz.

»Komm mit rüber, wir setzen uns ins Auto.«

Charly versuchte noch einen letzten tiefen Zug, bevor er die halb gerauchte Lucky sorgfältig ausdrückte und zu Tom in den Fiat stieg.

»Das ist noch nicht alles, Charly.«

Charly lachte sarkastisch auf. »Bin gespannt, wie du das noch toppen willst!«

Tom wischte sorgfältig einen Krümel aus dem Faltenbalg des Schaltknüppels. »Wo ist eigentlich die Chefin? Schon auf dem Weg ins LKA? Wollte doch heut nach München.«

Charly horchte auf. »Was willst du jetzt mit Fiona, Tom? Auf Gesülze habe ich echt null Bock!«

»Keiner sülzt hier, Charly. Es geht um die Maulwurfaffäre im K4. Die verpfiffenen Razzia-Termine.«

»Den Whistleblower? Was hat Fiona damit zu tun?«

Tom gab sich einen Ruck. »Charly, ich hab absolutes, vollstes Vertrauen zu dir. Ich spiel keine Spielchen. Du weißt, wir sind Freunde.«

»Und?«

»Ritter hat dich im Verdacht.«

»Waas? Mich?«

»Ja. Und Fiona soll dich offenbar aushorchen. Interne Vorermittlungen.«

Charly sah rot. »Du spinnst doch! Haben sie euch jetzt ins Hirn geschissen? Das ist doch nur noch krank, was du da laberst!«

Er riss die Tür auf, knallte sie hinter sich zu, sprintete in den leeren Biergarten, wo er wutentbrannt den ersten Stuhl umtrat.

Sein Puls raste.

Keuchend lehnte er sich an einen runden Biertisch und holte mit fahrigen Fingern wieder das Lucky-Strike-Päckchen heraus.

Ruby … ich will doch nur Ruby finden … und dass Manu überlebt … und dann drücken mir erst die eigenen Kollegen eine Diszi rein … dann ruinieren Kriminelle zusammen mit der BILD meinen Ruf … und jetzt auch noch Fiona …?

Seine Gedanken rasten, überschlugen sich, kollabierten.

Ein endlos, endlos tiefer Lungenzug. Bis zum Anschlag.

Eine Hand auf seiner Schulter. Tom.

Er zwang sich zu professioneller Ruhe. Drehte sich langsam, fast müde, gelangweilt um.

»Was weißt du?«

»Hab den Alten gestern Abend telefonieren hören. Mit Fiona, die schon unterwegs war. Ging erst um Dr. Stein und dann plötzlich«, Tom ahmte Ritters sonore Bassstimme nach, »›weil's mir grad einfällt, haben Sie aktuell noch Kontakt zu Herrmann? Stichwort K4, Infoleck; unsere internen Vorermittlungen … kommen Sie dann bitte mal zu mir‹.«

Charlys Blick wanderte am mächtigen Doppelstamm der Kastanie entlang nach oben. Zwanzig, fünfundzwanzig Meter hoch, weit ausladend, prachtvoll belaubt. Stummer Zeuge wilder Wutausbrüche, ekstatischer Samba-Sessions, inniger Liebesschwüre …

Zurück.

Er zwang sich, seinen Gedankengang fortzuführen.

»Ich muss wissen, was da dran ist mit Fiona. So schnell wie möglich.«

»Ich unterstelle ihr nix«, sagte Tom vorsichtig, »ich hab nur zitiert. Vielleicht hat Ritter ausgenutzt, dass sie bei Thorsten Geest versagt hat.«

»Thorsten Geest …«, murmelte Charly. »Mit ihm ging die ganze Scheiße los. Eine SOKO kommt nicht vom Fleck, säuft ab in stumpfsinnigen Überprüfungen. Das BKA lässt uns am ausgestreckten Arm fast verhungern.«

Er stieß Rauch aus und musterte nachdenklich Tom Scherzers schwarzes Jeanshemd mit dem obligatorischen weißen T-Shirt darunter. »Ein Zeugenschutzprogramm des BKA knackt keiner so im Vorübergehen. Es gibt nur zwei Möglichkeiten. Entweder Geest hat sich selbst verraten, oder …« Er brach ab.

Tom hielt seinem Blick stand. »Genau. Oder im BKA selbst gibt's eine undichte Stelle.«

»Kommen ja nach Aktenlage nur zwei Personen in Frage.« Charlys Stimme kratzte leicht. Er drückte seine abgerauchte Kippe auf dem vom Morgentau noch feuchten Biertisch aus. »Fiona und ihr Vorgesetzter.«

Tom nickte. »Nees. Referatsleiter für Schwere und Organisierte Kriminalität.« Er machte einen Schritt auf Charly zu. »Ich hab gestern sogar noch selbst in Berlin angerufen. Schuss ins Blaue … aber er war nicht mehr im Büro. Hat heute seinen letzten Tag. Seine Verabschiedung.«

Charly horchte auf. »Soll todkrank sein.« Er griff nach den Luckys, steckte das Päckchen dann wieder in die Hemdtasche zurück und überlegte.

»Nees ist unsere einzige Chance«, sagte Tom leise. »An Fiona kommen wir nicht näher ran.«

»Stimmt … ihr sowieso nicht.«

»Aber du … du bist jetzt offiziell abgetaucht und hast …« Tom ließ den Satz offen.

Charly vollendete ihn.

»… absolute Narrenfreiheit!«

Wortlos ließ er Tom stehen.

07:27 Uhr – Cheb, McDonald's

Lautes, donnerndes Klopfen, Ruby schreckte hoch. Eine Frau hämmerte mit Besen oder Schrubber gegen die Tür und schimpfte tschechisch.

Keine Uhr, kein Handy.

Mit einem widerwilligen Schmatzen löste sich ihre Kunstlederjacke von den Fliesen hinter dem Klo. Stöhnend streckte Ruby ihren völlig verspannten Oberkörper, schaute hoch an die weiße Decke und zurück, über ihre schwarze müffelnde Jeans, hinab zu ihren schwarzen Chucks. Die Schnürsenkel, vor neun Tagen noch strahlend weiß, waren befleckt mit Ketchup, Cola – und Rosaljas Blut.

Angeekelt riss sie einen Streifen Klopapier ab, knüllte ihn zusammen, spuckte darauf und begann wie besessen zu reiben. Das feuchte Papier zerkrümelte, die Flecken blieben. Draußen keifte die Putzfrau.

Wütend feuerte Ruby das Papier in die Schüssel, drückte die Spülung und schloss auf.

»Jaja, ist ja gut, krieg dich wieder ein, Mutti!«

Mit steifen, muskelverkaterten Schritten taumelte sie ans Waschbecken.

»Oh nein … wie seh ich bloß aus!«

Kein Lippenstift, kein Make-up, die Lider schwarz verschmiert von alter Wimperntusche. Die Haare, seit Tagen nicht mehr gewaschen oder gar gestylt, hingen schicksalsergeben herab in die weiße, fettige Stirn. Sie ließ das Wasser laufen, klatschte sich zwei, drei Handvoll ins Gesicht und begann, den Seifenspender zu melken.

Rosa, süßlich. Sie rümpfte die Nase.

Die Putzfrau verließ die Toilette.

Ruby schlüpfte aus der Lederjacke und zog sich ihr Sweatshirt, das seinem Namen längst alle Ehre machte, über den Kopf. Im Spiegel sah sie ihren schmächtigen Oberkörper im kunstvoll durchbrochenen schwarzen BH.

Zwei Nummern zu groß.

Befleckt.

»Scheiße …« Kurz entschlossen riss sie das verhasste Teil herab, stopfte es tief in den Plastikmülleimer.

Frühmorgens … halb nackt … in einem tschechischen McDonald's-Klo … wenn mir das vor zwei Wochen einer gesagt hätte …

Wieder Wasser. Noch mehr Seife.

Immer schneller rieb sie Schultern, Arme, Brust und Achselhöhlen, klatschte Wasser darüber, rannte tropfnass zurück ins Klo, um wie eine Wahnsinnige Klopapier von der Rolle zu leiern.

Sie tupfte, rieb und schnupperte schließlich an Armen und Achseln. Nur die Haare, so fett, so grausam platt … so schlimm hatte sie zuletzt in der »Oyle« ausgesehen, vor hundert Jahren, beim Live-Gig irgendeiner Schülerband aus Fürth.

Punk is dead … or is it?

Entschlossen beugte sie sich über das Waschbecken, ließ das Wasser wieder laufen. Seife als Shampoo, notdürftig ausspülen – und ab unter das Heißluftgebläse.

Immer noch platt, aber ein Gefühl von Sauberkeit und Frische. Der reinste Flash!

Unter ihren Chucks quietschte der nasse Boden, als sie sich nach Sweatshirt und Jacke bückte und beides wieder überstreifte.

Ruby kramte enttäuscht in ihren Taschen. Zwei Euro, vierzig Cent; zu wenig, um den knurrenden Magen zu beruhigen. Mit einem Becher zuckersüßen Kaffees und vierzig Cent Restmünzen trottete sie frierend in das hinterste Eck und setzte sich mit dem Rücken zur Wand.

Acht Uhr zwölf zeigte die Uhr über der Treppe zu den Toiletten. Zwei Asiaten, die einzigen Gäste, drehten sich zu ihr um, begannen zu tuscheln.

Hundertpro Vietnamesen … Scheiß-Fidschis!

Sie stützte den Kopf in ihre Hände und versuchte sich zu konzentrieren.

Nur noch vierzig Cent, wie komm ich hier raus? … Trampen? Schwarzfahren? Geld klauen? Oder doch die Polizei suchen? Kann ich den Bullen hier vertrauen … oder sind die geschmiert? Nix riskieren, nix falsch machen … ich muss unter Leute, unter normale Leute … Die wohltuende Wärme des Kaffees breitete sich in ihrem verfrorenen Körper aus. *Am meisten los ist doch auf den Märkten hier … ich muss zum Fidschi-Markt, da wimmelt's doch vor Deutschen … vielleicht auch Coburgern … der Parkplatz! Ich muss zum Großparkplatz und such so lange, bis ich eine deutsche, eine fränkische, eine Coburger Autonummer finde!*

08:28 Uhr – Coburg

»Ist doch ’ne absolute Verzweiflungstat, Charly … purer Aktionismus hieß das früher beim Chef!« Bernies Skepsis war unüberhörbar. »Aber bin dabei, keine Frage … in vier Stunden sind wir mit dem V8 in Berlin!«

»Nix V8, wir nehmen meinen Alfa Spider«, raunzte Charly ins Handy. »Und hör auf mit dem Gelaber! Wir nutzen den Tag optimal; Fiona ist erst abends zurück, Henry kann uns vorher auch nicht weiterhelfen. Also klären wir so lang ab, ob was an der BKA-Verschwörungstheorie dran ist. Wurde Geest ermordet, weil im BKA ein Verräter sitzt? Wenn ja, dann ist es Nees selbst – oder er weiß, wer’s ist! Wir passen ihn ab und überrumpeln ihn. Der Typ ist am Ende seiner Karriere, am Ende seines Lebens, das ist ’ne einmalige Chance … den kochen wir weich!«

Bernie blieb skeptisch. »Wenn’s gut läuft, haben wir hinterher ein paar Hinweise, Ansatzpunkte … mehr nicht!«

»Oder ein Geständnis!«

»Aber zu Scheffler oder Ruby bringt dich Nees auch nicht.«

»Das sehen wir schon, ob auch in dieser Richtung was abfällt«, sagte Charly eigensinnig. »Das BKA weiß zumindest von der ›Nix-Grawitschko‹-Spur zu Raoul Scheffler. Der Zigeuner ist dort kein Unbekannter mehr.«

»Meinetwegen, Alder. Wann geht’s los?«

»In zehn Minuten. Acht vierzig am Sonntagsanger. *See you!*«

08:50 Uhr – BKA Berlin, Am Treptower Park, Referat SO 45 (Schwere und Organisierte Kriminalität, Ermittlungen), Büro des Referatsleiters

»Klassikradio in Berlin auf 101,3. Sie hörten das Italienische Konzert von Johann Sebastian Bach in F-Dur, Bachwerkeverzeichnis 971, den ersten Satz für Oboe und Orchester mit Albrecht Mayer, Oboe, und der Sinfonia Varsovia …«

Burkhard Nees musste lächeln. Ungewöhnliche Musik für einen ganz besonderen Tag.

Den letzten.

Wann hatte er zuletzt einen Morgen ohne Tageszeitung und Infosender begonnen? Vermutlich nach dem Autounfall in Italien damals. Unfallklinik Mantua. Nach der Heimfahrt aus der Toskana …

Er nahm das letzte verbliebene Bild von der Wand.

Franco Pace: Portofino.

In eleganter Schräglage durchschnitt die Segelyacht die smaragdgrünen Wellen, ihr endlos hoher Mast schien sich förmlich hinaufzubohren in den azurblauen Himmel … »Tolle Aufnahme, Wahnsinn!«, hatten sich die Kollegen begeistert … Hilkers von der Pressestelle hatte sich spontan den Wandkalender der italienischen Segelfotolegende bestellt.

Keiner wusste, dass er, Burkhard Nees, selbst auf dieser Yacht gesessen hatte.

2008, nachdem die bundesweite Schwerpunktaktion gegen die organisierte Kriminalität erfolgreich abgewickelt war. Neben Ralph Wernstedt und Sandro Dingsbums, diesem kalabresischen Baulöwen … der damals nur über Berlusconis Wahnsinnsprojekt, die Brücke nach Sizilien, sprach. Geschätzte Kosten acht Milliarden Euro offiziell. »Ah, das werden zwölf bis fünfzehn mindestens«, versicherte Sandro händereibend, als sie unter dem funkelnden Sternenhimmel durch die Straße von Messina glitten, die Girls an Bord andächtig lauschend …

Es waren schöne Zeiten, dachte er, legte das Bild auf den Schreibtisch und presste seine Stirn gegen die kühle Fensterscheibe.

Sein Blick wanderte über das Häusermeer, wurde magisch angezogen vom Fernsehturm am Alex mit seiner charakteristischen Kugel.

Kompakt und rund ... fast schwarz.

Immer noch.

Schöne Zeiten, trotz allem.

Erfolgreiche Bilanzen allenthalben. Und es war genau der richtige Zeitpunkt, jetzt aufzuhören und sich schnell noch in das auslaufende Vorruhestandsprogramm des Bundes einzuklinken. Alles war zu einem guten Ende gebracht.

Aufgeklärt ... oder gestoppt.

Niemand durfte zu Schaden kommen. Alles war erlaubt, solange niemand zu Schaden kam. Sein altbewährtes Motto.

Selbst Kamerad Wernstedt hatte sich überzeugen lassen. »Underdog« war Geschichte ... *Und vielleicht hab ich ja doch noch eine kleine Chance, wenn ich aus der Tretmühle raus bin ... schenk mir noch ein paar schmerzfreie Jährchen, großer Boss ... ich hab doch alles wiedergutgemacht ...!*

Er fingerte einen kleinen Schlüssel aus seiner Weste und schloss die unterste Schublade seines Olivenholzschreibtisches auf. Hundertsiebenundzwanzig kopierte Blätter, sein persönliches Dossier. Sinnend wog er die Heftung in der Hand.

Jetzt schreddern – es wäre der allerletzte, saubere Schnitt ...

08:55 MEZ/02:55 Uhr Ortszeit – 24 Bay Avenue, Glen Cove, Long Island NY, USA

»Dort drüben. Oh Mann, seine Garage ist größer als mein Apartment!« Trevor Coulthard, Special Agent im SWAT-Team des New Yorker FBI, zeigte auf die Dreifachgarage des luxuriösen Anwesens. »Objekt erreicht.«

Brad Mashton nahm die Hand vom Steuer und sprach leise in sein Headset. »Positionen einnehmen. Zugriff drei doppelnull. Auf Kommando warten.«

Lautlos schlüpften sie aus dem schwarzen Ford Explorer. Durch die hohen alten Zedern zog beständig eine schwache Brise, die das leicht salzige Aroma der nächtlichen Atlantikbrandung bis herauf an die Straße brachte.

Trevor bekreuzigte sich, hastig und verstohlen. *Mein vierter*

Einsatz … Er dachte wieder kurz an Marietta. *Alles wird gut gehen, Baby … keine Ramme, keine Blendgranaten heute …*

Dicht hinter Brad schlich er durch das Unterholz, spürte bei jedem Atemzug seine schusssichere Unterziehweste. Unangenehm, beklemmend, eng. Er wusste, dass sie ihm das Leben retten konnte, und hasste dennoch ihren Druck.

Mashton hielt an, hob stumm die behandschuhte Hand. Eine vergitterte runde Öffnung in der Mauer gab den Blick frei über dunklen Rasen und einen stillen, beleuchteten Pool, dahinter eine elegant geschwungene Terrasse, die große Glastür nur angelehnt. In Tischhöhe eine flimmernde Lichtquelle, vermutlich ein Laptop. Ein Mann lachte.

Alles ruhig und friedlich. Zu friedlich.

Eisern umklammerte Trevor die Heckler & Koch MP5. Immer noch nicht entjungfert, hatten die Kollegen schon gelästert. Drei Einsätze, kein einziger Schuss.

Sie schlichen weiter, an der mannshohen Mauer entlang. Dewey und Simms vom Technical Support hatten offensichtlich ganze Arbeit geleistet, sämtliche Bewegungsmelder waren deaktiviert, die elektronische Sicherung der Stahltür gehackt und seit vier Minuten außer Gefecht – hoffentlich. Ein instinktiver Blick nach oben.

Keine Sterne über Long Island.

Brad drückte die schwere Tür auf.

Kein Alarm.

Geduckt liefen sie über den Rasen, schräg hintereinander, die Heckler & Koch schussbereit vor dem Körper. Vierzig Yards bis zur Terrasse, schätzte Trevor.

Gleich sind wir dran, gleich haben wir ihn … jetzt nur keinen Scheißköter mehr, in letzter Sekunde …

Endlich, die Hauswand. Noch zehn Schritte bis zur Terrassentür.

Innehalten, Atmung kontrollieren.

Drinnen lief eine alte Supremes-Nummer: »Someday We'll be Together«. *Wie kann ein Perverser ausgerechnet so etwas hören*, dachte Trevor.

»… some sweet day we'll be toge-e-e-e…« Das Lied brach ab.

Totenstille.

Mashtons blauer Zeiger sprang auf die Zwölf.

»Go!«

Adrenalin am Anschlag, eine Armlänge hinter Brad jagte er über die Terrasse. Wie in Zeitlupe, der Sprung ins Zimmer, in der Luft schon erkennend, dass nur ein Mann im Zimmer war, ungefährlich, zu Tode erschrocken; die Landung, *Marietta-Baby, es wird gut*, der Typ schon von Brad zu Boden gerissen, einen Slipper verloren, *ich kick ihn weg*, dunkle Hose, weißes Hemd, grau melierter Scheitel, alles wie auf den Fotos.

»Das ist er!«

Milan Pavlič, achtundsechzig, US-Serbe. Der öffentlichkeitsscheue, sagenumwobene Finanzjongleur. Mutmaßlicher Milliardär. Zitternd und geschockt lag ein alter Mann vor ihren Einsatzstiefeln.

Armselige Kreatur, dachte Trevor, als plötzlich die Schreie in sein Bewusstsein drangen.

Die Todesschreie.

Aus dem Laptop auf dem Tisch.

Das Corpus Delicti.

Ein leicht ruckelndes Bild. Zwei große schwarze Hunde, die nicht mehr abließen von einer blutüberströmten nackten jungen Frau. Ihre Abwehr erschlaffte, die Schreie verstummten. Trevors Blick wurde magisch angezogen von ihren kurzen schwarzen Haaren.

Fast wie Marietta …

Angeekelt riss er seinen Blick vom Bildschirm los und merkte plötzlich, dass Pavlič ihn offenbar die ganze Zeit beobachtete, ihm nun sogar mit diebischer Freude zulächelte.

»Your girl?«

Special Agent Trevor Coulthard zog durch, jagte eine Salve MP-Feuer in das hochglanzpolierte Edelholzparkett, Zentimeter neben den Kopf von Milan Pavlič.

Wäre sein Blick am Bildschirm geblieben, hätte er jetzt einen kroatischen Pass gesehen.

Mina Dragosevic.

Und hätte die deutsche Zeitung lesen können: Direkt

neben das zerrissene Gesicht, das einst der attraktiven Liza-Minnelli-Doppelgängerin gehörte, fiel plötzlich eine deutsche Zeitung.

Wer beerbt Merkel?, Die neuen Sex-Tricks, Teil 1!, 5:2 für Club!

Eine BILD-Zeitung.

10:10 Uhr – Cheb, Asia Dragon Bazar (»Vietnamesenmarkt«), Dragounská 6/2529

Das also ist ein echter Fidschimarkt, dachte Ruby.

Endstation Sehnsucht – für Schnäppchenjäger, Schaulustige, Junkies und Hobbydealer.

Klamotten, Zigaretten, glitzernder Modeschmuck; ein überwältigendes Aroma aus neuen Schuhen, heißen Asia-Snacks, Billigstparfüm und Räucherstäbchen.

Schon nach wenigen Minuten fielen ihr zwei Besuchertypen auf: die reinen Schnäppchenjäger, feilschende Geizhälse aus dem Westen, *schlimmer als beim Coburger Flohmarkt*. Und die anderen, die mehr oder weniger unauffällig in der Menge mitschwammen, hier und dort etwas befummelten, vielleicht sogar kauften – und deren Blick ins Leere ging, nie stehen blieb, ständig unruhig umherwanderte.

»Pico« hieß ihr Zauberwort. Der Tschechen-Slang für Crystal Meth.

Eine Hand auf ihrer Schulter, Ruby fuhr herum, starrte einem schwitzenden, ungepflegten Halbwüchsigen ins aknevernarbte Gesicht. Sofort entschuldigte er sich auf Russisch, deutete mit seinen großen Händen eine Verwechslung an. Sie nickte kurz und ging mit klopfendem Herzen weiter.

Die suchen mich … bestimmt auch hier! Und sie wissen, was ich anhabe, die erkennen mich von Weitem … Ihr wurde heiß unter der alten schwarzen Kunstlederjacke … *ich brauch dringend eine andre Jacke … und eine Mütze …!*

Dort drüben, ein Stand mit Hoodies, *»nur echte Markenware«*, von Adidas, Nike, Tommy Hilfiger … und Ed Hardy! »Love

Kills Slowly«, Herz und Totenkopf, ihr Traummotiv, ganz oben auf der persönlichen Tattoo-Wunschliste ... Sehnsüchtig befingerte sie den dünnen schwarzen Stoff.

»Ah, Ed Hardy, gute Wahl, super, Top-Quality.« Wie aus dem Nichts war sofort ein hagerer Vietnamese mit schlechten Zähnen zur Stelle. »Hoodie nur hundertzwanzig Euro!«

Ruby reagierte nicht, dachte an die vierzig Cent in ihrer Hosentasche. Der Vietnamese deutete ihr Schweigen falsch. »Dreitausenddreihundert Kronen nur! Echtes, einmaliges Ed-Hardy-Hoodie!«

Mit geübtem Griff riss er den zusammengelegten Kapuzenpulli hoch, wie von Zauberhand landete er, Motiv nach oben, Ärmel zur Seite, direkt auf dem Stapel vor Ruby.

Das will ich, ohne das geh ich hier nicht weg ...

Gekeife plötzlich am anderen Ende des Standes, zwei blondierte Frauen stritten um eine strassbesetzte Tunika.

»Gib dat Ding her, dat is meins!«

»Dat kannze aber janz schnell verjessen, du!«

Der Vietnamese eilte hinzu, versuchte zu schlichten.

Jetzt oder nie!

Ruby krallte sich das Hoodie und spurtete los, stieß ein Mädchen zur Seite, schlängelte sich blitzschnell durch eine Rentnertraube.

Geschrei und Rufe hinter ihr, sie raste weiter, jetzt schon fest das Ausgangstor im Blick, *»Asia Dragon Market«*, weiter hinten der Parkplatz. Keuchend lief sie hinaus, die kühle Luft schmerzte in den Lungen, sie hatte keine Kraft mehr, lief langsam auf die erste Autoreihe zu und stoppte verwirrt: platte Reifen, eingedelltes Blech, manche ganz ohne Nummernschild.

Autowracks.

Nur noch genutzt als abschließbare Lager für die Vietnamesenstände.

Verwirrt schaute sie sich um.

Keine Stände. Keine Menschen. Kein Parkplatz. Nur Wracks. Wo parkten hier die normalen Autos? Nur ein Lieferwagen rollte langsam die Straße herab. Hinter ihm tuckerte ein Motorrad.

Eine Harley bremste direkt vor ihr ab.
Ein Black Bastard grinste sie an.
Der Rocker von gestern Abend.
»Alles klar, Ruby?«

12:55 Uhr – Berlin, Autobahndreieck Funkturm

»An der Gabelung links halten – folgen Sie der Beschilderung A 100/Wilmersdorf/Kurfürstendamm/Flughafen Schönefeld«, schnurrte die Navi-Lady.

Charly drückte aufs Gas, rascher Spurwechsel, noch vor einem Möbellaster, aber genau hinter ein silbergraues Fahrschulauto. Gefühlte neunundsechzig Komma neun Kilometer pro Stunde.

»So ein Scheiß!« Charly hieb wütend aufs Drei-Speichen-Lenkrad. »Fahrschule Twister … ausgerechnet Twister! … Hassd Tornado und krabbelt wie a Schneggn!«

»Dei altes Fahrschultrauma?«

»Es gibt ka Fahrschultrauma!«

»Na, dann halt Fahrlehrerphobie. War doch der junge Fahrlehrer vom Thalkofer, der dir damals die Heike ausgespannt hat, oder? So 1981 rum?«

»'82 war's. Und er war ned beim Thalkofer, sondern beim Butterer. Aber gut, der hat seine gerechte Strafe bekommen!«

Ein fragender Seitenblick Bernies.

»Hab die zwei letztes Jahr aufm Schlossplatzfest gsehn. Sei Dauerwellenpracht von damals is restlos weg, der is vollverglatzt – und sie hat mit Sicherheit ihre achtzig, neunzig Kilo jetzt …!«

Ihr schadenfrohes Gelächter wurde zerrissen von »Satisfaction«.

»Ja … Henry?«

Henry krächzte blechern aus der Freisprechanlage: »Kurze Rückmeldung noch mal. Steve Heublein hat den Treffpunkt geändert. Bin jetzt am Nürnberger Hauptbahnhof ausgestiegen, werde gleich von ihm abgeholt.«

»Okay. Welchen Eindruck macht er auf dich? Misstrauisch?«

»Nur am Anfang. Ist dann aber echt ins Labern gekommen, über alte Zeiten und so.«

»Ist er offen für neue … Projekte?«

»Sieht ganz so aus. War gar nicht so gut auf den Zigeuner zu sprechen. Denke, da geht was heut!«

Bernie reckte vom Beifahrersitz aus anerkennend den Daumen. Fuhr ihn dann sofort wieder ein und deutete auf eine offene Corvette, die, mit zwei farbigen Schönheiten besetzt, langsam vorbeiglitt.

»Black Power, Charly! Junge, Junge, schau doch mal rüber, da gehen dir sämtliche Knöpfe von selber auf!«

Charly schob unwirsch Bernies Hand aus dem Sichtfeld.

»Nein, bin noch da, Henry! … Knack den Jugendfreund heute, der führt uns zum Jackpot! *See you!*«

13:15 – irgendwo bei Cheb

Raoul Scheffler reckte wütend den Mittelfinger – in den leeren Raum –, bevor er mit beherrschter Stimme wieder in sein iPhone sprach.

»Ganz klar, Ralph, kein Thema … Nein, du kannst dich drauf verlassen, Ralph, absolut, wie immer!« Er verdrehte die Augen zur Zimmerdecke. »Nein, die Sache mit der BILD war doch eine einmalige Geschichte! War nötig, damit uns der Bulle in Kürze keine Schwierigkeiten mehr macht … ach, und sein Töchterchen übrigens auch nicht, da bin ich mir ganz sicher.« Grinsend sah er aus dem Fenster.

Ein Bastard führte Ruby gerade mit hartem Griff zum Eingang.

»Alles wieder im Griff, Ralph, alles bestens … und die Spielhallen in Haßfurt und Wunsiedel würden eins a in mein Portfolio passen, denk an mich! Ciao!«

Er stand auf, legte das Handy hinter sich in eine platinfarbene Docking-Station, dann ein kurzer Wink. »Rein mit euch!«

Regungslos betrachtete er den Biker und das schmächtige Girl.

Fuhr sich plötzlich durch die Lockenpracht, warf seinen Kopf nach hinten, die Augen halb geschlossen, und begann verzückt, den Bariton von Kenny Rogers zu imitieren: *»You've painted up your lips and rolled and curled your tinted hair … Ruby are you contemplating, going out somewhere?«*

Irritiert und angewidert zugleich glitt ihr Blick über sein schwarzes Muskelshirt und die rote Kickbox-Trainingshose. Der Griff des Bastards neben ihr lockerte sich keinen Millimeter, mit stoischer Ruhe ließ der Biker Schefflers Showeinlage über sich ergehen.

»… the shadow on the wall tells me the sun is going down, oh Ru-u-by … don't take your love to town!«

Lautlos drehte er noch eine schnelle Pirouette, dann sauste seine Faust krachend auf den Schreibtisch herab.

»Was glaubst du, wer du bist?«, brüllte er. »Meinst du, du kannst uns verarschen?«

Er brach ab, weil er ein metallisches Prickeln im Rachen spürte.

Das gute Koks vorhin, kein billiger Straßenverschnitt, auch heute nur feinstes medizinisches Merck-Kokain, jetzt zwang es ihn zu einem schmutzig kratzenden Räuspern.

Verärgert riss er das Fenster auf, entsorgte Rachenschleim nach draußen. Endlich ließ das Prickeln wieder nach. Sein Blick blieb am azurblauen Supersportwagen hängen, der schräg vor der schäbigen Fabrikwand stand.

»Hey, komm her, los … Schau dir das an, Ruby. Hast du schon mal so etwas perfektes Geiles gesehen? Lamborghini Huracán!«, flüsterte er. »Wow …!«

Er drehte sich um.

»Dafür muss man hart arbeiten, Ruby, sehr, sehr hart. Da müssen viele zusammenhelfen in unserer Branche, damit du dir so ein göttliches Geschoss leisten kannst. Stimmt's, Bruder?«

»Stimmt«, raunzte der Biker.

»Welche Branche?«, fragte Ruby leise und misstrauisch.

Scheffler brach in Gelächter aus, konnte sich kaum noch beruhigen und musste sich schließlich am Schreibtisch abstützen.

»Welche Branche«, keuchte er, »welche Branche! Sag's ihr, Bruder … sag Ruby, in welcher Branche sie uns helfen wird!«

Der Biker zeigte grinsend seine miserablen Zähne. »Wie wär's mit … Hohlraumvermietung?«

»Hohl-raum-ver-mie-tung! Hast du das gehört, Ruby?«

Ruby presste die Lippen zusammen. Ihr wurde schwindlig. Der Zigeuner schwadronierte weiter.

»Aber Hohlraumvermietung alleine wird eine wie dich nicht … aus-fül-len, stimmt's? Du bist zu Höherem berufen, Ruby, zu viel Höherem!«

Er blieb vor ihr stehen, tätschelte ihr die Wange und legte ihr die breiten Hände auf die Schultern.

»Dich mache ich jetzt endgültig zum Star … in einer großen Produktion! Du wirst mein nächster … *Filmstar*!«

14:58 Uhr – BKA Berlin, Am Treptower Park, Referat SO 45 (Schwere und Organisierte Kriminalität, Ermittlungen), Büro des Referatsleiters

»Danke, lieber Herr Nees!«, zwitscherte Yasemin, die pummlige kleine Deutsch-Iranerin aus der Pressestelle, und hauchte ihm ein Abschiedsküsschen auf die eingefallene Wange.

»Keine Ursache, liebe Yasemin … wir sehen uns dann um fünf im Sorriso!«

»In der Kurfürstenstraße, genau! Fahr ich da über die Köpenicker?«

»Kannst du auch, aber schneller bist du über die Skalitzer. Kannst dort direkt in die Tiefgarage fahren, gratis für Gäste.«

»Ah, supi! Ich freu mich drauf, bis gleich!«

»Bis gleich …«

Er schloss die Tür und schnupperte ihrem intensiven Parfüm nach.

Frauen und ihr Duft …

»Klassikradio, es ist fünfzehn Uhr.« Noch zwei Stunden bis zum Abschiedsessen.

Time to say goodbye.

Abschied vom Büro, mit seinen großen Fenstern und den plötzlich so leeren Wänden. Abschied vom Olivenholzschreibtisch, seinem zweiten Zuhause seit fast dreißig Jahren. Abschied vom Bundeskriminalamt. Kollegen? *Keiner von ihnen ist unersetzlich*, dachte er. *Auf jedes Arschloch kommen drei bis fünf Mitläufer, auf jeden Schlaumeier kommt ein Schwachkopf.* Alte Erfahrungswerte, die sich über die Jahre immer wieder bestätigt hatten.

Kolleginnen? Seltsame Bezeichnung … völlig überflüssig, er hatte nie etwas damit anfangen können … entweder waren sie geschlechtsneutral, wie alle Kollegen … oder sie waren eben primär *Frauen* …

Leise Wehmut beschlich ihn, Bilder stiegen in seiner Erinnerung hoch, Bilder von …

Die Tür wurde aufgerissen, Nees fuhr zusammen.

Haller, der junge Fettwanst, platzte herein. Wie immer mit unangemessen dröhnendem Begrüßungslacher.

»Na, Burkhard, das ist ja 'n Abgang *just in time*!«

Er wedelte mit einem Packen DIN-A4-Ausdrucke. »›Underdog‹ geht in die nächste Runde! Das FBI hat 'nen ganz dicken Fisch an der Angel – und die Lady hat wieder Nürnberger BILD gelesen!«

Nees wurde schwummrig.

Ein Kartenhaus brach zusammen. Millionen Tonnen schwer.

Er starrte Haller an, das pausbäckig-wichtigtuerische Grinsen, *du fette Sau!*, griff haltsuchend nach einem Stuhl.

»›Underdog‹ geht weiter? Oder«, er umklammerte die Stuhllehne, seine eben noch brüchige Stimme wurde wieder fest, »… oder ist es nur ein Altfall, den die Amis da entdeckt haben?«

»Nix Altfall«, lärmte Haller ungeniert weiter, »brandaktuell, ganz heiße Kiste! Die BILD ist drei Tage alt!«

Drei Tage alt. Vor zwei Tagen lügt mir Wernstedt im Golfclub frech ins Gesicht. Verspricht mir sogar das Bundesverdienstkreuz

»Was heißt, Herr Nees ist schon gegangen?«, erregte sich Charly. »Sie haben meinem Kollegen Scherzer gestern diesen Termin bestätigt, SOKO Franken und Operation ›Underdog‹, zur persönlichen Verabschiedung mit seiner Kollegin Fiona Brouwers, unserer BKA-Verbindungsfrau, die jetzt allerdings leider nicht mitkommen konnte.«

»Es tut mir sehr leid, Herr Herrmann«, flötete die Sekretärin ins Telefon, »aber Herr Nees hat das Büro vor zwei Minuten verlassen!«

»Verflucht …« Charly brach ab, sah Bernies stummen Fingerzeig.

»Das muss er sein!«

Er steckte das Handy weg und startete hektisch den Alfa. Eine weiße S-Klasse rollte langsam vorbei, am Steuer ein schmales gelblich blasses Gesicht.

»Und die Nummer!«

B-BN 1997.

»›BN‹ – jede Wette, Burkhard Nees«, stellte er befriedigt fest. »Der größte Freund des Ermittlers ist und bleibt …«

»… die menschliche Eitelkeit!«, vollendete Bernie kaugummikauend.

Charly wendete und folgte dem Benz Richtung Schlesische Straße.

15:08 Uhr – irgendwo zwischen Cheb und Nürnberg

»Okay, Steve – dann machen wir's doch so!« Zufrieden drückte Henry seine Kippe in den überquellenden gläsernen Aschenbecher. »Schlag ein, Kumpel!«

Steves seltsam nervöse Gesichtszuckungen hörten nicht auf. *Der reinste Gesichtsfasching*, dachte Henry. Erstaunlich, dass seine Kippe, in bester Keith-Richards-Manier, immer noch im Mundwinkel klebte.

Routiniert schlug er ein.

»Ich organisier dir 'n paar ganz spezielle Türsteher für deine Clubs. Du klärst vorher mit Scheffler die Formalitäten ab. Ich scheiß auf eure Vorgeschichte, ich hab null Bock auf Stress mit ihm, also klärst du das ab!«

»No problem, Steve«, beeilte sich Henry zu versichern.

»Und fünfhundert Vorschuss. Bar auf die Kralle. Jetzt!«

Fordernd schob sich die breite Pranke des einstigen Gerüstbauers über den Tisch. Auf den Knöcheln in gotischen Lettern *»BFFB«*.

Bastards forever, forever Bastards, erinnerte sich Henry.

Angewidert betrachtete er die völlig abgekauten Fingernägel, während er aus seiner Anzugtasche ein gummigerolltes Geldbündel fingerte. Stumm zählte er fünf Hunderter ab.

»Hier – jetzt musst du mir nur noch sagen, wie ich Scheffler erreiche«, murmelte er beiläufig. »Am besten gleich morgen, wenn's geht.«

»Morgen ... Sonntag ... warte, das muss ich raussuchen. Bin gleich wieder da.« Er rutschte von seinem Hocker und verschwand eilig hinter der Tür zum Nebenzimmer.

Ein frisches Tütchen lag auf dem Tisch. Wie versprochen, großzügig portioniert.

Gierig fiel Steve darüber her.

Henry gähnte. Er pickte eine Fluse von seinem Maßhemd und wartete auf Steve.

Ein perfekter Tag.

Charly würde, ohne mit der Wimper zu zucken, achthundert oder tausend als Spesen ersetzen.

Hundert Prozent Gewinn ... und anschließend erledigt er für mich noch den Zigeuner!

Die Tür hinter ihm knarrte wieder. *Steve mit der Telefonnummer ... oder Adresse, noch besser ...* Die Schritte hinter seinem Rücken stoppten.

Ein leises Rülpsen.

Henry fuhr herum.

»Raoul?!«

Scheffler beachtete ihn nicht.

Zärtlich küsste er seinen Baseballschläger.

16:52 – Berlin, Kurfürstenstraße

»Pass auf, Nees biegt ab.«

Ristorante »Sorriso«, Tiefgarage, nur für Gäste.

»Hinterher! Mir hängt der Magen sowieso auf halb acht!«

Der Alfa holperte über eine Betonschwelle, hinunter auf das künstlich beleuchtete Parkdeck. Nees rangierte den großen Benz umständlich in eine überbreite Parkbucht neben der Tür *»Zum Ristorante«*.

»Bester Platz hier, ist wohl Stammgast.« Charly parkte den Spider im Schlagschatten eines wuchtigen Lexus RX 450h. »Los, raus!«

Wie in gemeinsamen alten Kripo-Zeiten schwangen sie sich synchron aus ihren Sitzen. Vier Schritte Abstand, leicht versetzt.

Nees durchschritt in seinem cremefarbenen Sommermantel bereits die Stahltür, die millimeterweise wieder zurückschwang. Im letzten Moment hatte Charly die Hand auf der Klinke.

Windfang vor der Treppe. Weiße Wand, azurblaues Mosaik.

Nees verschwand in der Herrentoilette. Ein Blick genügte: Bernie postierte sich vor der Tür, Charly schlüpfte hinein. Nees stand am Urinal und öffnete gerade den Reißverschluss.

»Tag, Herr Nees.«

Ein fragender Blick aus gelblichen Augen. »Kennen wir uns?«

Charly stellte sich ans Nachbarurinal. »Herrmann, SOKO Franken. Polizei Coburg. Liebe Grüße von Fiona Brouwers.«

Der Anflug eines Lächelns, das im selben Moment wieder erlosch. »Fiona …« Seine Stimme kratzte, er räusperte sich. »Wo ist sie?«, fragte er misstrauisch.

Charly fixierte die müden gelben Augen. »Underdog«, sagte er langsam.

Nees wandte sich ab und zog unverrichteter Dinge den Reißverschluss wieder hoch.

»Un-der-dog«, wiederholte Charly mit bedrohlichem Unterton.

Ich hab nur eine einzige Patrone …

»Seit zwei Stunden wissen wir, dass im BKA ein Verräter sitzt, Kollege Nees!«

Nees musste schlucken, sein spitzer Adamsapfel fuhr hoch unter der faltigen blassen Haut. Schwerfällig wankte er ans Waschbecken, wo Charly ihn erneut stellte.

»Und Sie wissen das auch! Machen Sie reinen Tisch, Nees … und zwar jetzt!«

Der kleine Kriminaldirektor starrte in den Spiegel. Charlys Kopf erschien geistergleich über seiner Schulter.

»Schauen Sie sich an«, zischte er ihm ins Ohr. »*Game over …!* Was haben Sie noch zu verlieren?«

Nees klatschte sich Wasser ins Gesicht; einmal, zweimal, dreimal.

Erschöpft lehnte er sich an die geflieste Wand. Wassertropfen rannen ihm über Gesicht und Hals, liefen in seinen viel zu weiten Hemdkragen hinein.

»Kann nicht noch mehr mit reinreißen«, stieß er hervor.

Charly packte ihn am Revers. »Wenn Sie nicht endlich die Täter reinreißen, reißen Sie immer mehr Opfer mit rein! Begreifen Sie das doch endlich!«

Nees' Blick irrlichterte zwischen Deckenleuchte, Handtuch- und Kondomautomat.

Draußen lautes Gelächter, bei jedem Öffnen der Restauranttür drangen Klangfetzen vom Soundcheck einer Live-Band heraus. Adriano Celentano.

»… Cerco l'estate tutto l'anno …«

Charly ging aufs Ganze, presste Stirn an Stirn, spürte unter den Wassertropfen unangenehm fiebrige Wärme. »Wir können ›Underdog‹ stoppen, Nees, nur wir! Aber nur Sie entscheiden jetzt … ganz allein … über Ihr … Vermächtnis!« Er stieß ihn zurück gegen die Wand.

»… all'improvviso eccola qua …«

Nees presste die Hände auf den Magen, verzerrte das Gesicht vor Schmerz. Sein Atem ging stoßweise, hilfesuchend heftete sich sein Blick auf Charly.

»Machen Sie's«, flüsterte er, »machen Sie's!«

»Wer, Nees, wer? Nennen Sie Namen! Burkhard Nees! Und Fiona Brouwers?«

Ein gequältes Nicken. Stumm sackte er zusammen und rutschte mit geöffneten Augen langsam die Wand herunter. In seinem Schritt bildete sich ein dunkler Fleck, der rasch größer wurde.

»... Azzurro, il pomeriggio è troppo azzurro e lungo per me ... mi accorgo di non avere più risorse, senza di te ...!«

Sie hatten Fahrertausch gemacht. Bernie trieb die hundertachtundzwanzig PS des Alfa zur Höchstleistung, Dauervollgas auf mittlerer und linker Spur, Charly blickte irritiert auf.

»Hey, jetzt isses aber gut! Fünfeinhalbtausend Touren, seit einer gefühlten Viertelstunde!«

»Wär's kein Motor geworden«, grunzte Bernie. »Komm, vertief dich wieder in deinen Akt! Glaub dir immer noch nicht, dass Nees den freiwillig rausgerückt hat!«

»Aber hallo! Hab ihm schließlich diskret in seinen Benz reingeholfen, er musste ja zwecks Hosenwechsel noch mal nach Hause. Tja, und im Klo zuvor war ich eben absolut überzeugend. Der war am Schluss heilfroh, seine Akte in gute Hände zu vererben.«

»Alternativlos, würd ich sagen. Zur rechten Zeit am rechten Platz.«

Unvermittelt öffnete der bleigraue Himmel über Sachsen-Anhalt seine Schleusen. Bernie aktivierte die Scheibenwischer, zog wieder auf die Mittelspur und drosselte das Tempo auf hundertfünfzig.

Charly klopfte mit der flachen Hand auf die kopierte Heftung.

»Nummer eins. Wir haben jetzt schwarz auf weiß, dass nur Nees und Fiona zu hundert Prozent Bescheid wussten. Nur die beiden kannten Geests alte und neue Identität, seine Vorgeschichte und den neuen Wohnort Bad Staffelstein.«

»Nummer zwei?«

Er aktivierte »Sprachmemo« und drückte ihm das Smartphone ans Ohr.

Dumpfe Hintergrundmusik, »Azzurro«, bricht ab. Charly: »Steh auf, Kollege.« Undefinierbare Geräusche, kurzes Stöhnen. Andere Stimme: »Helfen Sie mir zum Auto, bitte … kann noch fahren.« Charly: »Ich helf dir, und du hilfst uns … so, einhaken, geht doch … Hab ich recht, nur Nees und Brouwers, sonst wusste niemand beim BKA über Thorsten Geest alias Gerkow Bescheid?« Husten. Andere Stimme: »Nein … ja, ich meine, ja … nur Fiona und ich.« Charly: »Warum haben Sie Geest verpfiffen? Und an wen?« Andere Stimme, gedämpft: »Ich habe Geest nicht verpfiffen.« Charly: »Dann war es Fiona? Warum zucken Sie nur die Schultern?« Wieder heftiges Husten, dann die andere Stimme: »Traue ich ihr nicht zu … sie kennt sich aus, aber sie ist eine Gute.« Charly: »Wer ist der Böse hier?« Andere Stimme, leise, kaum hörbar: »Ralph Wernstedt. Er ist der Pate … der deutsche Crystal-Pate … und er duldet dieses perverse Rocker-Spiel … organisiert es vielleicht sogar …« Charly: »Beweise?« Andere Stimme: »Ich habe nichts in der Hand gegen ihn. Gar nichts. Aber ich werde aussagen … habe nichts mehr zu verlieren außer meinem Ruf … du hast völlig recht, Kollege. Ich war vielleicht korrupt, aber Beihilfe zum Mord ist eine ganz andere Hausnummer! Es darf doch niemand zu Schaden kommen … niemand darf zu Schaden kommen … kleine Gefälligkeiten, ja, aber doch niemals ein Mord … es darf doch keiner zu Schaden kommen, dann ist doch alles noch im grünen Bereich.« Charly, leise murmelnd: »Große Lebenslüge.« Gepiepse, Autotür wird geöffnet, Ächzen, Geraschel, Ächzen im Hintergrund, wieder Geraschel. »Hier … mehr habe ich selber nicht. Wollte ich vorhin schon schreddern … machen Sie was draus …« Charly: »Mach ich … hundertsiebenundzwanzig Seiten, sehr gut … aber wo ist Scheffler … Raoul Scheffler, der Zigeuner?« Andere Stimme, nach kurzer Pause: »Keine Ahnung. Habe ihn nie persönlich kennengelernt. Aber ihm traue ich alles zu, wirklich alles.«

Sprachmemo bricht ab.

Bernie pfiff leise durch die Zähne. »Hammer! Ab jetzt brauchst du Sonderbewachung, Freund … Wernstedt, das ist doch der Berliner Spielhallen-Tycoon, war neulich sogar Sonntagabend bei Jauch!«

»Drauf geschissen.«

Bernie musterte ihn kurz und neugierig von der Seite. »Fiona?«

Charly reagierte nicht.

Starkregen prasselte plötzlich wie MG-Feuer gegen die Windschutzscheibe. Nur kurz, um genauso überraschend wieder abzureißen.

Dessau-Ost. Dessau-Süd. Bitterfeld-Wolfen.

Brettebene Monotonie, bespickt mit unzähligen Windrädern. Lautlos, friedlich, hyperaktiv; weißgraue Riesen unter grauschwarzem Himmel: monströse Fremdkörper, wie aus einer surrealen Video-Installation.

Surreal.

Wie so vieles, was in den letzten Tagen über ihn hereinbrach. Hereinbrach wie jetzt erneut der Regen.

Ein Mädchen verschwindet – das vielleicht meine eigene Tochter ist. Ihr dealender Entführer, Zuhälter und Geldwäscher in einer Person, kommt aus der U-Haft frei – und stellt Strafanzeige ausgerechnet gegen mich, gegen den SOKO-Chef. Der dann, als suspendierter Undercover-Ermittler, erfolgreicher agiert als die gesamte SOKO. Und eine leibhaftige Kriminalrätin des BKA macht gemeinsame Sache mit der organisierten Kriminalität.

Eine Kollegin … Nein, mehr – eine Frau, wie seit Jahren keine mehr … nimmt von Schwerkriminellen Geld … und von mir den Schwanz …

Wild und rhythmisch quietschten die Scheibenwischer.

A73, Abfahrt 7, Coburg. Mit quietschenden Reifen steuerte Charly, der am Hermsdorfer Kreuz Bernie wieder abgelöst hatte, den Spider in die Abbiegespur. Direkt gegenüber die HUK-Coburg-Arena, die Heimat der Bundesliga-Volleyballer, -Handballer und -Basketballer.

»Rhein-Neckar-Löwen am Samstag?«

»Und am Mittwoch drauf schon Volleyball gegen Berlin? Deine Zeit möchte ich haben und dein …«

»Satisfaction«.

»Henry? … Nee, das is ’ne 645er-Nummer, das sind die Kollegen. Muss Tom sein … Ja?«

»Kurze Info«, Scherzer sprach mit gedämpfter Stimme, »nur zuhören. Laut Anruf LKA hat das FBI vor ein paar Stunden auf Long Island ’nen neuen Snuff-Clip sichergestellt. BILD Nürnberg …«

»Opfer?«, hakte er schnell ein, bevor Tom auflegen konnte.

»Mina Dragosevic, eine Kroatin. Laut ›Lagebild Rockerkriminalität‹ aus dem Umfeld der Black Bastards; wurde zuletzt häufig in Begleitung des Chapterpräsidenten Steve Heublein gesehen.«

»Wahnsinn. Lassen die jetzt schon ihre eigenen Frauen zerfleischen … wo steckt dieser Heublein?«

»Wir sind dran.« Tom legte auf.

Behutsam rangierte er den Alfa in die Garage am Ölberg, akkurat zwischen Rennrad und Mountainbike. *»Bene, molto bene!«* Versonnen streichelte er über das Armaturenbrett. *»Bella Macchina!«*

Die Haustür ging von innen auf. Die dicke Golz aus dem Fünften. Sie sah ihn überhaupt nicht, redete stattdessen auf ihren verfetteten, dumm glotzenden Mops wie auf ein Kleinkind ein und fuchtelte mit einem undefinierbaren braunen Brocken in der Luft herum.

»… fein Gassi gehen, Jacky, fein Gassi gehen, dann gibt’s ein gutes Leckerli … Huch! Herr Herrmann, haben Sie mich erschreckt!« Das Leckerli fiel auf die Waschbetonplatten und fand sofort einen dankbaren Abnehmer. »Wir dachten doch alle, Sie sind fort!«

»Wie … fort?«

»Na, untergetaucht! Stand doch in der BILD heute früh!«

»Erstunken und erlogen! Ich tauche grundsätzlich nicht ab, Frau Golz, merken Sie sich das!«

Unwirsch schüttelte er den Kopf und ließ sie stehen. Jacky glotzte ihm dümmlich hinterher.

Das Kristallweizen gluckerte ins Glas: Zitronenscheibe und Reiskörner; kühl aufschäumende Frische, die das Logo *»Bundesland Franken! Wer braucht Bayern?«* von innen vergoldete. Und auf Radio 1 Rod Stewart, der perfekte Soundtrack für diesen Abend.

»... the first cut is the deepest, baby I know ...«

Einundzwanzig Uhr zehn. Charly schloss die Augen und setzte das Glas an die Lippen. Biergenuss in Reinkultur, mit jedem Schluck spürte er, wie die Spannung von ihm abfiel. Zum ersten Mal, seit ihm heute früh der Busfahrer vor dem Café Feiler die BILD präsentiert hatte. Zum ersten Mal nach fünfzehn Stunden Stress, Action, Vollgas.

»... Baby, I'll try to love again, but I know ...«

Aber es lohnt sich, dachte er trotzig und nahm einen weiteren tiefen Zug.

Ich werde »Underdog« lösen. Mich rehabilitieren ...

Nachricht von Henry Katz.

... und Ruby finden!

Er stellte das Weizenglas auf die TV-Programmzeitschrift, die noch den letzten Sonntag anzeigte, und tippte gespannt auf sein Display.

Ein Video. *Gesendet von Henry Katz.*

Der Motor des Alfa war noch warm. Lustvoll heulte die Maschine auf, als Charly ihr sofort Gas gab. Scheinwerfer an, rückwärts raus aus der Garage und dann hochtourig den Ölberg hinab; achtlos nur streifte sein Blick das dramatisch schöne Nachtpanorama aus angestrahlter Veste und den anderthalb Türmen der Morizkirche.

Die Ampel am Marschberg sprang auf Gelb, noch fünfzig Meter, Charly trat das Gaspedal durch. Mit hundert Sachen auf die Frankenbrücke, *scheiß auf eure Kontrollen, Kollegen ... ein Weizen, kräftig nachgespült mit Ramazzotti und zwei Red Bull ... ja, ich bin gedopt, aber dermaßen glasklar in der Birne!*

Blick nach rechts, riskante Einmündung aus Richtung Schlachthof, dann kurz abbremsen für die Angerkreuzung. Weiter, am Kongresshaus vorbei, die Obere Anlage hoch.

Unwilliger Stopp für einen Linksabbieger, der in seinem Twingo den Glockenberg herunterkrabbelte. Wieder Gas, auf Ideallinie in die Rechtskurve am Schloss Ehrenburg, dann endlich die Herrngasse. Endstation Gurken-Alex-Brunnen, im absoluten Halteverbot.

Und jetzt werden wir zum zweiten Mal heute reinen Tisch machen.

Fiona hielt ein Wattepad in der Hand. Sie war schon halb abgeschminkt. »Hey … du kommst spät heute.«

»Ja.« *Muss reichen. Und nein, dein Lächeln ist nicht unwiderstehlich, nein, das wird es auch nie mehr sein.*

Es ist nur routiniert. Professionell. Geschäftsmäßig.

Wie Günther Jauch und seine Gäste, die im Hintergrund liefen.

Auf ihrem Tresen stand eine Flasche Montepulciano, fast leer, und ein benutztes Glas.

Sie blieb stehen, drehte sich langsam um und schmiegte sich mit geschlossenen Augen an ihn. Mit warmen Fingerspitzen fuhr sie sanft über sein Gesicht und seinen Hals.

Er reagierte nicht. Wartete stumm, bis sie sich wieder von ihm löste.

Sie musterte ihn fragend und zog den Gürtel ihres taillierten Morgenmantels enger. Der dünne schwarze Stoff presste sich auf ihre Brüste. Er sah, dass sie nichts darunter anhatte.

Ihr tiefer Ausschnitt, ihre weiße Haut erregten ihn plötzlich, obwohl er sich dagegen sträubte; seine mühsam unterdrückte Wut schlug um in Gier, grenzenlose Gier … grenzenlose *Geilheit*!

»He, was soll das, nicht so grob!«

Ihr Protest erstarb unter seinen provozierenden Küssen, auf die sie wider Erwarten sofort reagierte, lang und leidenschaftlich.

»Dreh dich um«, keuchte er ihr ins Ohr.

Sie gehorchte sofort, öffnete ihm beim Wegdrehen noch geschickt den Gürtel und stützte sich nach vorne auf dem Tresen ab. Erwartungsvoll streckte sie ihm ihr Hinterteil entgegen, rieb fordernd über seinen Unterleib. Er riss sich Jeans und Unterhose herunter, nur bis zu den Knien.

Volle Gefechtsbereitschaft.

Gezielt ertastete er ihren Schritt, ihre feuchte Wärme …

und fühlte sich plötzlich gestört und abgelenkt durch das leise Dauergebrabbel, Günther Jauch mit wichtigtuerischen Anzugträgern: Das hatten wir doch schon mal … *aber da wusste ich noch nicht, was ich jetzt weiß!* Fiona schnurrte vor Verlangen, wimmerte fast vor Ungeduld, *hat's der Zigeuner auch mit dir getrieben, vielleicht genauso?*, schoss es ihm durch den Kopf.

Schlagartig ließ seine Erregung nach.

Sie schien es sofort zu spüren, drehte sich um, erfasste mit einem Blick die Situation – und ging vor ihm auf die Knie. Er schloss die Augen.

Spürte abwechselndes Saugen. Lutschen. Knabbern.

Zartes Beißen … *Underdog?*

»Aus! Hör auf!« *Jessica, Sarah, Dominique, Nadine … Thorsten Geest …*

»Entschuldige …« Verstört blickte sie hoch. »War doch nur ganz leicht.«

Mit einem Ruck zog er Unterhose und Jeans wieder hoch. »Ich weiß, du wolltest nur spielen. So wie du mit allen dein Spielchen treibst … Steh auf!« Er warf ihr den Morgenmantel zu. »Schau dir das hier an!« Er hielt ihr sein Smartphone unter die Nase.

»Video von Henry Katz«, las sie verwirrt.

Play.

Metallgitter auf Betonboden. Ein Viereck.

Ein schwarzer Hund, offenbar größer noch als in den letzten Snuff-Clips: Brasco. Die Bestie. Lautlos, ohne Kraft zu verschwenden für sinnloses Gebelle, springt er durch den Ring und stellt sein Opfer.

Keine Frau diesmal.

Ein Mann.

Schmächtig, Dreitagebart, blutverkrustete Schläfe, ein Auge zugeschwollen. Teures Sakko, weißes Maßhemd. Vom Nabel abwärts völlig nackt.

Unsicher, fast torkelnd, versucht Henry, Brascos Angriff auszuweichen. Er schreit, voller Furcht und Verzweiflung: »Nein … nein, nein … nein, Raoul!«

Die schwarze Bestie springt ihn an, Henry stürzt, fuchtelt blind herum, Brasco schnappt kurz nach Henrys Hand, Henrys Angstschreie werden zu Schmerzensschreien, zielsicher beißt Brasco nicht in Hemd oder Sakko, sondern nur in nackte Haut. Henrys Schreie steigern sich zu ohrenbetäubenden, grässlichen, unmenschlichen Lauten, als Brasco sich in seinen Schritt verbeißt.

Die Schreie verstummen plötzlich, Henry rührt sich nicht mehr.

Zoom auf eine weiß-rote, blutig-fleischige Masse. Henrys früheren Unterleib.

»Das war heute, vor wenigen Stunden! Das ist organisierte Kriminalität, das macht die Crystal-Mafia als kleines Zubrot! Henry war nur ein Lude, aber er wollte mir helfen, mir und Ruby helfen!«

»Damit hab ich nichts zu tun«, flüsterte sie entsetzt, »dafür kann ich nichts, das ist nicht meine Schuld …«

»Nicht? Und Thorsten Geest? Vor sechs Stunden hatte ich den großen Burkhard Nees am Wickel … du wusstest alles, du hast dich schmieren lassen, hast Geest verraten … das BKA hat seinen eigenen Zeugen verraten!« Erschöpft hielt er inne.

»Ich hab doch aufgehört«, wisperte sie, kaum noch verständlich. »Ich hab doch aufgehört, ich wollte das doch nie …«

Nackt und schutzlos, wie ein Embryo, rollte sie sich auf dem Teppich zusammen, unaufhörlich schluchzend, in der ausgestreckten Hand immer noch sein Handy.

»Bin doch nur reingerutscht … immer tiefer … Wollte meiner Mutter damals das Toskanahaus erhalten … Vater hatte Schulden … und ich hatte grad meine Affäre mit Nees begonnen … er hat mir die Kontakte vermittelt … ich hab nur ein paar Informationen geliefert … damit haben sie mich erpresst, als Gerkow untergetaucht ist … Aber ich habe aufgehört! Erst vor einer Stunde!«

Ihr Weinen wurde immer heftiger.

»… ich hab vorhin am Telefon gesagt, dass ich endgültig aussteige, dass ich nichts mehr mache … ich würde niemals dich verraten!«

Schniefend rappelte sie sich auf und klammerte sich wild an ihn. »Ich sollte dich verraten, dich zu Ruby locken, aber das mach ich nicht … ich brauche dich!«

Er spürte ihr tränenüberströmtes Gesicht an seiner Wange und dachte an brutal ermordete Menschen … vier junge Frauen, zwei Männer, ein verschwundenes Mädchen und ihre Mutter im Wachkoma …

»… vergiss doch Ruby, deinen kleinen Junkie … hast dich nie um sie gekümmert, kompensierst jetzt nur dein schlechtes Gewissen, setzt dein Leben aufs Spiel … aber ich brauch dich wirklich!«

»Mir ist zum Kotzen«, presste er hervor.

Sie ließ nicht locker. »Ich würde dich nie verraten! Das mit dir hat mir erst den Mut gegeben, auszusteigen!«

»Wir werden sehen«, sagte er tonlos. »Sag mir, wo ich ihn finde.«

Ein Schatten löste sich aus dem benachbarten Eingang zum »Gingers«, als Charly auf die Straße trat. Hinter seinem Rücken huschte eine Gestalt zur Haustür.

»Ain't no love in the heart of the city …«, dröhnten David Coverdale und Whitesnake aus den Boxen, *»… ain't no love, sure 'nuff is a pity!«* Charlys Blick holperte synchron mit seinem Spider über das Kopfsteinpflaster der Theatergasse.

Je mehr ich von ihr erfahre, desto leerer und kaputter fühle ich mich … das Brouwer'sche Informationsparadox …

Er wusste jetzt, wie er Scheffler finden würde.

Und Ruby.

Er wusste von hundertsiebzigtausend Euro in vier Jahren. Hundertsiebzigtausend Euro, die ihre Karriere und ihren Ruf jetzt unwiderruflich zerstören würden.

Und er wusste endgültig, dass sie der Wahrheit nicht ins Auge sehen konnte.

»Liebst du mich noch?«, hatte sie ihn an der Tür, beim Weggehen, fast flehentlich gefragt.

»Ja« wäre gelogen gewesen. »Nein« hätte ihr den Rest gegeben.

»Ja.«

»… things have changed, now that you're gone«, grölten Achttausend im Londoner Hammersmith Odeon, während sich die Lichter auf dem feuchten Coburger Kopfsteinpflaster spiegelten. *»… Y'know the sun don't shine from the city hall, woman, to the county line, an' that's why ain't no love … in the heart of the city …!«*

08:10 Uhr – Rödental bei Coburg, Thieracher Hütte

Prüfend wog Charly die SIG Sauer in der Hand.

Ganz in Schwarz, ohne Farbmätzchen und anderen Schnickschnack.

»Die 229er Magazine passen?«

»Klar. Wann hast du eigentlich das letzte Mal geschossen?«, fragte Bernie grinsend.

»Letzten Monat. Auf dem Schießstand.«

»Draußen noch nie? Und du willst das wirklich im Alleingang durchziehen?«

Charly verstaute die Pistole sorgfältig im Handschuhfach. »Nur fürn Notfall. Kriegst sie morgen wieder.«

»Aber mit vollem Originalmagazin. Bitte.«

Sie umarmten sich kurz und wortlos.

10:04 Uhr – SOKO Franken

»Fiona Brouwers ist um acht nicht zum Dienst erschienen. Festnetz und Handy negativ, ebenso das Haustürklingeln der Streife. Große Preisfrage: Ist schon Gefahr im Verzug, wenn die Kollegin zwei Stunden überfällig ist?«

»Fragen Sie das im Ernst?«, erregte sich am anderen Ende KR Hentschke vom BKA Berlin. »Deswegen rufen Sie bei mir in Berlin an? Komm' Se ma schleunigst in die Gänge, Kollege Röhlein, äh … Löhlein!«

Hentschke fasste sich an die Schläfe.

Dröhnender Kopfschmerz.

Der Ausstand der lebenden Leiche, des BKA-Zombies Burkhard Nees, wie ihn boshafte Kollegen titulierten, war ohne den Gastgeber noch bis halb drei Uhr früh gegangen. Wo blieb nur der Aspirin-Nachschub? Und jetzt sülzte ihn dieser Coburger Hosenscheißer voll ... Genervt unterbrach er Löhlein.

»Damit das klar ist, wir reden hier nicht über eine Parkplatzpolitesse! Fiona Brouwers war im Zeugenschutzprogramm tätig! Höchste Geheimhaltungsstufe ...«

Deswegen ruf ich dich doch an, dachte Löhlein verärgert.

»... sie ermittelt gegen schwere und organisierte Kriminalität! Nehm' Se das zur Kenntnis und tun Sie endlich was! Und halten Sie mich auf dem Laufenden!« Hentschke knallte den Hörer auf.

Löhlein ließ ihn langsam sinken. *Gut, wie ihr wollt ... wir lassen uns auch von Berlin nicht ans Bein pinkeln, würde Charly sagen ...*

»Dann machen wir eben die verdammte Tür auf!«

»Dann machen wir eben die verdammte Tür auf!«, quäkte Löhlein aus dem Funk.

Tom schwang sich vom Beifahrersitz des BMW Kombis. Im Vorbeigehen klopfte er an die Fahrertür eines blauen VW Polo. »Wir gehen hoch!«

Eilig faltete der Mann vom Schlüsseldienst, mit vollen Backen kauend, seine BILD zusammen und stieg aus. Vor der Tourist-Information stand ihnen ein weißhaariges Paar mit frisch erworbenem Stadtplan im Weg.

»Ach, entschuldigen Sie bitte, wo geht's hier zum Schloss Ehrenburg?«

Tom zeigte geradeaus. »Dort vorn steht's doch.«

Zu dritt gingen sie vorbei am Reisebüro, das jeden Abend in die Cocktailbar »Gingers« umfunktioniert wurde. Neugierige Blicke aus dem Büro folgten ihnen.

Treppe hoch.

Dritter Stock.

Am Klingelschild kein Name, nur der Werbeaufdruck *»Elektro-Kachel«*.

»Hier.«

Der Schlüsseldienstler warf einen prüfenden Blick auf das Schloss. »Hammer gleich …«, murmelte er und holte ein abgewetztes Etui mit Feinwerkzeug aus der Tasche.

Beim dritten Versuch schon ein leises Klacken.

Die Tür sprang auf.

Zufrieden verstaute er sein Etui wieder und trat diskret zur Seite.

Tom drückte noch einmal auf die Klingel und holte tief Luft. Er tastete nach seinem Holster und drückte mit dem Fuß die Tür ganz auf.

»Fiona?«

Stille. Nur ein Gefrierschrank summte ganz leise.

Mit gezückter Waffe schob er sich an der Wand entlang. *Scheiß-Bilderrahmen!* Küche – leer. Bad – leer. Wohnzimmer – Bewegung am Fenster!

Tom riss die Waffe nach vorn, Finger am Trigger – doch es war nur eine Taube, die erschrocken vom Fensterbrett aufflatterte. Erleichtert ließ er die Waffe sinken.

Dann sah er Fiona.

Splitternackt und auf dem Rücken liegend.

Rund um ihren Hals eine hässliche Drosselmarke.

Das attraktive Gesicht war bläulich aufgedunsen. Aus der Nase lief eine angetrocknete Blutspur bis nach hinten zu den Ohren. Der Mund stand offen, die einstigen Katzenaugen starrten gebrochen zur Decke.

Zwei Streifenwagen, ein Kombi der Spurensicherung, ein zweiter Golf der Kripo, pausenlos krächzte der Funk.

Im bizarren Kontrast dazu ein fast unwirklich blauer Himmel über Schloss Ehrenburg, dem Zeughaus und dem Marktplatz. Das Thermometer war auf zwanzig Grad geklettert.

Am Eisstand gegenüber standen erste Gaffer, schleckend und glotzend.

»Werd dou a Film gedreht?«

»Is bestimmt fürn Franggn-Dadort!«

Am offenen Wohnzimmerfenster stand Geisler von der Digitalen Spurensicherung mit dem Camcorder. Er hatte immer noch Toms Stimme im Ohr: »Nimm alles auf, was sich da unten bewegt, bis wir weg sind. Ich will hinterher sehen, wer sich hier alles ganz zufällig für unsere Arbeit interessiert!«

Aus der Grafengasse kam ein Leichenwagen, *»Bestattungen M. Brehm«*, rollte im Schritttempo an der »Lore«, dem Traditionsrestaurant »Loreley«, vorbei und hielt.

Tom beugte sich aus dem Fenster, nahm Blickkontakt mit einem Kollegen auf. »Fässla, fahr amoll a Stück weiter, der Bestatter soll rückwärts bis an den Hauseingang!«

Er hasste Sargfotos.

Professionelle Tatortsicherung musste auch solche Randerscheinungen nach Möglichkeit unterbinden.

»Scherzer!«

Ritter stand mit Dr. Stein an der Tür, winkte quer durch den Raum, in dem jetzt fünf weiß gewandete Spurensicherer am Werk waren. Sorgfältig, auf Zehenspitzen, wählte er seinen Weg, an der Schrankwand entlang, zu ihnen hinüber.

Ritter wirkte ungewohnt blass. »Kurze Info, Scherzer. Das BKA macht den reinsten Terror. Um zwölf landet ein Hubschrauber aus Berlin auf der Brandensteinsebene. Sie wollen die Pressearbeit koordinieren, sprich an sich reißen.«

»Und sicher nicht nur die«, ergänzte Stein mit schmalen Lippen.

»'tschuldigung.« Schnauzer schob sich resolut mit der Aura seiner vierunddreißig Dienstjahre dazwischen. »Tom, wir haben einen Zeugen draußen. Herr Barazzati aus der Wohnung darunter!«

Im Treppenhaus stand, etwas verloren inmitten des Polizeigewimmels, ein ältlicher unscheinbarer Brillenträger, das schüttere Haar sorgfältig pechschwarz gefärbt. *Al Bano ohne Romina*, dachte Tom flüchtig.

Schnauzer stellte ihn kurz vor. »Herr Barazzati kam gegen zwölf von der Schicht heim, als er etwas gesehen hat.«

»Was war das, Herr Barazzati?«

Der Schichtarbeiter kratzte sich nervös an seinem schlecht

rasierten Kinn, bevor er mit südländischem Akzent antwortete: »Bin von meine Anwohnerparkplatz am Salzmarkt gekomme. An der Ecke von Zeughaus noch schnell meine Zigarette fertig geraucht, da ist ein fremder Mann aus Haustür gekommen.«

»Interessant. Wie sah er aus, dieser Mann?«

»Habe nicht viel gesehen. War dunkel, Mann ist flott gelaufen und hat Kragen hochgestellt. Dunkle Kleidung, ganz kurze Haare.«

»Wohin ist er gelaufen?«

»Zu seine Auto, hier bei Gurken-Alex.«

»Kennzeichen?«

»Denke, Coburg … irgendwas mit Sieben.«

Tom schwankte zwischen Wut und Ohnmacht. Er riss sich zusammen.

»Weiter, Herr Barazzati, denken Sie bitte genau nach. Konzentrieren Sie sich. Die frischen Eindrücke sind die wichtigsten. Was können Sie noch über den Mann sagen?«

Barazzati schaute interessiert durch seine altmodische silberne Brille. »Auto ware in Halteverbot!«

Tom seufzte leise. »Wissen Sie etwas über das Auto? Haben Sie zufällig die Marke, den Typ erkannt?«

Ein Leuchten ging über Barazzatis Gesicht. »Ah, *sì, sì*, ja … eine Spider, eine schwarze Alfa Spider aus siebziger Jahren!«

11:45 Uhr – Coburg, Am Ölberg

Stirnrunzelnd musterte Charly den Opel Corsa, den Bernie ihm organisiert hatte. Deinen Spider kennt doch jeder, hatte er, nicht zu Unrecht, getönt; die Karre ist verbrannt, ich besorg dir was anderes. Klein, unauffällig, flott. Der Zweitwagen von Yvonne, irgendeiner Hundefriseurin aus Scheuerfeld.

Unauffällig geht anders, dachte er und riss als Erstes die pinkfarbenen Bezüge von den Vordersitzen. Raus mit dem Duftbaum und den affigen Plüschwürfeln am Rückspiegel, raus mit allen Kleinteilen, die in den Seitenfächern herumklapperten:

Lippenstift, leeres Feuerzeug, Nagelclip, eine Rihanna-CD ohne Hülle, ein paar benutzte Taschentücher – alles wanderte in seinen blauen Plastiksack, den er klappersicher im Kofferraum verstaute.

Ausmisten hieß die Devise.

Ausmisten – erst hier im Auto, dann im Leben.

Ausmisten. Ohne Angst, sich die Hände schmutzig zu machen.

Er tastete nach der SIG Sauer unter seiner Achsel. Etwas kleiner als die Dienstwaffe, aber sie würde reichen … für Notwehrkonstellationen aller Art. War nicht sein ganzes Leben zur Notwehr verkommen, zum bloßen Überlebensreflex …?

Ruby aus den Fängen des Zigeuners befreien, auf Manus Rückkehr hoffen, um den eigenen Ruf, um die volle dienstliche Rehabilitierung kämpfen, »Underdog« zerschlagen, den Auftragsmord an Thorsten Geest, einem schmierigen kleinen Gauner, klären und dadurch Fiona als Verräterin brandmarken … Das Rad des Wahnsinns drehte sich immer schneller …

Jetzt noch die Rückversicherung. Kurzwahl Tom.

»Ja, Kerstin?«

Intensiver Geräuschpegel im Hintergrund. »Kerstin« war das interne Codewort der SOKO für »Bleib dran, ich ruf dich zurück, sobald ich ungestört bin«.

»Nix Kerstin! Ich geb dir jetzt schnell mein Reiseziel durch. Endstation Sehnsucht …«

Tom fluchte leise.

»Warte«, zischte er. Getrappel, Rauschen, leises Keuchen. Eine Autotür. »So, jetzt sitz ich hier im Kripo-Golf, dem einzig ungestörten Fleckchen in der Herrngasse.«

»Herrngasse?« Eine düstere Vorahnung beschlich Charly.

»Fiona. Achtundachtzig, Exitus. Erdrosselt.«

»Nein!« Ungläubiges Entsetzen, wie in Zeitlupe breiteten sich siedend heiße Schockwellen in seinem Körper aus.

Wie paralysiert starrte er durch die dreckige Windschutzscheibe.

Ein unanständig, geradezu obszön blauer Himmel über der Stadt.

Die Veste, mit ihren putzigen Türmchen und unterschiedlichen Dachhauben, nur noch eine lächerliche Spielzeugburg.

Spielzeug … Spielfiguren … wir sind alle nur Spielfiguren für das organisierte Verbrechen …

Jetzt gibt's kein Zurück mehr!

»… ein Zeuge hat dich und deinen Alfa heut Nacht gesehen! In wenigen Minuten landet ein Hubschrauber des BKA, du kannst dir nicht vorstellen, was hier abgeht … wir müssen dringend reden, Charly, du bist der meistgesuchte Mann Coburgs!«

Charly schob den Zündschlüssel ins Schloss. »Erst muss ich meinen Job erledigen. Morgen hab ich Ruby, dann melde ich mich. Baba, Tom.«

Er legte auf und startete den Motor.

12:10 Uhr – irgendwo zwischen Cheb und Nürnberg

Eisengitter stürzten klirrend auf den Betonboden. »Ey, pass verflucht noch mal auf!« Wutentbrannt riss Steve einen jungen Bastard an der Schulter.

»Ist ja gut, Steve!«, knurrte dieser.

»Ich kann das verflucht noch mal nicht mehr hören, dieses verschissene Eisenstangengeklapper!« Steve hob die Faust, funkelte ihn aus riesigen Pupillen an.

Ein schriller Pfiff ertönte. Steve fuhr herum. Drüben, am Halleneingang, lehnte Raoul Scheffler an seinem Lamborghini. Gebieterisch winkte er ihn heran. Steve ließ die Faust wieder sinken und setzte sich in Bewegung. Schwerfällig trabte er auf seinen Motorradstiefeln quer durch die Halle. Keuchend blieb er schließlich vor Scheffler stehen.

»Ja, Boss?«

Der Zigeuner fuhr sich über den frisch gestutzten Schnauzer.

»Reiß dich zusammen!«, zischte er. »Hier drin arbeiten nur Brüder und absolute Profis, eiskalt bis ans Herz! Du schuftest wie ein Gaul, aber du bist nicht mehr so cool wie früher …«

Er musterte den rotblonden Fusselbart und die dunklen Augenringe. »Wann hast du zuletzt geschlafen?«

Steve kicherte. Er fuhr sich mit seinen breiten Fingern durch die verfilzte Mähne. »Sonntag? Sonntag. Sonntag ist Schlaftag!«

Schefflers Blick fiel auf die BILD, die neben ihm auf der Motorhaube lag. Montag. Er überlegte. »Wär trotzdem wichtig, dass du noch die zwei Tage durchhältst … Film und Abbau.«

»Kein Problem, Chef, kein Problem!« Steves Versuch, zu lächeln, gerann zu einer zähnefletschenden Grimasse der Gier. »Muss nur nachladen, endlich wieder nachladen!« Er schniefte aufdringlich.

Scheffler dachte kurz nach, dann nickte er.

»Komm mit!«

12:15 Uhr – Polizei Coburg, Büro Ritter

»Willkommen in Coburg, Herr Haller! Wie war Ihr Flug?« Ritter hatte Dr. Stein und Heinz-Uwe Löhlein als Begrüßungskomitee für den Mann vom Berliner BKA versammelt.

Hallers Händedruck war schwabblig und leicht feucht, das massige Babyface bis zum kurz getrimmten hellblonden Haaransatz hinauf zart gerötet.

»Danke, danke, man gewöhnt sich!« Sie setzten sich an Ritters runden Besuchertisch.

Haller schien die Situation und die eigene Wichtigkeit sichtlich zu genießen. Er setzte eine zerbrechlich wirkende kleine Lesehilfe auf und öffnete das Zahlenschloss seines Aktenkoffers. »Ich möchte gleich in *medias res* gehen, wie der Lateiner sagt. Eins vorweg«, er hob den Kopf und blinzelte in die Runde, »von meinem Besuch hier wissen nur Ihr Minister in München und der Polizeipräsident in Bayreuth … wäre Ihnen allen sehr verbunden, wenn das auch so bleibt!«

Steins hohe Stirn legte sich in kritische Falten. »Obwohl schon die BILD …?«

»Die BILD weiß nur von einem Snuff-Video. Wir betreuen momentan Herrn Diekmann persönlich in Berlin.«

Die Tür wurde aufgerissen, wie es nur Moser, der Pressesprecher, beherrschte. »Bitte um Entschuldigung …«

Ritter wollte ärgerlich auffahren, aber Moser ließ sich nicht bremsen. »RTL fragt gerade an, ob es sich bei der Erdrosselten um eine BKA-Beamtin handelt!«

Entsetzte Stille.

Haller fasste sich als Erster wieder. »Komm' Se rein!«

Kurzer Augenkontakt mit Ritter, der stumm nickte.

»Wir haben es mit folgender Ausgangslage zu tun«, der Berliner holte umständlich aus, »Thorsten Geest aus dem Zeugenschutzprogramm des BKA wird hier, in Ihrem Bereich«, er betonte es unnötig süffisant, »in Ihrem Bereich erdrosselt. Alles deutet auf einen Auftragsmord hin. Gestern Nacht wird Fiona Brouwers, die mit der Zeugenführung betraut war, in Coburg erdrosselt.«

»Kein Zufall«, murmelte Moser.

»Richtig, kein Zufall! Kollegin Brouwers arbeitete jahrelang in Referat SO 45 für Schwere und Organisierte Kriminalität.«

»Wer wusste außer ihr noch von Geest alias Gerkow?«, fragte Ritter.

»Mein Vorgänger.« Haller lehnte sich zurück. »Kriminaldirektor Burkhard Nees. Kam von seiner Ausstandsfeier heute früh direkt in die Charité. Akutes Nierenversagen. Urämisches Koma, drei Punkte auf der Glasgow-Koma-Skala. Derzeit nicht ansprechbar.«

14:58 – irgendwo zwischen Cheb und Nürnberg

Die Straße war jetzt nur noch ein Sträßchen, ein breiter Feldweg mit hässlichen Schlaglöchern. Rechts ein dürres Birkenwäldchen. Staubige Gräser; dazwischen verwilderte Sträucher, Abfall, Bauschutt und Gestrüpp.

Wenn Fiona recht hatte, waren es nur noch wenige hundert Meter. Charly rangierte den Corsa vorsichtig im Rückwärtsgang über eine alte Aufschotterung hinweg, direkt hinter eine große Dornenhecke.

Bestmöglicher Sichtschutz, abfahrbereit.

Bedächtig riss er das Päckchen Lucky Strike Straight Dark auf, das er an der Tanke vorhin spontan gekauft hatte. Nicht der Klassiker in Weiß. Pures Schwarz. Ein winziges Detail nur, das trotzdem half bei der extremen Fokussierung, die jetzt bevorstand. Er steckte sich die Lucky zwischen die Lippen, zündete sie an und rutschte tief in seinen Sitz hinein.

Vergiss Fiona ... nein, vergiss jetzt nur ihre dunkle Seite ... the dark side of Fiona ... sie stört jetzt genauso wie damals die Musik von Pink Floyd ...

Der Himmel, heute früh in Coburg noch strahlend blau, war verblasst. Wie Milchglas lag zäher Hochnebel über der Sonne. Niemand wusste, ob er heute noch aufreißen würde. Charlys Gedanken kreisten, er begann zu rechnen.

Neunundvierzig Jahre, acht Monate, drei Tage: Heute ist der wichtigste Tag meines Lebens ... wird es auch mein letzter?

Er zog die Brauen zusammen und inhalierte tief. Sein Rauchwölkchen war klein und schwach. Sanft beschlug es den Rückspiegel.

Nein. Es gibt kein Zurück. Kein Verstecken mehr hinter Statistiken, gefakten Pressemeldungen und sonstiger Beamten-Masturbation ... Kein Vertrauen mehr in irgendwelche Amtshilfeersuchen, die in Tschechien weggeschmissen ... oder weggeschmiert werden ...

Er dachte an Manu, die im Klinikum im Koma lag. Und an das Haar von Rubys Kopfkissen, das er für einen privaten DNA-Test heimlich in seiner Schreibtischschublade asserviert hatte.

Völlig egal ... du bist Manus Tochter, du gehörst irgendwo auch zu mir ... und deshalb hol ich dich hier raus ... weil's sonst kein anderer macht, dafür bin ich hier, nichts anderes ist mein Job jetzt!

Entschlossen straffte er sich und rutschte wieder hoch in seinem Sitz. Er spürte das Holster mit der kleinen SIG Sauer.

Und du, Raoul Scheffler, schreckst mich nicht ... ich weiß genau, welche Drecksau du bist ... und ich weiß auch, dass ich dich schon höchstpersönlich im Schwitzkasten hatte ... auf tschechischem Boden, bei meinem letzten Auswärtsspiel ... nein, ich habe keine Angst vor Notwehr ... ich hoffe sogar darauf!

Ruby schrak wieder hoch. Fast wäre sie eingeschlafen. Vor Erschöpfung, Resignation, Verzweiflung hatte sie sich müde geweint. Doch sobald sie die Augen aufschlug, ergriff wieder die Angst von ihr Besitz. Angst, die tonnenschwer auf ihrem Brustkorb lastete. Angst, die sich tief in ihren Magen fraß. Angst, die in diesem winzigen Raum mit dem vergitterten Fenster förmlich zu riechen war.

Sie sah die vielen Flecken auf dem Steinboden. Den abgeblätterten Putz an der Wand. Hinter der alten Matratze war nur noch blankes Mauerwerk übrig.

Wie viele Frauen und Mädchen waren hier vor mir schon eingesperrt? Haben hier auf dieser Matratze geschrien, geheult, gebetet und geflucht, haben den Putz von den Wänden gekratzt … haben sich selber blutig gekratzt, wenn sie schon richtig auf Droge waren … und mussten trotzdem krepieren, verrecken, irgendwo hier, weit weg von daheim …? Mama … will doch nur zurück zu dir, nur noch heim nach Coburg …

Wieder begann sie zu schluchzen.

… und alles nur, weil ich so blöd war … in der Disco hereingefallen bin … auf den süßen Raoul, der mich so lieb vollgequatscht hat, an die Bar eingeladen, nur Augen für mich gehabt hat … die anderen waren richtig neidisch … warum, lieber Gott, warum!

Weinend vergrub sie sich in das klamme Kissen, das sie vorhin noch so angeekelt hatte.

Mit angehaltenem Atem robbte Charly über das Flachdach der Baracke. Modriges Birkenlaub, Moosbatzen und Vogelscheiße klebten auf der welligen schwarzen Dachpappe. An manchen Stellen gab sie bereits gefährlich nach. *Es ist der sicherste Weg*, hämmerte er sich immer wieder ein.

Der Klimmzug an der fensterlosen Rückfront hatte sich gelohnt, auch wenn die endlose Krabbelei durch das verwilderte, fast mannshohe Gestrüpp unzählige Kratzspuren an Händen, Wangen und im Gesicht hinterlassen hatte. Jetzt noch die Sauerei hier oben …

Endlich erreichte er den Rand des Daches, eine niedrige, kaum zwanzig Zentimeter hohe Brüstung.

Vorsichtig hob er den Kopf.

Unter ihm ein U-förmiger Hof.

Eine rissige alte Teerdecke, in den traurigen Pfützenresten schillerte unverkennbar Benzin. Links und rechts zwei alte Hallen. Unbeholfene, längst verblasste Graffitis, verrostete Stahltore. Zerborstene Fensterscheiben, die von innen mit Spanplatten gesichert waren. Die unbebaute offene Hofseite, ein Bollwerk: Stahlgitterzäune, fest verbunden und gekrönt mit rasiermesserscharfem NATO-Stacheldraht. Am Tor ein monströses, fingerdickes Kettenvorhängeschloss.

Kein Fahrzeug mehr, keine Menschenseele weit und breit. Der Toyota Pick-up und die beiden Harleys, die vor wenigen Minuten losgedonnert waren, waren die letzten, die das Gelände verlassen hatten.

Wo ist Ruby? Bin ich schon über ihr? Wer ist bei ihr?

Ein letzter prüfender Blick über das Gelände, dann schwang er sich seitlich über die Brüstung und ließ sich fallen. Zwo fünfzig, schätzte er, als er auf seinen Füßen landete. Kein Problem.

Er musterte das Zylinderschloss der Barackentür. Auch kein Problem.

Er griff in seine Innentasche und holte ein schwarzes Mäppchen hervor. Ein Lockpicking-Set, professionelles Feinwerkzeug zum Öffnen von Türschlössern aller Art. *Der gute Bernie ist wirklich bestens ausgestattet,* dachte er und musste grinsen. Fein säuberlich waren sie aufgereiht im Etui, der »Schneemann«, die »Schlange«, der »Hook«, der »Spanner«, der »Tropfendiamant« …

Klappernd fielen sie zu Boden, als sich schlagartig etwas in seinen Rücken bohrte.

»Ganz schnell die Patschehändchen hoch, ganz schnell!«, grunzte eine versoffene Bassstimme dicht an seinem Ohr.

Vor Haller stand bereits der dritte Pott Kaffee, »groß, blond und süß!«. Der BKA-Mann war jetzt auf Betriebstemperatur. Unter seinen Achseln wuchsen die Schweißflecken, nur sein pausbäckiges Gesicht hielt konstant die Farbe. *Wie Plätzchenteig,* dachte Tom, *genauso blass und massig.*

»Aktueller Sachstand, Punkt zwo«, lärmte Haller genüsslich weiter. »Ihr untergetauchter Kollege, oder sollte ich besser Ex-Kollege sagen, Charly Herrmann. Das ist ja 'ne ganz fette Personalie; euer Top-Ermittler, euer bisheriger SOKO-Chef wird über Nacht zum Hauptverdächtigen! Wie entwickelt sich diese Lage, wie bewerten Sie das Ganze? Herr Oberstaatsanwalt!«

Dr. Stein nahm die Brille ab, presste die dünnen Lippen noch weiter zusammen und schien sich erst kurz zu sammeln.

»Unglaublich, einfach unglaublich!« Er schüttelte seinen hageren Kopf. »Aber Herrmann kam als Letzter aus der Wohnung und wurde anhand des Wagens eindeutig identifiziert. Ein potenzieller Zeuge zunächst nur, der sich aber vor diesem Hintergrund nicht meldet und einfach abtaucht. Das erschwert beziehungsweise behindert nicht nur die polizeilichen Ermittlungen, das ist in der Tat schon mehr als nur ein Anfangsverdacht. Wir müssen seiner schleunigst habhaft werden!«

»Was meinen Sie, Scherzer?« Der Plätzchenteig mit Brille nahm Blickkontakt auf.

Tom räusperte sich kurz.

»Ich denke …«, er ließ seinen Blick in die Runde schweifen, Ritter mit verschränkten Armen und professionellem Pokerface, neben ihm der kleine Löhlein, gewohnt hibbelig und die Beine immer wieder neu übereinanderschlagend, »… ich denke, wir kennen ihn alle lange und gut genug. Herrmann erdrosselt niemanden, das ist doch absurd …« Steins Finger zuckte schon empor. »… erst recht nicht eine Kollegin!«, fügte Tom schnell noch hinzu.

Und schon gar nicht eine, mit der er ins Bett geht …

»Was haben Sie aktuell veranlasst?«, fragte Haller.

»Habe ihm als Kollege und Freund geraten, sich schnellstmöglich bei uns zu melden …«

»Sie hatten Kontakt zu ihm?«, schoss Ritter erstaunt dazwischen.

»Nur mit seinem AB«, sagte Tom mit trockenem Mund. »Ja, und Autopsie, Spurensicherung sowieso, das übliche

Programm, mit absoluter Priorität natürlich. Wir sind in der Warteschleife.«

»In der Wohnung am Ölberg ist er auch nicht mehr«, schaltete sich Löhlein ein. »Die Streife war dort, wir haben sogar die Garage geöffnet. Der Alfa steht drin.«

»Nachbarn, Freunde, Bekannte?«

»Wissen gar nichts. Wir versuchen jetzt, seinen alten Kumpel Winter zu erreichen.«

Haller trommelte mit den Fingern auf die Tischplatte. Er spitzte das Mündchen, als ob er pfeifen wollte.

»Herrmann ist die Schlüsselfigur. Erst recht im Hinblick auf die Medien. Wenn die das auch noch spitzkriegen, dann gnade uns Gott! Wir brauchen Herrmann, so schnell wie möglich!«

»Er wird nach Ruby Sosniok suchen«, sagte Löhlein. »Irgendwo in Nordbayern, Sachsen oder Tschechien. Hatte doch zuletzt nichts anderes mehr im Kopf.«

»Wie kommen wir ran an ihn?«, überlegte Haller laut. »Denke, da geht nichts über eine stille SMS an unseren Freund. Findet sein Handy, ohne dass er's merkt, stellt Kontakt zur nächsten Funkzelle her, und ruckzuck haben wir seinen Standort!«

Stein zog die Augenbrauen hoch und setzte zu einer Entgegnung an. Haller erstickte sie sofort im Keim.

»Also, ich bitte Sie, Herr Oberstaatsanwalt! Haben sogar wir beim BKA fünfunddreißigtausend Mal gemacht. Allein im ersten Halbjahr zwo vierzehn!«

Stein schwieg.

Ritter nickte Löhlein zu. »Stille SMS an Herrmann. Jetzt sofort, alle bekannten Nummern!«

Löhlein kam im ungewohnten Laufschritt zurück, hektische rote Flecken im Gesicht.

»Kollegen, wir haben soeben eine Notruf-SMS von Charly empfangen, gleich nach unserer stillen! Drei Worte nur: ›underdog sos sofort‹!«

»Was?« Ungläubiges Entsetzen am Tisch. »Woher kam sie, habt ihr ihn lokalisiert?«

Löhlein hatte bereits den Beamer angeworfen und googelte rasch einen Planausschnitt.

»Hier … Nürnberg … hier der Dutzendteich …«, er kringelte mit seinem Lieblingswerkzeug, einem alten Laserpointer, »… und hier die Südwesttangente, nur zur Groborientierung. Zwischen Hasenbuck und Münchener Straße der ehemalige Südbahnhof, neunzig Hektar, die größte Industriebrache der Stadt. Und genau da drin liegt die Funkzelle, in der wir ihn jetzt aufgespürt haben. Kollege Dennerlein in Nürnberg ist informiert, wir werden ihn zwecks Feinabstimmung gleich auf Video zuschalten.«

»Nürnberg – Industriebrache – alte Hallen!« Haller war wie elektrisiert. »Was will er dort … hat er jetzt tatsächlich ›Underdog‹ aufgespürt? Im Alleingang?«

»Das kann definitiv nichts anderes heißen: Herrmann hat Ruby Sosniok *und* die ›Underdog‹-Location aufgespürt!« Ritter stand auf und schob die breite Brust nach vorn. »Schlage vor, wir verschieben die PK zum Mord in der Herrngasse. ›Underdog‹ hat immer noch Priorität eins. Jetzt schlagen wir zwei Fliegen mit einer Klappe.«

Haller checkte sein Smartphone und nickte langsam. »Mein Pressemann soll sich mit Ihrem Kollegen Moser drum kümmern.«

Auch Tom hielt es jetzt nicht mehr auf seinem Stuhl. Er zeigte auf den Planausschnitt. »Industriebrache heißt, extrem unübersichtliche Situation. Wir brauchen Luftaufnahmen. Müssen sämtliche Zufahrten dicht machen. Dürfen keinen Schleichweg übersehen.«

»Richtig, Scherzer! Wir brauchen sofort Manpower«, Ritter war endgültig zurück aus seinem Stand-by-Modus, »erstens einen Hubschrauber mit Kamera, aber bitte keinen von uns! Einen in Zivil …«

»… zweitens einen Beweissicherungs- und Dokumentationswagen mit Mehrwegepeiler, damit wir ihn sofort exakt lokalisieren können …«

»… ganz klar, drittens das SEK, nichts anderes!«

»Wie sind die Zuständigkeiten?« Haller mühte sich um Anschluss. »Wo steht das SEK in Bayern?«

»In Bayern?«, konnte sich Tom nicht verkneifen. »Für Bayern steht eins in München. Unser fränkisches SEK steht in Nürnberg.«

»PI-Spezialeinheiten beim Polizeipräsidium Mittelfranken«, präzisierte Ritter und zog das Telefon zu sich heran. »Kollege Duschek hat uns vor zwei Jahren schon mal unterstützt, in der Villa am Festungsberg oben, bei diesem psychopathischen Transvestiten. Jetzt bekommt sein SEK mal ein Heimspiel.«

»Showdown am Südbahnhof ...«

Motorengeräusch kam immer näher, dumpf und bollernd, heulte plötzlich noch einmal auf, aggressiv und kampfeslustig, bevor es verebbte und erstarb. *Mindestens acht Zylinder*, schätzte Charly apathisch. *Eher zehn oder zwölf.*

Vergeblich versuchte er, wenigstens seine Finger zu bewegen. Das Panzerklebeband fixierte sie mit eiserner Härte, vom Handgelenk bis über die Fingernägel hinauf. Stehend, mit gespreizten Beinen und ausgestreckten Armen wie Engelsflügel, hatte ihn der Rocker an das Metallgitter gefesselt und war wortlos verschwunden.

Vor Ewigkeiten.

Wie spät mochte es sein?

Er stand im Dunkeln. Große Spanplatten an den Hallenfenstern ließen nur spaltbreit Tageslicht einfallen. Doch jetzt – Helligkeit, an der Hallenseite schräg gegenüber: Eine Tür ging auf und blieb halb geöffnet.

Eine Gestalt kam auf ihn zu.

Keine schweren Bikerstiefel, kein Rocker.

Leisere Schuhe. Lässiger Gang, ruhige Schritte.

Keine Eile, keine Hektik. Die Silhouette eines Mannes. Einen Schritt vor ihm blieb er stehen.

Jeans, offenes weißes Hemd, Ledersakko.

Raoul Scheffler.

Amüsiert lächelte er. »Na, das ist ja eine Überraschung. So früh hatte ich Sie noch gar nicht erwartet, Charly. Ich darf doch Charly sagen?« Sein Lächeln wurde breiter. »Rubys Freunde sind auch meine Freunde ... und für dich als alten

Streetfighter-Kumpel produziere ich heute ein ganz spezielles Einladungsvideo. Mhmm, du bringst meine Pläne jetzt wirklich etwas durcheinander … der Countdown läuft an, auch Steve müsste gleich da sein …«

Er ging ein paar Schritte zur Seite. Kurzes Geraschel, dann ein Klacken.

Gleißend helle Scheinwerfer flammten auf.

Geblendet schloss Charly die Augen.

Er hörte den Zigeuner lachen und öffnete sie vorsichtig wieder. Die Halle war leer. Bis auf den grinsenden Scheffler.

»Dreh dich doch mal um, du siehst ja sonst nichts!«

Charly drehte mühsam den Kopf, Gitterstäbe pressten eiskalt gegen seine Wange, er spürte es kaum – und erschrak. Drehte sich entsetzt zur anderen Seite. Das Metallgitter, an das er gefesselt war, stand nicht alleine im Raum. Es formte, mit anderen Gittern zusammen, direkt hinter ihm ein Viereck.

Mit Stacheldrahtbewehrung. Und einem leeren Käfig, einem Hundezwinger.

Der klassische Dog-Pit.

Ritter wurde ungeduldig. »Jetzt kommen Sie bitte auf den Punkt! Wie läuft das mit den Luftaufnahmen?« Er stellte das Telefon laut. Tom, Löhlein, Dr. Stein und Haller lauschten gespannt dem Diensthabenden der Polizeihubschrauberstaffel der Bereitschaftspolizei in Roth.

»… AirViewHead, sechsunddreißig Kameras an Bord, dreihundertsechzig Grad rundum, Sie können's anschließend noch mal nachfliegen, wie bei Google Street View! Wir bündeln on board, LTE, redundante Netze und streamen live über RTMP, absolut stabil …«

»Hören Sie auf mit Ihrem Fachchinesisch!«

»… und gestochen scharfes Bild in Full HD!«

»Wunderbar, aber wir brauchen das inkognito, nicht aus eurem grün-weißen Vogel!«

»Wir können auch neutral in Weiß oder getarnt als gelber Engel.«

»Christoph? ADAC? Sehr gut! Dann fallen hier unten auch

die Grün-Weißen nicht so auf. Wir könnten mit unseren Fahrzeugen ein größeres Unfallszenario vortäuschen ... Wer führt Regie in der Luft?«

»Sie natürlich, per Funk vom Boden aus. Flughöhe von zehn bis viertausend, alles möglich. Schlage vor, wir beginnen bei hundert und gehen dann tiefer.«

Tom reckte stumm den Daumen und blickte demonstrativ auf die Uhr.

»Okay, machen wir«, bellte Ritter. »Alles klar, bis gleich, *over*!«

Haller angelte schon nach seinem XXL-Sakko. »Ich übernehme die Einsatzleitung!«

»Irrtum, Kollege Haller! Kollege Scherzer führt!«

Alle Köpfe fuhren herum zu Ritter. Tom traute seinen Ohren nicht.

»Habe mir das, während Ihrer Zigarettenpause vorhin, telefonisch vom Innenministerium bestätigen lassen. SOKO Franken leitet selbstverständlich auch in unserer Frankenmetropole.«

Haller wurde bleich vor Wut. »Ich werde sofort Berlin anrufen!«

»Dann beeilen Sie sich, falls Sie noch mitwollen! Wir starten in acht Minuten – auf der Brandensteinsebene!«

»... hot wheels ... flying with the wind ... chromed steel and dressed in leather, they live to ride, they ride to live, too wild to be tamed forever, yeah ...« Gedämpft und halblaut rockte es plötzlich aus den Boxen.

Nur ein Soundcheck oder pushen sich die Brüder? Charlys Gedanken rasten. Pistole weg, Handy weg, gefesselt. *Es muss doch noch eine Chance geben, es gibt immer noch irgendeine Chance, reiß dich zusammen, beweg die Muskeln ein paar Millimeter, scheiß auf den Schmerz, konzentrier dich ...*

Nur wenige Schritte vor ihm die kraftstrotzende schwarze Harley.

Er spürte ihre Hitze, roch Benzindunst und verbrannten Gummi.

Vor wenigen Minuten erst war ein Bastard auf ihr hereingedonnert, hatte voller Übermut einen Wheelspin fabriziert und schwarzen Hinterradgummi auf den Beton gebrannt. Was Scheffler sichtlich aufgestoßen war – lautstark hatte er sich den Kuttenträger, der offenbar Steve hieß, zur Brust genommen.

Seltsam lächelndes Dauernicken war dessen einzige Reaktion.

Nach dem Anschiss hatte Steve sich sofort hinter seine Maschine zurückgezogen.

»Route 66 – Live your dream!«, ein kunstvoller Schriftzug unter dem US-Sternenbanner auf dem Tank. Über dem Hinterrad noch einmal klein und in Knallrot: *»Route 66 – The mother of all roads«*.

Ausdauernd und hingebungsvoll, fast zärtlich, polierte Steve jetzt die Chrom-Teile. Unaufhörlich bewegten sich seine Lippen dazu.

Was plappert der bloß, dachte Charly, *oder spricht der den Songtext mit?* Wie zur Bestätigung blickte Steve plötzlich hoch, verfiel in ein verzücktes Grinsen und tänzelte leise singend auf Charly zu. »... *hot wheels, riding on the highway, colored riders of the storm* ... Ey sag doch selbst, ist das nicht affengeil? ... *hot wheels* ... Hey, dazu brettern wir über die Route 66!«

Völlig high, der Drecksack ... Pupillen wie Pistolenmündungen ...

Charlys Versuch, sich ein spöttisches Lächeln abzuringen, misslang. Die Gitterstäbe drückten schmerzhaft gegen Ellbogen, Handgelenke und Knöchel.

»Wir?«, schrie er. »Wer soll das sein? Wer brettert mit dir über die Sixty-Six?«

Steves Getänzel brach abrupt ab. Mit halb offenem Mund glotzte er Charly an.

Polizei mit Blaulicht, ein Notarztwagen mit Sirene. Langsam kreisend näherte sich ein gelber Rettungshubschrauber. Irgendwo im Bereich Ingolstädter Straße/Brunecker Straße schien ein größerer Unfall passiert zu sein.

»Tolle Inszenierung«, brummte Tom anerkennend.

Gemeinsam mit dem immer noch etwas angesäuerten BKA-

Haller stand er neben seinem Nürnberger Kollegen Dennerlein am Einsatzleitwagen.

»Und des Ganze in Rekordzeit.« Dennerlein blickte wieder auf seine breite schwarze Armbanduhr. »Ortung Funkzelle minus neunzehn! Also, wir haben hier«, er zeigte über verwildertes Gebüsch hinweg auf das ehemalige Bahngelände vor ihnen, »allein im Bereich der sicher georteten Funkzelle gut vierzig verschiedene Objekte: Lagerhallen, Umladestellen, Baracken, Werkstätten. Gleichzeitiger Zugriff unmöglich, wir müssen Charlys Standort präzisieren. Der Mehrwegepeiler im BeDoKw müsste jeden Moment hier eintreffen ... ja?« Er wandte sich zur Seite und drückte auf den Knopf im Ohr. »Verstanden, okay ... So, alle Zugänge zum Gelände sind jetzt dicht, Tom.«

Eine junge Polizistin kam aus dem Leitwagen. »Chef, die Bilder vom Christoph laufen auf!«

Zu dritt enterten sie die mobile Einsatzleitzentrale, in der zwei Mann saßen. Leises Krächzen und Rauschen auf den Funkkanälen. Ein einziger Bildschirm war aktiv: Tom erkannte sofort den Dutzendteich, die stark befahrene Münchener Straße und gleich darunter die große Umladestelle. Die früheren Zu- und Abfahrtsstraßen, das stillgelegte Gleisnetz, die Hallen und Gebäude; er kannte die grobe Anordnung aus Google Earth.

Der Hubschrauber ging tiefer, der Zoom wurde größer: kein Auto, kein Motorrad weit und breit. Das gesamte Areal schien unberührt und menschenleer.

»Gib mir die BePo ...« Dennerlein drückte sich wieder den Finger aufs Ohr. »... ja, wo bleibt denn der BeDoKw? Wir warten hier schon seit Stun-den ... nein, ganz oben, Zufahrt von Norden! Norden!« Grimmig schüttelte er den Kopf. »Die stehen doch tatsächlich im Hasenbuck drüben und suchen uns in der Nerzstraße! Mit ihrer feinsten Überwachungstechnologie, hundertachtzigtausend Euro kost' des Ding!«

Charly hörte einen Schlüsselbund gegen eine Stahltür klappern. Irgendwo hinter ihm, in der unsichtbaren Tiefe der Halle. Ein

Mann bellte einen dumpfen unverständlichen Befehl. Wütendes Aufbegehren, kurz und schrill, wurde sofort wieder im Keim erstickt.

Charly drehte den Kopf, so weit es das Metallgitter zuließ – vergeblich. Er konnte nur bis zu Scheffler hinübersehen, der gerade aus dem Lamborghini Huracán ausstieg, den er inmitten der Halle geparkt hatte. Das Telefon ans Ohr gepresst, strich er sich mit Daumen und Zeigefinger unaufhörlich über die Nase. Langsam kam er näher.

Auch Steve, der längst wieder hinter der Harley hockte, unterbrach jetzt sein dauerplapperndes Chrom-Polieren. Seine riesigen Augen starrten über die Sitzbank, verfolgten jeden Schritt des Zigeuners.

In Armlänge vor Charly blieb er stehen.

»Ja, verstehen Sie mich noch in St. Petersburg? Wirklich lästig, wenn man aus Sicherheitsgründen täglich das Handy wechseln muss, aber das nur nebenbei … achthunderttausend heute, keinen Cent weniger! Ja, das erkläre ich Ihnen gleich, warum … die Nachfrage nach unseren Premiumprodukten steigt enorm, fünf hatten wir bisher im freien Verkauf … und heute einen absoluten Top-Star, einen Polizisten, der früher mal sehr erfolgreich war …«, er winkte an Charly vorbei, »bring sie ran! … Sorry, hier bin ich wieder … ein Polizist und jemand, der ihm sehr, sehr nahesteht …«

Ein Bastard kam um die Ecke in Charlys Blickfeld und schleifte eine heftig strampelnde, schmächtige junge Frau mit sich, seine riesige Pranke fest auf ihren Mund gepresst.

Alte Lederjacke, schwarze Chucks, schwarze Stachelfrisur.

»Ruby!«

»… nämlich das lange verschollene Töchterlein unseres Premiumbullen!« Schefflers Blick sprang begeistert hin und her zwischen Ruby und Charly, der wie wild an seinen Klebefesseln riss. »Ein einmaliger Doublefight sozusagen, Nummer sechs und sieben zusammen, eine Weltpremiere heute … die Chance lassen wir uns nicht entgehen … achthunderttausend … *so catch your dreams before they slip away*!«

Er legte den Finger ans Kinn, spielte kurzes Überlegen

vor. »… mmhmm, ja genau … ich würde sagen: *›Father and daughter – reunited, just to die!‹*«

»Er kommt.« Tom stieß Dennerlein an.

Ein weißer Mercedes Sprinter, zivile Nummer, schwarze Scheiben, zwei Magnetblaulichter vorn, eines hinten. Im Schritttempo rollte der Beweissicherungskraftwagen heran und blieb direkt neben ihnen stehen. Der Beifahrer sprang heraus, ein bulliger junger Bereitschaftspolizist mit kurzen weißblonden Stoppeln auf dem Kopf und im Gesicht.

»No, wo bleibdn ihr?«, erregte sich Dennerlein zur Begrüßung und tippte demonstrativ auf seine Uhr. »Habt ihr erschd no eier Brodzeid kaafd? Do heerd si do wergli alles aaf!«

Die Miene des körperlich überlegenen, aber deutlich jüngeren Kollegen verfinsterte sich; eine Antwort verkniff er sich jedoch nach einem schnellen Blick auf die doppelgoldbesternten Schulterklappen seines Gegenübers.

»BeDoKw einsatzbereit«, meldete er stattdessen nur und klopfte an die schwarze Polycarbonatverglasung. »Fahrt das Ding hoch!«

Mit leisem Summen fuhr ein Antennenmast aus dem Dach und stoppte erst nach vier Metern.

»Ihr habt die Ausgangsdaten?«, fragte Tom knapp.

Der BePo-Mann nickte. »Funkzelle eingegrenzt auf circa dreihundert Meter Durchmesser. Präzisionslokalisierung mit Mehrwegpeilung beginnt jetzt. Im Antennenkopf sind außerdem HDTV-Kamera und Vidit-Richtmikrofon aktiviert.«

»Wie lang braucht ihr?«

»Drei bis vier Minuten. Maximal.«

»Gut«, sagte Tom. »Moment …« Er lauschte der Stimme im Ohr. »Okay, alles klar!«

»Das USK ist schon auf der Frankenstraße, jeden Moment da«, informierte er den BeDoKw-Truppführer. »Wir lassen sie sofort hinter euch rein ins Gelände. Direkte Funkverbindung. Abfahren!«

Wortlos schwang sich der Blonde wieder in den Sprinter. Auf der schmalen asphaltierten Zufahrt verschwand der Kastenwagen hinter dürren Bäumen und Büschen sofort aus dem Blickfeld.

Zwei Minuten später.

Das Unterstützungskommando USK war gerade auf demselben Weg in das alte Südbahnhofsgelände eingefahren. Kurzes Knacken im Ohr, dann die Stimme aus dem BeDoKW. »In dieser Halle muss er sein. Lokalisierung aktuell mit maximaler Restfehlertoleranz fünfzehn Meter.«

»Wo?« Nur mühsam konnte Tom seine Erregung unterdrücken.

»Große alte Güterhalle. Direkt am zweiten Gleisanschluss von Westen her. Keine Nummer oder Beschriftung. Auffälliges schwarz-rotes Flammengraffiti.«

»Fahrzeuge?«

»Nichts zu sehen. Gibt aber drei große Hallentore, durch die auch wir mühelos reinpassen … Obacht, wir kriegen eine neue Aktualisierung der Signalpeilung … ja, das isses, Freunde! Wahrscheinlichkeit achtundneunzig Komma neun Prozent … wir haben ihn!«

Dennerlein reckte stumm den Daumen. Tom hielt kurz die Luft an.

»USK?«, fragte er mit gepresster Stimme. »Leitung an USK?«

»Hört.«

»USK fertig machen zum Zugriff. Countdown läuft … ab jetzt!«

»Nein, nein, nein! Charly, hilf mir …!«

Ruby schrie und winselte, als ihr der Rocker die Kleider vom Leib riss, ein Teil nach dem anderen.

Geschockt sah Charly Lederjacke, Chucks, Sweater und Jeans durch die Halle fliegen. Dünne weiße Arme und Beine zuckten und strampelten vergeblich, gegen den eisenharten Griff des Bastards hatte Ruby nicht den Hauch einer Chance.

Grenzenlose Verzweiflung, Wut und Hilflosigkeit – ein regelrechter Urschrei stieg aus Charlys Kehle, hoch hinauf bis unter die Hallendecke. Selbst die Kuttenträger hielten kurz inne und drehten sich nach dem Brüllenden um.

Wie besessen, mit der Kraft seines ganzen Körpers, rüttelte und riss er an den Klebefesseln … war da nicht schon ein winziger Spielraum, ein paar zusätzliche Millimeter …?

Scheffler schien Gedanken zu lesen.

Wie aus dem Nichts tauchte er plötzlich wieder vor ihm auf, Charly sah die künstlich weißen Zähne unter dem schwarzen Drei-Tages-Schnauzer und roch das herbe Eau de Toilette. »Gute Kondition, du … Bulle!«

Prüfend betastete er die Fesseln und drückte dann mit seinem Feuerzeug schmerzhaft tief in Charlys ausgespannten Bizeps. »Aber heb dir lieber noch ein paar Körner auf, du wirst sie brauchen … im Ring … gegen unsere Bestien … gegen Brasco und Charras …!«

Lächelnd tätschelte er ihm die schweißnasse Wange, um sich gleich darauf leicht angewidert abzuwenden und die Hand mit einem Taschentuch trocken zu reiben.

Ruby war wieder aus Charlys Blickfeld hinausgeschafft, aber nur ein Stück weit: Aus ihren verzweifelten Schreien wurde jetzt ein Schluchzen. Ein erschöpftes, unaufhörliches Schluchzen, das mehr und mehr einem Rhythmus zu folgen schien und zu einem keuchenden Flüsterweinen wurde, zu einem Stoßgebet.

»… hilf uns, bitte, bitte hilf uns … mach, dass noch ein Wunder passiert … hilf uns, bitte, bitte hilf uns …«

»Drei … zwo … eins … *go*!«

Die Detonation riss das Hallentor aus den Angeln, krachend stürzte es nach innen.

Sofort setzte der USK-Trupp nach, über den aufgesprengten Torflügel hinweg, durch Rauch und Staubwolken hindurch, die Heckler & Koch MP5 im Anschlag.

»Polizei! Hände hoch!«

Stille.

Nur Sand und Staub rieselten noch leise herab.

Langsam und bedächtig verzogen sich die Rauchwolken.

»Was ist los? Wir hören nichts!«, knarzte Toms Stimme im Ohr des Truppführers.

»Und wir, wir sehen nichts! Die ganze Halle ist leer, ausgeräumt … da ist nichts, gar nichts!«

Ein USK-Mann hob den Arm. Wortlos zeigte er in die Mitte der Halle. Auf dem Betonboden lag ein Gegenstand.

Viereckig, flach, klein.

Ein Handy.

Scheffler war bester Dinge. Aufgekratzt marschierte er kreuz und quer durch die Halle, tätschelte im Vorbeigehen liebevoll das Lamborghini-Heck. Wieder suchte er das Gespräch mit Charly.

»Weißt du eigentlich, wie weit es von hier nach Nürnberg ist? Nein?« Er warf den Kopf in den Nacken und lachte. »Tja, das kann ich dir ganz genau sagen. Vierundneunzig Minuten. Von hier bis zum alten Südbahnhofgelände.«

Er strahlte Charly an, knipste sein professionelles Lächeln an.

Alte Poussierer-Drecksau … damit hast du sie also rumgekriegt … Ruby … und zig andere …

»Ich habe schnelle Leute, Charly, gute und schnelle Leute. Brauchst du immer wieder, gerade für eilige Transporte wie heute.« Sein Poussierer-Lächeln wurde immer breiter und entartete schließlich zu einer kalten, zynisch-überheblichen Grimasse.

»Mussten sowieso die Nürnberger BILD von heute besorgen. Wie immer gleich an der Grenztankstelle. Und bei der Gelegenheit ein kurzer Abstecher, vierundneunzig Minuten weit, in unsere Frankenmetropole, direkt zum alten Südbahnhof. Stell dir das mal vor … wie jetzt die Elitekräfte der bayerischen Polizei generalstabsmäßig eine leere Halle stürmen … nur um dort blöde auf ein einsames Handy zu glotzen!« Er gluckste vor Vergnügen. »Mann, auf YouTube wär das jetzt ein echter Burner!«

Charly erschlaffte, ließ sich gegen allen Muskelschmerz am Gitter hängen. Er presste die Augenlider zusammen.

Handy-Ortung, meine allerletzte Hoffnung … zertreten, zerplatzt, ausgelöscht … er ist eben doch kein Coburger Schmalspur-Lude, kein großmäuliger Hobby-Poussierer aus dem Steinweg … Wie naiv war ich nur, wie konnte ich mich so hoffnungslos überschätzen … allein gegen einen perversen Snuff-Mörder, Geldwäscher, Drogenboss … allein gegen die organisierte Kriminalität …

»Das gibt's nicht, das gibt's nicht, das gibt's nicht …«, fluchte Tom. Kopfschüttelnd saß er in der Tür des Einsatzleitfahrzeugs.

Auch Dennerlein und der schwitzende Haller schienen am Ende ihres Lateins. Dennerlein strich pausenlos über sein Errol-Flynn-Bärtchen.

»Wie kommen wir jetzt bloß weiter? Wo setz mer jetzt an?«

»Scheffler«, sagte Tom. »Wer sonst?«

»Klasse«, sagte Haller sarkastisch. »Dann rufen Sie ihn doch gleich mal an!«

Tom stand auf. »Anrufen ist gar keine so schlechte Idee.« Er tippte den jungen Beamten am Bildschirm an, der sich gerade zischend eine Cola aufdrehte. »Gib mir mal das LKA München. Kriminaloberrat Englmar, Cybercrime.«

Der Münchner hob schon beim zweiten Tuten ab. »Englmar.«

»SOKO Franken, Scherzer hier. Kollege, uns fliegt gerade ›Underdog‹ um die Ohren. Alarmstufe Dunkelrot. Unter vier Augen: Brauche dringend einen individuellen Daten-Scan, aus sämtlichen Netzen. Den Vollwaschgang, das volle Programm!«

Kurze Stille.

»Das heißt, kleiner Dienstweg?«, fragte Englmar vorsichtig. »Nix Richterliches?«

»Ganz kleiner Dienstweg. Kollege Herrmann schwebt in akuter Lebensgefahr. Ich brauch sofort einen völlig skrupellosen Hacker!«

Der Münchner blies die Backen auf. »Gut. Ich kümmer mich persönlich drum. Zielperson und Zeitraum?«

»Zeitraum letzte sieben Tage. Zielperson Scheffler, geboren 1.10.80, Raoul Daniel.« Er buchstabierte. »Ich will alles, was geht, wirklich alles: Wo ist Scheffler in den letzten sieben Tagen eventuell aufgefallen, registriert oder markiert worden oder hat sich eingeloggt, virtuelle Bewegungsprofile … gib alles!«

Fünf Minuten später.

»Nur ein Treffer, Kollege. Ein einziger!« Englmar war hörbar frustriert. »Dabei war der Bursch einige Wochen unter TK-Überwachung. Ist dann versandet aufgrund ständigen Handywechsels.«

»Scheiße! Und der Treffer?«, fragte Tom.

»Stammt aus der Datenbank der Kfz-Zulassungsstelle Nürnberg. Heute vor einer Woche wurde dort ein Lamborghini Huracán auf Scheffler zugelassen. N-VB 1100.«

»Das ist alles?«

»Des is ois, leider … obwohl … Lamborghini … du, mir kommt da grad a ganz verrückte Idee …«

Scheffler nahm Steve ins Visier. »Jetzt hör doch da mit dem Scheißgerubbel auf! Geht dir da echt einer ab dabei?«

Der andere Bastard lachte grölend.

Steve fuhr herum, schleuderte die Politurdose nach ihm, die ihn nur haarscharf verfehlte. Erregt, aus großen Augen, funkelte er dann Scheffler an, öffnete den Mund – und schloss ihn wieder. Heftig fuhr er durch sein rotblondes Bartgestrüpp, kratzte und kraulte sich, scheinbar völlig abwesend.

Genauso plötzlich erinnerte er sich wieder an sein Gegenüber: »Chef … Chef … hast du noch was … gibt's heut keine Erfolgsprämie für mich?«

»Für dich? Wofür? Mach dich endlich wieder nützlich, du kleiner … Schmarotzer!«, ätzte Scheffler. Breitbeinig vergrub er beide Hände in den Taschen. »Glaub, du brauchst sowieso erst mal dringend 'nen kalten Entzug. Und am besten vierzehn Tage ohne Moped!«

Er winkte Steves Kollegen heran und zeigte auf Charly.

»Bind ihn los, Rocco, zieh ihn aus. Aber vorsichtig, Stück für Stück. Dimitrij und die Köter kommen auch gleich.«

Wortlos zückte Rocco sein schwarzes Stiefelmesser. Drohend richtete er es zunächst auf Charlys Kehle, bevor er sich damit über dessen linke Fußfessel beugte. Im Hintergrund lief immer noch leise Steves Hardrock-Sampler.

Charly sah Steve, der sich mit seltsam kleinen Trippelschritten, fast wie ein Seiltänzer, auf Scheffler zubewegte, den Mund schon lautlos aufgerissen, bevor die ersten Töne herausdrangen: »Waas? Was willst du … was willst du mir wegnehmen?«

Scheffler wich, zum ersten Mal überhaupt, einen Schritt zurück. Rocco säbelte immer noch an der Panzerklebefessel.

Charly spürte den Dog-Pit in seinem Rücken, *fünf junge Frauen starben hier schon, sogar Mina Dragosevic, Steves Freundin.* Ohne nachzudenken, riss er den Mund auf und brüllte los.

»Minaaa!«

Steves Kopf fuhr herum, Charly brüllte weiter. »Hat er dir Mina weggenommen? Er nimmt dir Mina, er nimmt dir dein Moped, er nimmt dir alles!«

Das Messer zuckte durch die letzten Millimeter Klebefessel, Rocco wollte es wieder unter Kontrolle bringen, aus dem Augenwinkel sah Charly, wie Scheffler eine Pistole zog gegen den blindwütig attackierenden Steve.

»Verpiss dich!«

Auch Rocco war jetzt kurz abgelenkt, sofort trat Charly ihm brutal ans Knie.

Mit einem Schmerzensschrei stürzte der Bastard mit dem Kopf gegen die Anlage, der Volume-Regler knallte auf »MAX«, *»… they live to ride, ride to live, too wild to be tamed forever, yeah …!«*, der Hardrock-Orkan von Johnny Gioeli und Axel Rudi Pell donnerte durch die Halle.

Steves Augen verdrehten sich, er zuckte wie Joe Cocker und schwang sich, wie unter Strom, blitzschnell und geschmeidig auf seinen Bock und startete ihn, *»… flying with the wind, chromed steel and dressed in leather …«*, im nächsten Augenblick ging die Rock-Hymne unter im mörderischen Sound seines Bikes.

Vollgas, Steve drehte auf und ließ die Kupplung kommen – dreihundertachtundfünfzig Kilo Harley Davidson CVO Breakout bäumten sich auf und stiegen, mit neunzig Kilo Steve Heublein im Sattel, hoch aufs Hinterrad.

Raoul Daniel Scheffler konnte noch zweimal abdrücken, bevor ihn das stählerne Monster unter sich begrub.

Stille.

Lähmende, lastende Stille.

Ab und zu ein leises Knistern der Harley. Waidwund lag sie auf der Seite und begann zu riechen.

Nach Benzin.

Dem Benzin, das aus ihr herausrann und sich mit anderen Ausscheidungen vermischte: mit Blut aus Schefflers zerquetschtem Brustkorb und seinen aufgerissenen Eingeweiden.

Und mit der Gehirnmasse von Steve. Eine Kugel Schefflers hatte ihm den Schädel aufgerissen.

Charly spreizte das freie Bein so weit ab, wie es ging. Endlich erreichte er mit seinem Fuß das Stiefelmesser. Es scharrte über den Betonboden, als er es vorsichtig zu sich heranzog. Rocco lag immer noch regungslos neben einer umgestürzten Box.

»Charly?«

Eine leise Stimme aus dem Hintergrund; halb leise, halb ungläubig. Vergeblich versuchte er, den Kopf weit genug zu drehen.

»Ruby? Bist du okay?«

Sie schluchzte vor Erleichterung. »Sind sie … sind sie alle tot?«

»Zwei auf jeden Fall. Einer bewusstlos. Ich kann dich nicht sehen, Ruby. Wie bist du gefesselt?«

»Mit Klebeband. Wie eine Gekreuzigte. Mir tun die Arme so weh. Und der Rücken. Wird alles so steif und kalt.«

Er presste kurz die Lippen zusammen. »Versuch, deine Muskeln zu bewegen. Anspannen, entspannen. Immer wieder!«

»Ich will raus, Charly, wie kommen wir hier ra–«

»Pssst! Horch!«

Ein Automotor, unverkennbar. Langsam kam das Brummen näher, bis es vor der Halle erstarb.

Das Hallentor wurde aufgeschoben. Der Motor startete wieder. Ein grauer Pick-up mit Hardtop fuhr ein. Belgisches Kennzeichen.

Bremste sofort ab.

Um dann im Schritttempo weiterzurollen.

Vorbei an der Harley und den beiden Leichen. Vorbei an Schefflers Lamborghini. Direkt neben Charly hielt er.

Entsetzt starrte er in die hintere Kabine des Pick-ups.

Wir hätten uns tot stellen sollen.

Ruby stieß im Hintergrund immer noch freudige Hilferufe aus.

Hinter dem Seitenfenster des Pick-ups tobten zwei tollwütige schwarze Hunde.

»Sie sehen, die Polizei unserer beiden Länder arbeitet sehr effektiv zusammen.« Der tschechische Major Filip Chaloupka, ein untersetzter, gedrungener Enddreißiger, sprach beinahe akzentfreies Hochdeutsch.

Tom nickte anerkennend. »Unglaublich. Vor zwei Stunden hätte das noch keiner geahnt. Jetzt sitzen wir im Polizeihubschrauber einer tschechischen Spezialeinheit.«

Englmars Verdienst, dachte er. Der Cybercrime-Experte des LKA hatte alles auf eine Karte gesetzt – auf die satellitengestützte Diebstahlsicherung von Lamborghini. Ein Ortungssystem mit Peilsender, der ab Werk in Schefflers Supersportwagen eingebaut war.

Die Polizeidrähte hatten geglüht, über LKA, BKA und Interpol zur Lamborghini-Zentrale in Sant'Agata Bolognese und wieder zurück nach Deutschland, zur Konzernmutter in Wolfsburg. Doch letztlich waren es die illegalen Hacker-Aktionen des Cybercrime-Teams im LKA, die den Code knackten, die Zugangsdaten entschlüsselten und so als Erste den Standort von Schefflers Huracán aufspürten.

Die Bell 412 HP der »Útvar pro odhalování organizovaného

zločinu SKPV«, der Abteilung für die Aufdeckung organisierter Kriminalität der tschechischen Polizei, ging langsam tiefer.

Der Stausee von Jesenice. Ein Campingplatz.

Rübenäcker, Getreidefelder, Wiesen.

Ein kurzer tschechischer Wortwechsel mit dem Piloten. Dann drehte sich Chaloupka zu Tom um, reckte den Daumen und zeigte stumm nach unten, an den Waldrand, etwa zwei Kilometer außerhalb einer kleinen Ortschaft.

Eine marode alte Fabrik.

Als Ruby, von den Männern mit rohem Fleisch abgerieben, vor Todesangst und völliger Erschöpfung gerade in Ohnmacht fiel, brach das Inferno los.

Ohrenbetäubendes Krachen hob das Hallentor aus den Angeln, Lichtblitze von Blendgranaten folgten direkt darauf.

Charly, immer noch ans Gitter gefesselt, presste die Augenlider fest zusammen.

Nur keinen Splitter, keine Kugel abkriegen …

In wenigen Sekunden war alles vorbei.

Der tschechische Elitetrupp machte kurzen Prozess.

Zwei MP-Feuerstöße für Brasco und Charras.

Bauchlage, Fußfesseln und Handschellen für das belgische Herrchen, für »Underdog«-Kameramann Dimitrij und für den völlig verwirrten Rocco.

Ein kaugummikauender Tscheche befreite Charly von den Panzerklebefesseln. Schlagartig fühlte sich alles noch schmerzhafter an.

Steif und verspannt wankte er sofort zu Ruby hinüber, die völlig apathisch an der Wand saß.

»Komm, Klaana.«

Willenlos ließ sie sich von ihm aufnehmen, schlang mechanisch die Arme um seinen Hals. Er roch ihren Schweiß und spürte ihre knochige Schulter an seiner Brust.

»Mir gehn haam, Ruby. Haam nouch Coborch.«

10:51 Uhr – Bad Staffelstein, Obermain-Therme

Ein wunderschöner warmer Frühlingstag. Hoch über ihnen, am märchenhaft blauen Himmel, kreuzten sich zwei weiße Kondensstreifen.

Lautlos, sanft, unendlich weit entfernt.

Charly und Tom lungerten faul im großen Sole-Whirlpool, genossen gemeinsam das warme Geblubber.

»Ist das eine Wohltat …!«

»Warum gibt's des ned auf Rezept … hier gehmer heut nimmer raus!«

»Muskel für Muskel entspannt sich, kehrt langsam in seine Ausgangsstellung zurück!«

»Nur der Kopf braucht länger«, sagte Charly trocken.

»Das Hirn is ja auch der größte Muskel. Sollte es zumindest sein.«

»Hirn sieht ned nach Muskelfleisch aus. Mehr wie … Leberkäs.«

Tom öffnete seine Augen wieder. »Steve?«

»Steve. Den Film krieg ich nicht mehr ausm Kopf. Bis ans Ende meiner Tage.«

Tom beschloss abzuwarten. Es war die richtige Entscheidung.

»Der Junge war vollgepumpt mit Crystal Meth«, sagte Charly leise, die Augen halb geschlossen. »Allein das macht doch schon aggressiv und hemmungslos. Dann hat ihn Scheffler so richtig abtropfen lassen, hat ihm gedroht, ihm sein Moped wegzunehmen. Da hab ich ihn spontan an Mina erinnert. War so 'ne plötzliche Eingebung, ich dachte, dann hat ihm der Zigeuner vielleicht auch die Schnecke weggenommen.«

»Und dann?« Missmutig registrierte Tom aus den Augenwinkeln, dass die schlanke Brünette neben ihm doch nicht solo war.

»Dann kam der Hardrock. ›Hot Wheels‹, seine Hymne, das war der ultimative Kick für ihn.«

»Hardrock als Trigger?«

»Genau. Erst Drogen … ›Crystal frisst seine Väter‹ … dann

der Flashback mit Mina … und zum Schluss der Hardrock; es war der finale Triggermoment.«

»*Sex and Drugs and Rock 'n' Roll!* Abgang eines Rockers«, lästerte Tom sarkastisch.

»Der Ruby und mir das Leben gerettet hat.«

»München. Das Bayerische Innenministerium hat heute den Rockerclub Black Bastards verboten. Das Vereinsvermögen wurde beschlagnahmt. In einer bayernweiten Aktion stellte die Polizei in achtunddreißig Clubhäusern und Privatwohnungen Drogen, Schusswaffen und Scanner zum Abhören von Polizeifunk sicher. Wie ein Sprecher des Ministeriums ausführte, hätten sich die Black Bastards mit eigenen, kriminellen Regeln und Verhaltensweisen gegen die Rechtsordnung und gegen elementare Grundwerte der Gesellschaft gestellt …«

Genau so isses, dachte Charly. *Und sie ziehen alle ehrlichen Bikerclubs mit in den Dreck. Auf jeden Fall sind die »Underdog«-, die Snuff-Strukturen jetzt gründlich zerschlagen.*

Er bog auf den Parkplatz der Fliegerklause am Coburger Flugplatz ein und stieg aus.

Ein kalter Ostwind blies.

Er schloss einen Knopf seines Poloshirts, steckte die Hände in die Taschen und ging langsam zu dem Baum hinüber, wo er vor wenigen Tagen noch mit Fiona gestanden hatte. *Hier will ich Abschied nehmen, hier will ich dir noch mal ganz nah sein … und nicht irgendwo weit weg auf einem fremden Friedhof.*

Er streckte die Hand aus, legte sie sanft auf die harte Rinde des Baums.

Ich denk an dich, Baby.

Genau hier hab ich dich geküsst.

Mit geschlossenen Augen.

Das ist mir schon Jahre nicht mehr passiert.

Verloren blickte er über das endlos lange, leere Rollfeld.

Vielleicht bringe ich Frauen kein Glück, dachte er trübsinnig. *Die zwei, die ich wirklich geliebt habe, habe ich verloren. Andrea … liegt in Wildenheid. Unter weißem Marmor.*

Und du hast mich genauso erwischt, Fiona.

Dabei waren wir von Anfang an so grundverschieden. Niemals hätten wir zusammengepasst.

Und genau das hat uns so magisch, so unwiderstehlich angezogen.

Amour fou.

Nur ich bin schuld, dachte er und zündete sich, vom Wind abgewandt, eine Zigarette an.

Nur ich.

Ohne meinen Gerechtigkeitsdrang wärst du noch am Leben, Fiona.

Aber Ruby nicht!

14:10 Uhr – SOKO Franken, Büro Löhlein

Charly traute seinen Ohren nicht. Heinz-Uwe Löhlein hatte ihn, »bevor's offiziell losgeht«, zu einem »dringenden Vier-Augen-Gespräch« gebeten: »Gute Nachricht, Charly!«

Jetzt saß er Löhlein gegenüber, im Hintergrund der altvertraute Ausblick auf die Veste, im Vordergrund der ungewohnte Anblick Löhleins mit Lesebrille. Mit belehrendem Unterton verlas er ein Schreiben des Polizeipräsidiums.

»›… die Entscheidung über eine Disziplinarmaßnahme erfolgt nach pflichtgemäßem Ermessen. Die Disziplinarmaßnahme ist insbesondere nach der Schwere des Dienstvergehens, der Beeinträchtigung des Vertrauens des Dienstherrn oder der Allgemeinheit, dem Persönlichkeitsbild und dem bisherigen Verhalten zu bemessen. Die Äußerung des Beamten erfolgte außerhalb der ihm gesetzten Frist. Die Entscheidung der Disziplinarbehörde musste somit nach Aktenlage erfolgen. Sie lautet wie folgt: Erstens: Die Zustimmung des Beamten voraussetzend, wird der Vorwurf gegen ihn als minder schwere Dienstpflichtverletzung eingestuft. Das Disziplinarverfahren wird vorläufig eingestellt.‹« Triumphierend blickte er auf. »Eingestellt, Charly!«, und fuhr fort: »›… zweitens: Dem Beamten wird jedoch zur Auflage gemacht, den Betrag von eintausend Euro zugunsten der gemeinnützigen Einrichtung ›DrugStop Drogenhilfe Regensburg‹ zu zahlen …‹«

Charly lachte ungläubig auf.

Löhlein kam nur kurz ins Stocken und fuhr dann unbeirrt fort: »›… diese Einstellungsverfügung ist nicht anfechtbar, Artikel 34 Absatz 5 Bayerisches Disziplinargesetz vom 24.12.2005, in der Fassung vom 22.7.2014 …‹«

Charly klopfte sich auf die Schenkel. Ein wahrer Lachkrampf schüttelte ihn, prustend wischte er sich die Lachtränchen aus den Augen. »Ich … hau … dem Drogenboss aufs Maul … und soll dafür … tausend Euro zahlen? An die Drogenhilfe Regensburg? Bru-ha-ha …! Das kannst du einrahmen, Heinz-Uwe, das kannst du dir unter die Vorhaut jubeln! Keinen Cent zahl ich! Bru-ha-ha-ha … tausend Euro für die Drogenhilfe … des is Realsatire vom Allerfeinsten, ho-ho-ho! … unser Münchner Komödienstadel wieder, hi-hi-hi-hi-hi … Mann, ist der gut …!«

14:30 Uhr – SOKO Franken, Lageraum

Abklatschen, Schulterklopfen, sogar ein paar kurze Umarmungen: Charlys Wertschätzung bei den Kollegen hatte unter seiner Abwesenheit nicht im Geringsten gelitten. Entspannt lehnte er sich zurück. Abschlussbilanz, die traditionell letzte SOKO-Besprechung eines Falles, zu der heute auch Oberstaatsanwalt Dr. Stein erschienen war.

Haller, in ungünstig figurbetonendem marineblauem XXXL-Anzug mit Krawatte und cognacbraunen Slippern, zog das offizielle Resümee.

»Eine wahrhaft denkwürdige Zusammenarbeit, liebe Kollegen, zwischen SOKO und BKA! Nicht zu vergessen das Bayerische LKA und die tschechischen Kollegen. Nur so ist den internationalen Verflechtungen der organisierten Kriminalität immer wieder beizukommen. Mein ganz besonderer Dank und die Anerkennung des Bundeskriminalamts dem Kollegen Karl-

Heinz Herrmann«, spontanes Tischklopfen und vereinzelter Applaus, »dem es, äh, außerdienstlich gelungen ist, äh … tief in die Strukturen der OK einzudringen.«

Ein unpassendes Hüsteln Toms, Charly boxte ihn ärgerlich in die Seite.

»Leider wird unsere Aktion natürlich überschattet vom tragischen … ja, nicht nur Todesfall, sondern ganz allgemein vom tragischen Fall unserer … langjährigen Kollegin … Fiona Brouwers.« Haller nestelte umständlich an seinen Papieren. Endlich fuhr er fort, ungewohnt leise.

»Nennen wir das Kind beim Namen, liebe Kolleginnen und Kollegen, ihr wisst es ohnehin schon. Alles spricht dafür, dass Fiona jahrelang vertrauliche Informationen geliefert hat und dafür bezahlt wurde. Nur so konnte die OK auch Thorsten Geest in Bad Staffelstein finden. Das war ein Wendepunkt für Fiona, sie wollte jetzt offenbar aussteigen und wurde deshalb liquidiert. Aber genau das, liebe Freunde, genau diese interne, äh, sagen wir mal, Ermittlungshypothese …« Er verlor wieder den Faden.

Ritter sprang ihm zur Seite. »… muss unter allen Umständen topsecret bleiben!«

»De mortuis nihil nisi bene …« Dr. Stein beschränkte sich auf eine murmelnde Prise akademischen Sarkasmus.

Haller nickte erleichtert. »Dann konzentrieren wir uns auf den internationalen Haftbefehl für unseren Auftragskiller Joachim Gursky. Er hat Geest auf dem Gewissen, der DNA-Abgleich war ja positiv. Ich denke, wir können davon ausgehen, dass er auch Fiona liquidiert hat.«

»Glaube auch, dass die den Mitwisserkreis möglichst klein halten wollen«, sagte Charly. »Also schieben wir's erst mal Gursky in die Schuhe.« Ungeniert bediente er sich aus Toms Haribo-Color-Rado-Tüte. »Aber was ist jetzt mit Ralph Wernstedt?«

»Steht ganz oben auf unserer Liste, Charly, ganz oben!« Der dicke BKA-Mann schien regelrecht dankbar für das Stichwort. »Wir werden mit Finanz- und Steuerbehörden jeden Stein bei ihm umdrehen. Hoffe sehr, dass Kollege Nees bald wieder aussagefähig ist. Wernstedt selbst macht offiziell gerade vierzehn Tage Urlaub auf Kuba. Vorgestern, mit Air France Business Class: Berlin–Paris–Havanna. Wir haben Passagierlisten und Überwachungsvideos des Flughafens gecheckt. Deckt sich auch mit den Auskünften seines Büros. *By the way*, auf dem Video sieht man beim Einchecken direkt hinter ihm einen Mann, der Gursky verflucht ähnlich sieht. Hatte aber astreinen österreichischen Pass, ein Marcel Veselicky aus Wien …«

16:25 Uhr – Klinikum Coburg

»Morgen kommt der Tropf raus«, sagte Ruby. »Dann will ich sofort raus hier. Holst du mich ab? Wann? Und ich brauch dringend ein Handy!«

Sie hat trotzdem was von mir … Mühsam unterdrückte er ein Grinsen.

»Jetzt halt mal die Füße still! Du hast einen Höllentrip hinter dir. Das kann dauern. Außerdem, was willst du allein im Lauersgraben? Die Wohnung ist doch völlig auf den Kopf gestellt!«

»Ich komm schon zurecht«, sagte sie bockig. »Notfalls geh ich zu Oma nach Creidlitz. Aber ich brauch auf jeden Fall ein Handy.«

Eine Schwester kam herein, blond, hübsch, kaum älter als Ruby. »Ach, Sie sind där Vatr von Frau Sosniok?« Polnischer Akzent.

Zwei Augenpaare richteten sich interessiert auf ihn.

»Brauchen Sie wohl eine Unterschrift?«, zog er sich rasch aus der Affäre. »Sie ist doch volljährig.«

Die Polin stutzte. Schnell kontrollierte sie das Geburtsdatum an Rubys Bett. »Schdiimd. Da hab ich Sie jingr gemachd, als Sie sind. Entschuldigung!« Sie rauschte wieder hinaus.

»Du kannst deine Mutter noch nicht anrufen«, lenkte er sie schnell ab. »Handy ist völlig sinnlos.«

»Dann lass uns zu ihr nach Cheb fahren!«

»Nach Cheb fahren?«, grinste er. »Warum eigentlich nicht.

Wollte ich auch schon lange mal wieder hin. Interessantes Städtchen.«

Sie schaute ihn prüfend an. Dunkle Augen, voller Mund, hohe Wangenknochen.

Manu vor dreißig Jahren.

»Wärst bestimmt ein cooler Vater … gewesen«, sagte sie plötzlich.

Er musste schlucken. »Deine Mutter war da sicher anderer Meinung. Sonst hätte sie doch einen Vaterschaftstest machen lassen.«

»Wozu denn?« Ihr unergründlicher Blick wich nicht von seinem Gesicht. »Matze oder das Jugendamt haben doch gezahlt. Abwechselnd.«

Er dachte nach. »Heißt das, Manu wollte sich nur ihre Illusion nicht rauben lassen?«

Ruby zuckte ihre schmalen Schultern. »Vielleicht.«

Ein positiver Test hätte uns auch nicht zusammengebracht. Das wusste Manu. Und ein negativer hätte ihr nur den süßen kleinen Traum zerstört.

Er dachte an das asservierte Haar von Ruby, das immer noch in seinem Schreibtisch lag. »Möchtest du es unbedingt wissen? Genau wissen?«

Ruby überlegte.

Sie überlegte sehr lange. »Eigentlich lieber doch nicht.«

»Okay. Wie du meinst.« Er war erleichtert und spürte dennoch eine leise Enttäuschung. »Ging schließlich einundzwanzig Jahre ohne mich.«

»Klar«, sagte sie. »Aber jetzt hast du in einer Woche mehr für mich getan als andere Väter in ihrem ganzen Leben für ihre Töchter.« Sie zwinkerte ihm zu und lächelte zufrieden. »Wir sind quitt. *Daddy.*«

Charly war perplex. Er musste sich setzen. Wortlos griff er nach ihrer Hand. Sie ließ es geschehen.

»Jetzt werde ich langsam wieder müde. Holst du mich morgen ab?«

»Ja.«

»Fahren wir auch nach Cheb?«

»Wir fahren morgen nach Cheb und besuchen Manu.«
Sie schaute auf sein »Hard Rock Café«-Shirt und schloss die Augen. Sie lächelte immer noch.
»Hardrock-Daddy!«

Havanna/Kuba, Hotel Iberostar Parque Central, Neptuno Pradoy Zulueta

Ralph Wernstedt räkelte sich im Liegestuhl und lächelte. Was für ein spektakulärer Panoramablick, hier vom Pool der Dachterrasse aus, zwischen Palmen hindurch, über die Dächer von Alt-Havanna hinweg bis zum tiefblauen Horizont der Karibik.
»Ja, hallo? Ralph Wernstedt hier, bitte den Leitenden Oberstaatsanwalt … danke.« Er nippte an seinem Daiquiri Papa Doble und lauschte amüsiert der Warteschleifenmusik aus dem fernen Berliner Kriminalgericht Moabit.
»Wernstedt, ich grüße sie. Herr Dr. Baum, selbst-ver-ständlich haben Sie meine vollste Unterstützung bei Ihren Untersuchungen. Ich habe allerhöchstes Interesse daran, dass nicht der leiseste Schatten eines Verdachts hängen bleibt … nein, auch nicht am Bundesverband Spielwirtschaft, dafür lege ich persönlich meine Hand ins Feuer!«
Nachdenklich betrachtete er seinen verkrüppelten Zeigefinger.
»Nein, ich bitte Sie, Herr Dr. Baum, auf gar keinen Fall! Ich sichere Ihnen persönlich meine vollste Kooperation zu. Auch meine Angestellten werde ich unmissverständlich instruieren … ich befinde mich nämlich gerade auf … Geschäftsreise … ich stehe kurz vor der Ernennung zum Honorarkonsul der deutschen Botschaft in Havanna!«
Er lächelte geschmeichelt.
»Das dürfen Sie gerne, ich danke Ihnen, Herr Dr. Baum … Ja, dann kontaktieren Sie bitte jederzeit mein Büro, hier in Havanna erreichen Sie mich immer über Herrn Veselicky … selbst-ver-ständ-lich, gerne … bis dahin, Wiederschaun!«
Er legte auf.

Und außerdem weißt du genauso gut wie ich, dass Kuba kein Auslieferungsabkommen mit uns hat. Und interessante Geschäftsmodelle funktionieren schließlich überall ...

Liebevoll tätschelte er den Kopf des muskulösen schwarzen Dogo Cubano, der aufmerksam neben ihm in der Sonne lag.

ENDE eines Romans …

… die REALITÄT geht weiter:

»Polizei und Justiz (auch sie hat keine wirksamen Mittel zur Verfügung, um den Herausforderungen im Bereich Milieu- und organisierte Kriminalität zu begegnen) werden vom Gesetzgeber und von politisch Verantwortlichen anhaltend im Stich gelassen. Die organisierte Kriminalität wird ihre Einflussnahme deshalb weiterhin ausbauen können und – weit über die Rotlichtmilieus hinaus – auf Deutschland und seine Gesellschaft einwirken. Die Polizei warnt seit vielen Jahren immer wieder vor dieser unheilvollen Entwicklung. Und Verantwortliche in der Politik weigerten sich in der Vergangenheit, und sie weigern sich noch heute, ihr die für eine wirksame OK-Bekämpfung erforderlichen Mittel und Instrumente zur Verfügung zu stellen …

Solange die verschärften EU-Richtlinien zur Bekämpfung des Menschenhandels in Deutschland nicht umgesetzt werden, solange die deutsche Polizei … nicht mit den erforderlichen Instrumenten (ungehinderte Kontrollmöglichkeiten, Abhörmaßnahmen, Vorratsdatenspeicherung, Beschlagnahme kriminogener Güter, Beweisumkehr in bestimmten Lagen …) ausgestattet wird, solange die Justiz mit veralteten und den gegenwärtigen Herausforderungen nicht angepassten strafprozessualen Vorschriften zu kämpfen hat, solange keine klaren und ausreichenden gesetzlichen Grundlagen für den Kampf gegen das organisierte Verbrechen geschaffen sind und solange keine weiteren, den Herausforderungen angepassten Mittel und Möglichkeiten zu einer wirksamen Bekämpfung des organisierten Verbrechens zur Verfügung stehen, wird sich die Einflussnahme der organisierten Kriminalität auf Staat und Gesellschaft weiter fortsetzen.«

Manfred Paulus, EKHK a. D. in: Kriminalistik. Unabhängige Zeitschrift für die kriminalistische Wissenschaft und Praxis, Nr. 8–9/2014, S. 509 ff.

Soundtrack

»Hardrock« entstand von April 2012 bis Dezember 2014 in Deutschland, Italien und Österreich unter massivem Einfluss schwerer akustischer Drogen:

Ruby Tuesday – ROLLING STONES
Hurts So Good – JOHN COUGAR MELLENCAMP
We Take Care of Our Own – BRUCE SPRINGSTEEN
November Rain – GUNS N' ROSES
We Weren't Born To Follow – BON JOVI
Hot Wheels – AXEL RUDI PELL
Ain't No Love in the Heart of the City – WHITESNAKE
Rosalie – THIN LIZZY
Hell Raiser – THE SWEET
Dance the Night Away – VAN HALEN
Easy Livin' – URIAH HEEP
Ruby Tuesday – GOTTHARD

Danke

dem Bundeskriminalamt (www.bka.de) und dem Bayerischen Landeskriminalamt.

Markus Reißenberger, Matthias Schuhbäck, Stefan Engelmann, Karin Brandl, Tanja Schulz (Polizei Coburg) für kompetente und geduldige Beantwortung unzähliger Einzelfragen. Alle Fehler, Ungenauigkeiten und sonstigen Abweichungen vom Polizeialltag liegen ausschließlich in meiner Verantwortung und wurden hauptsächlich aus dramaturgischen Gründen erforderlich.

David, Andrea (Black Hunter MC Coburg) sowie Schlot und Jochen (Outlaws MC Coburg): Ihr habt mir offen und freundschaftlich die wahren Werte echter Biker vermittelt – Mut, Freiheit, Kameradschaft. Danke! Ihr wisst, dass ein Krimi von den anderen, von den »bösen« Rockern lebt …

Wolfgang (»Onko«), Ute und dem Team von der Spielkiste Lichtenfels: Danke für die seit vielen Jahren so angenehme, unvergleichliche Billard-, Gesprächs- und Fußballatmosphäre bei euch! Ihr wisst, dass ein Krimi auch aus eurer Branche nur die anderen, die »schwarzen Schafe« brauchen kann …

Horst Böttcher, Hundesachverständigem, für zahlreiche hochinteressante Hintergrundinformationen.

Viele wertvolle Erkenntnisse und Inspirationen verdanke ich auch den herausragenden Veröffentlichungen von Dr. Roland Härtel-Petri/Heiko Haupt (»Crystal Meth. Wie eine Droge unser Land überschwemmt«), Martin Grassberger/Harald Schmid (»Todesermittlung. Befundaufnahme & Spurensicherung«).

der Fachzeitschrift »Kriminalistik« und der Gewerkschaft der Polizei NRW (Drogen und Kriminalität).

dem Fraunhofer-Institut für Produktionsanlagen und Konstruktionstechnik IPK, Berlin (»Software für die Fahndung«).

dem Sucht-Info-Portal www.drogenlexikon.de.

dem Café M für unzählige inspirierende Schreib- und Mittagspausen.

dem Café Feiler am Theaterplatz für das frühmorgendliche Espressoritual.

Miriam für geduldige Beantwortung Make-up-fachlicher Einzelfragen.

meinem PC-Notfallhelfer Dieter Geuß (www.pc-fw.de) für Rettungen aus höchster technischer Not.

meiner Lektorin Marion Heister (Köln) sowie Sarah Richert, Christel Steinmetz, Daria Gaberdan, Franziska Emons, Paula Döring, Mike Stirnagel und Dominic Hettgen (alle Emons Verlag) für ihre geduldige und professionelle Unterstützung.

Karin Rippstein *(Final Writing Assistance).*

Der Autor wurde frisiert von *Rosi* (Bad Staffelstein).